조선입국(造船立國), 그 꿈을 향하여!

조선입국(造船立國), 그 꿈을 향하여!

발행일   2020년 6월 24일

지은이   성건표
펴낸이   손형국
펴낸곳   (주)북랩
편집인   선일영   편집   강대건, 최예은, 최승헌, 김경무, 이예지
디자인   이현수, 김민하, 한수희, 김윤주, 허지혜   제작   박기성, 황동현, 구성우, 권태련
마케팅   김회란, 박진관, 장은별
출판등록 2004. 12. 1(제2012-000051호)
주소   서울특별시 금천구 가산디지털 1로 168, 우림라이온스밸리 B동 B113~114호, C동 B101호
홈페이지 www.book.co.kr
전화번호 (02)2026-5777   팩스   (02)2026-5747

ISBN   979-11-6539-208-6 03810 (종이책)   979-11-6539-209-3 05810 (전자책)

이 도서의 국립중앙도서관 출판예정도서목록(CIP)은 서지정보유통지원시스템 홈페이지(http://seoji.nl.go.kr)와
국가자료공동목록시스템(http://www.nl.go.kr/kolisnet)에서 이용하실 수 있습니다.
(CIP제어번호: CIP2020025090)

(주)북랩 성공출판의 파트너
북랩 홈페이지와 패밀리 사이트에서 다양한 출판 솔루션을 만나 보세요!

홈페이지 book.co.kr   •   **블로그** blog.naver.com/essaybook   •   **출판문의** book@book.co.kr

조선입국(造船立國), 그 꿈을 향하여!

성건표 지음

어느 조선 기술자의 생생한 기록을 통해 본
한국 조선 산업의 과거와 현재 그리고 미래

북랩 book Lab

그때, 우리는 조선입국(造船立國)의 기치(旗幟) 아래

하나로 뭉쳤다.

책머리에

1970년도 초(初)만 해도 조그마한 철공소 수준의 조선소 몇 군데에서 수백 톤 크기의 원양어선이나 만들던 우리나라의 조선 산업이 30년을 지나는 동안 자타가 공인하는 세계 1등의 자리에 올라섰다.

한국의 조선 산업은 50년간이나 선박 건조량 1위를 고수하던 일본을 제쳤고, 초대형 컨테이너선, LNG선, 쇄빙 유조선 등 고부가가치선을 위시하여 석유시추선(Drillship), FPSO 등 해양 프로젝트에 이르기까지 독보적 기술력을 신장 발전시켜 왔다.

도대체 우리 민족에게 어떤 저력(底力)이 있어 그 짧은 기간 중에 이렇게 대단한 업적을 이루게 되었을까? 여러 산업 분야가 있지만 조선 산업이 이렇게 큰 위업을 이루게 된 데에 어떤 특별한 이유가 있었을까?

혹자는 1970년대 초 조선입국(造船立國)의 기치를 내세우고 밀어붙인 국가 지도자의 확고한 리더십과 그 당시 사업가의 과감한 기업가 정신에서 답을 찾고, 혹자는 우리 민족이 지닌 좋은 두뇌와 섬세한 손재주를 들기도 한다.

필자는 이 점에 우선 동의하면서, 그러나 그것만 가지고 설명하기에는 아직 부족한 부분이 있다는 생각으로 조선소, 특히 생산 현장에서 지난 30여 년간 보고, 체험한 것을 한 번 정리해 보고, 기왕이면 그것이 뭔가 하나의 기록으로 남을 수 있으면 좋겠다는 생각을 하게 되었다.

그렇게 일단 시작은 하였지만 과정에서 부딪히는 문제가 한두 가지가 아니었다. 우선 본문 내용의 성격상 일반 독자에게는 다소 생소할 수 있는 상황을 어떤 용어로 어떻게 설명할 수 있을까, 너무 전문적이거나 지엽말단으로 흐르지 않으면서, 재미와 느낌을 줄 수 있는 글이어야 한다는 강박에 시달렸고, 하나의 책으로 묶기에는 너무나 부족한 문장력, 자료, 가물가물하는 기억력, 컴퓨터 조작 능력을 절감하면서 쓰고 만드는 동안의 나날이 적잖게 고통스러웠음을 고백한다.

이 책은 지난 30년 동안 근무하던 회사 삼성중공업에서 같이 울고 웃으며 공동목표를 향해 달려온 선배, 동료, 후배들과 나아가 국내 각 조선소에서 고군분투한 조선 역군들 모두가 함께 만들어낸 기록(記錄)이자 작은 역사(歷史)이다.

조선입국의 꿈이 우연히 이루어진 것이 아니라는 것을 역설하기 위해 썼지만 그보다도 천신만고 끝에 일군 한국 조선을 어떻게 지키고 가꾸어 갈 것인가, 바람직한 방향을 제시하는 데 더 큰 목적을 두었다.

　엔지니어가 쓴 글이라 어쩔 수 없이 문체가 딱딱하다. 그러나 있는 그대로, 가감(加減)하지 않고 쓰려고 애썼다. 혹간 커튼으로 조금 가렸으면 하는 부분도 없지는 않지만 대부분은 그냥 내보였다. 이미 20~30년이 지난 옛날 이야기, 곰삭은 과거사이기도 하려니와 그때 상황을 있는 대로 보이고, 그 상황에서 어떻게 우리가 몸부림쳐 왔는지를 알리고 싶었기 때문이다.

　혹시 이 책의 내용으로 인해 본의 아니게 어떤 분들의 명성에 누를 끼친 경우가 있다면 너그럽게 양해해 주시기 바란다.

　책을 내기까지 음으로 양으로 도와주신 여러분에게 감사를 드린다.

2020년 6월 창밖 성건표

CONTENTS

걸음마 시절

선대 진수(船臺 進水)

본고는 필자가 대한조선공사에서 신입사원으로 재직 시
펜 코리아호의 진수를 준비하면서 1박 2일 동안 겪은 이야기입니다.

요즈음이야 웬만한 조선소는 모두 도크(Dock) 설비를 갖추고 있어 진수하는 데 별로 어려움이 없다. 기밀시험을 포함한 선각공사가 어느 정도 완성되면 선외변 밸브(Outlet valve), 보텀 플러그(Bottom plug) 등이 제대로 잠겨 있는가 점검한 후 도크 게이트만 열면 간단히 바다로의 길이 열린다.

그러나 1970년대 초반, 아직 경험이나 설비가 변변치 않았던 시절의 선대 진수는 하나의 큰 사건이었다. 18,000톤 벌크선 한 척 진수한다고 온 나라가 떠들썩하던 그 시절 우리는 신입사원으로 선주 감독을 도와 배의 구조 강도와 수밀 상태를 점검하는 한편 진수 작업에도 참여하는 기회를 가진 적이 있다.

근 1년간의 공사 끝에 진수 날이 되면 조선소 여기저기 만국기(萬國旗)가 걸리고 축제 분위기가 조성된다. 선대(船臺) 전면에 자리 잡은 진수식장에는 선주사(船主社) 사장단과 내외 귀빈이 임석하고, 선주 측에서 정한 스폰서가 나와 "나는 이 배를 무슨 무슨 호라고 명명합니다. 나는 이 배와 승무원에게 신의 가호가 있기 바랍니다"라는 취지의 메시지를 낭독한다. 이어 준비된 금도끼로 번쩍 단상에 준비된 홋줄을 내려찍으면 우레와 같은 박수가 터지고,

까마득히 높이 보이는 뱃전에서 비둘기집이 터지면서 오색 테이프가 엄청나게 쏟아져 내리고, 풍선이 날면서 바구니에 갇혔던 비둘기 떼가 우왕좌왕 정신없이 흩어진다. 때맞춰 지상에 도열해 있던 취주악대가 힘찬 행진곡을 연주하는 가운데 그 육중한 선체, 태산과 같은 체적(體積)이 서서히 움직이며 빨려드는 듯 뒷걸음쳐 바다로 내닫는 모습은 정말이지 장관(壯觀)이었다.

우당퉁탕 우르릉 용트림하듯 선체가 미끄러져 간 뒤 문득 엄습하는 정적과 공백감에 잠시 정신이 몽롱할 때쯤 저쪽 해변에 먼저 닿은 선미가 철썩 물보라를 일으키며 바다, 그 오랜 바람 속으로 진수(進水)하게 되는데 이때가 선체(船體)로서는 일생일대 최대의 스트레스를 받는 순간이라고 한다.

▲ 코리아 갤럭시 호 진수 장면

산고(産苦)를 견디지 못하고 부서지거나 혹은 어디에 걸려 넘어지는 불상사가 생기지 않도록 만전에 만전을 다하는 그 당시 선배들의 모습에서 의연함과 아울러 비장감마저 느낄 수 있었다. 나중에 일본인 고문으로부터 들은 이야기이지만 초창기 진수 기술이 변변치 못할 때는 선각 현장을 총괄하는 책임자는 당일 아침에 목욕재계하고 칼 차고 뒷산에 올라가서 기도를 하는데 중도에 불상사가 생길 경우 차고 간 칼로 배와 운명을 같이하기도 했다

할 정도로 그 당시 진수라고 하는 과정은 까다롭고 위험한 것이었다.

바다로 내려간 배는 득달같이 달려드는 두서너 척의 터그 보트(Tug boat)에 붙들려 의장공사 등 아직 못다 한 일이 기다리는 안벽으로 유도되고, 저마다의 임무를 띠고 모였던 사람들은 제 나름의 행선지로 흩어져 가지만 지난밤을 꼬박 새운 백여 명의 진수 요원들은 사용하던 장비를 치우거나 작업반별로 모여 시끌벅적 그간의 노고를 위로하고 무사히 배가 내려갔음을 자축(自祝)한다.

그 당시 조선소에는 선목공(船木工)들이 많았고, 그들은 미상불 이렇게 보이지 않는 곳, 위험한 곳에서 대단한 일을 하고 있었지만 그 노고를 아는 사람이 별로 많지 않았던 것 같다. 12층 건물 아파트만 한 무게와 덩치가 도대체 어떻게 미끄러져 내려가 물에 뜨는지 아는 사람이 많지 않는 것처럼.

선대에서의 선박 건조는 얼마간의 경사(傾斜)를 두고 이루어진다. 다시 말하면 선대 자체가 가지는 경사에 평행되게 용골이 놓이고 그 용골이나 횡골 밑에 수백 개의 나무기둥 혹은 반목(盤木)이 이를 떠받치는 형태로 건조가 이루어진다. 그러나 이러한 나무기둥이나 반목 위에서는 배가 단 1㎝도 미끄러져 내려갈 수가 없기 때문에 선대 경사를 따라서 미리 설치해 놓은 두 줄의 통나무로 된 미끄럼틀 위에 배의 하중을 옮기는 작업이 별도로 필요하게 되고 이것은 정밀하게 계획된 프로그램에 따라 단계적으로 이루어진다.

반목 위에 분포되어 있던 배의 하중을 여하히 두 줄의 미끄럼틀 위에 무리 없이 옮길 수 있는가, 얼마나 짧은 시간 내에 그리고 집중하중이 걸리지 않도록 해 낼 것인가에 따라 진수의 성패(成敗)가 갈리게 되는데, 혹시나 너무 빨리 반목을 제거해서 배 전체가 휘어지거나 부서지지 않도록 해야 되고, 생각 없이 특정 부분을 너무 많이 제거해서 모처럼 완성된 배의 밑바닥을 망가트리는 일이 없도록 하기 위해 이 과정은 엄격히 계획하고 사전 교육과 리허설을 통하여 철통같이 준비하는 것이었다.

진수 요원은 크게 기본 설계 요원, 검사 요원 그리고 선목공 그룹으로 구성되는데 특히 선목공이 많고 가장 거칠고 위험한 일을 맡는다. 선목공들은 진수 며칠 전부터 가능한 부분의 반목을 조금씩 제거해 놓지만 진수 하루 전날에는 집중적으로 이 작업에 동원된다. 수백 개의 반목을 하룻밤 사이에 제거해야 하므로 완력과 경험을 가진 많은 인력이 철야를 하게 된다. 그들은 손에 손에 대형 해머를 들고 이미 엄청난 하중을 받아 단단해진 쐐기 받침목을 두들겨 해체하거나 넘어뜨린다. 배 밑바닥은 낮아서 똑바로 서기도 힘들고 항상 어둡지만 목전에 큰일을 앞두고 그 정도의 불편함은 신경 쓸 겨를이 없다.

또 다른 무리의 선목공들은 쇠기름을 끓여 미끄럼틀 위를 일정한 두께로 도포한다. 단단한 쇠기름 1인치 위에 연한 쇠기름 약 1㎝가량을 추가함으로써 미끄럼틀 상하 판 사이의 마찰을 최소화한다. 미끄럼틀은 배의 전장을 관통하는 두 줄의 커다란 통나무로 구성되는데, 각각 상하 판을 가지고 있어, 배와 같이 움직이는 상판(上板)과 바닥에 고정된 하판(下板) 사이에 윤활을 줌으로써 강력한 수직 하중에 견디면서도 잘 미끄러져 내려가도록 하는 방식이다.

또한 상판과 횡골 사이에 나무 쐐기를 강하게 박음으로써 미끄럼틀이 선체 하중을 단단히 받칠 수 있도록 만드는 일도 선목공(船木工)들의 몫이다.

여기저기 꿍꿍 울리는 해머 소리, 꺽쇠 치는 소리, 반목 넘어가는 소리, 쇳기름 끓는 소리가 왁자지껄한 가운데에도 외판 여기저기 미처 못다 한 도장 작업, 선미에는 축계 작업, 족장 철거 작업, 북적북적, 뚝딱뚝딱, 쾅쾅, 이래저래 할 일은 많고 밤은 짧아 어느새 새벽이 희붐하게 밝아온다.

  이제 일은 대충 정리가 되었고 마지막 진수 반목만 남았다 싶을 때쯤 운반직장은 선목공 전원을 소집하여 진수 반목 철거를 위한 새로운 임무를 부여한다. 진수 반목은 마지막 순간까지 남아서 선체를 지지하고 있다가 진수 직전, 스폰서가 명명(命名)하는 순간 철거되는 반목이다.
  이것들은 모두 동시에, 그리고 하나도 남김없이 철거되어야 한다는 것과 이미 많은 반목이 제거된 상태라 집중 하중이 걸린 상태이므로 좀체 넘어가지 않는 경우가 있다고 주의를 준다. 각 조별로 분담하여 책임지고 넘어트려야 할 반목이 정해지면 일단 외판 밖으로 나와 대기 모드에 들어간다. 이제부터는 진수식장 행사와 맞물려 돌아가야 하기 때문이다. 혹시라도 반목 제거 타이밍을 놓칠까 봐, 혹시 자기가 맡은 반목을 잊어버릴까 봐, 온통 신경을 곤두세워 가령 어느 한쪽 귀퉁이가 무너져도 모를 지경으로 집중하게 된다.

  멀리 선수(船首) 쪽에 설치된 진수식 단상이 바빠질 때면 한 번 더 호흡을 가다듬고 억센 손에 해머를 다잡는다. 드디어 휘슬. 모두는 한꺼번에 내닫는다. 가냘픈 스폰서의 목소리는 혼돈 속에 묻히고 우당탕탕 갑자기 배 밑바닥에 엄청난 소동이 일어난다. 다행히 자기 몫을 먼저 넘어트린 조는 아직도 꿈쩍 않는 반목과 싸우는 동료에게 달려가 집중공세를 퍼부어 준다. 우지끈! 드디어 최후의 반목이 제거된 모양. 3분이 채 안 걸렸다.

　이제 선체는 두 줄로 늘어선 미끄럼틀에 완전히 얹혔다. 다음은 선체를 붙들고 있던 빗장(trigger)을 벗길 차례. 좌우에 배치된 점검 요원으로부터 각각 이상 없다는 신호가 들어왔기 때문이다.

　선수에 설치된 초대형 유압 작키의 엄청난 완력에 밀려, 배가 서서히 움직이는가 하더니 점점 그 속도를 더한다. 접수(接水) 시 너무 심한 충격을 피하기 위하여 양 현에 앵커 체인이라도 끌고 내려갈 양이면 더욱 요란스럽고 아슬아슬하기 마련. 인근 해안에 정박해 있던 선박들의 기적 소리 축하를 받으며 배가 이윽고 뜨기 시작하면 대기하고 있던 터그 보트가 달려들어 유도색, 계류색 던지고, 받고, 포박하여 정해진 안벽으로 이동한다.

이제 끝난 것이다. 흩어지는 군중, 태산 같은 덩치가 홀연히 사라진 자리에 알 수 없는 공허가 엄습한다. 이날을 위하여 얼마나 많은 사람이 그토록 애써왔던가! 그러나 그것은 언제나처럼 끝이 아니고 새로운 시작이다. 배는 이제부터 의장 안벽에서 생명을 얻을 것이고, 프로펠러에 엄청난 힘을 실어 요동치며 오대양을 누빌 것이다.

진수 설비 및 기술의 발전사

🌊 선대 진수

중소형 조선소에서 예로부터 많이 사용되어 온 방법으로 통상 선수를 육지 쪽으로 놓고 선미 쪽으로 진수한다. (세로 진수라 하여 전방의 수면이 좁고 큰 배가 아닐 경우 옆으로 진수하는 방법도 있다.)

어느 경우든 경사진 바닥에 미끄럼틀을 깔고 완성된 선체를 자중으로 바다로 미끄러지게 하는 게 본 기술의 핵심. 슬라이딩 웨이(Sliding way)에 우지(牛脂)를 도포하는 경우도 있고 작은 배의 경우 대차를 사용하기도 한다.

선대가 경사져 있으므로 블럭 탑재가 불편하고 진수 시 수반되는 작업이 많으며 선체 파손 등 위험 요인이 상존한다. (본문 참조)

🌊 도크(Dock) 진수

선박의 모든 블럭이 도크 안에 탑재되면 수문을 열어 선체를 띄우고 안벽으로 예인한 후 수문(水門)을 닫고 펌프를 이용해 바닷물을 밖으로 내보내는 방식이다.

건설 비용이 많이 발생하나 진수 과정이 비교적 간단하고, 대형 선박 또는 여러 선박을 동시에 건조하는 데 유리하다.

도크 내 선박의 배치 방법에 따라 다음과 같은 여러 가지 활용이 가능하다.

- **탄뎀 방식**: 한 도크에서 배 2척을 동시에 건조하는 방식.
- **세미 탄뎀 방식**: 한 척을 배치하고 도크 길이가 남을 경우 빈자리를 활용하여 반 척을 미리 건조함으로서 도크 회전률을 극대화하는 방식. 이때 이 반척을 위해서 게이트를 쓰는 경우도 있고, 물에 같이 띄우거나, 아에 가라앉히는 방법(탄뎀 침수 공법)도 개발되었다.

🛥 부유식 도크(Floating Dock)

대형 부선(Barge)를 바다에 띄우고 그 위에서 대형 블럭(메가 블럭 혹은 기가 블럭)을 탑재, 선체를 완성한 후 진수 해역까지 이동시킨다. 밸러스트(Ballast) 창에 물을 채우면 부선은 가라앉고, 자체 부력으로 본선을 부상시켜 안벽으로 유도하는 방식이다.

부유식 도크는 건조 비용이 일반 도크 설비에 비해 싸고 안벽 설비로 대용할 수 있는 등 장점을 갖고 있다.

🌊 육상 건조 기술

　지금까지 조선소의 지리적 조건, 설비 조건에 따라 선대 진수 혹은 도크 진수를 하는 것이 통례였다. 그러나 최근 신기술의 발전에 힘입어 육상(평평한 땅)에서 배를 건조하여 진수시키는 등 고정관념을 뒤집는 아이디어가 속출했다. 2000년대 초 조선소들이 도크 일정이 차 있어 추가 수주가 어려웠을 때 각 조선소는 각자가 처한 형편에 따라 특수한 건조 공법을 개발하여 신조선 능력을 제고하였다.

　육상에서 건조한 선박을 진수용 바지선(Launching barge 혹은 Floating dock)에 선적 후 진수 해역까지 이동시키는 방식이다. 이후 물에 떠우는 방법은 부유식 도크와 동일하나 본선을 진수용 바지에 옮겨 싣는(Load out) 과정에서 고도의 기술이 요구된다.

　조선소에 따라 특수한 운반 스키드를 사용하는 경우도 있고 대형 트랜스포터를 이용하기도 한다.

　당초 석유 시추 장비나 대형 해상 구조물을 육상에서 건설하여 바다에 띄울 때 사용하던 기술을 선박 진수에 활용한 것으로, 막대한 경비와 시간을 필요로 하는 도크 건설을 하지 않고도 건조 능력을 획기적으로 증대시킬 수 있다.

태동기의 한국 조선

본고는 전 대한조선공사 이우식 님의
글을 발췌·편집한 것임을 밝힙니다.

▌ 근대 조선의 출발

우리나라 최초의 근대적 조선소는 1937년 설립된 조선중공업㈜이 효시(嚆
矢)라 할 수 있다.

당시 국내에는 1929년 설립된 방어진 철공소 등 10여 개의 조선소가 있었
으나, 기술 및 시설 능력이 열악하여 목선을 건조할 수 있는 수준이었다.

1937년 7월 10일 박영철 외 4명의 민간 자본가들은 당시 조선의 연안항로
해운권을 독점하고 있던 모리 벤지로 등 일본 자본가를 끌어들여 당시 국내
최대 규모의 철공소였던 사이조(西條)철공소(부지 7,975평)와 조선주강을 매입
하여 지금의 한진해운 부지에 조선중공업을 설립하였고, 1938년 3,000총톤
급 선대 2기와 동급 도크 1기에다 목공장, 철공장, 현도공장을 갖춤으로써
훗날 우리나라가 조선국으로 진입하는 산실(産室) 역할을 하게 된다.

▌ 철강선 건조 시대의 개막

조선중공업㈜은 다떼이시(立石)기선으로부터 390총톤급 화물선 2척을 건
조 인도한 것을 필두로 1958년까지 수십 척의 철강선을 건조하였으나 1944

년 군수(軍需)회사로 지정받은 이후 주로 군함 등의 수리 업무에 종사하였다.

1950년에는 사명(社名)을 ㈜대한조선공사로 바꾸고 1960년 초까지 세관 감시선, 쾌속정, 연안 여객선 등 소형 선종을 건조했는데, 이 기간에 우리나라 조선공업의 기반을 다질 수 있는 대학 내 조선공학과와 관계 기관이 탄생하였다. 즉, 서울공대(1946년), 수산대(1950년 부산대 전신) 및 인하공대(1954년)에 조선공학과가 설치되고 조선공업협회(1948년), 대한조선학회(1952년), 한국선급협회(1960년)가 각각 창설되었다.

▌ 1960년대 선박 설계

1961년에는 혁명 정부가 조선공업의 육성이 산업 전반에 미치는 파급 효과가 지대함에 착안하여 선박 건조 자금의 융자 지원, 조선용 도입 자재의 관세 면제 등 강력한 조선업 장려 시책을 펼치는 한편 경영난에 허덕이던 ㈜대한조선공사를 국영화하여 적극적인 지원 시책을 전개하였다.

당시 30여 평 남짓한 사무실에서 30여 명의 설계 요원이 5개 부문(기본, 선각, 의장, 기장, 전장)으로 나뉘어져 안벽에 접안하는 선박이나 부산항에 입출항하는 선박에서 자료를 모으거나 스케치하는 등 내실성 있는 설계를 하기 위한 의지를 불태우고 있었다.

신입 사원에게는 기존의 도서나 도면을 연필로 사도(寫圖)하여 먹물로 트레싱하면서 도면의 특성 및 상호 연계성을 습득한 후 감광지 위에 도면을 얹고 판유리로 덮은 후 햇빛을 3~4분 쏘이는, 지금은 없어진 지 오래된 청사진 만드는 일을 많이 맡겼다.

당시의 설계 계산은 계산척 혹은 1대밖에 없던 기계식 수동 계산기를 이용하였으며, 플래니미터(면적기)로 필요한 단면의 면적을 계산한 후 심프슨 공식을 적용하여 화물창의 용적, 배수량 곡선도, 트림, 진수 계산 등을 수행하고, 인터그레이터(적분기)를 이용하여 복원력 계산을 하는 등 설계의 이론적 전 과정을 습득할 수 있었다.

당시 설계에서 사용하던 용품으로는 큰 제도용 책상에 켄트지, 트레싱 페이퍼, 연필, 먹물, 계산척, 플래니미터, 인터그레이터, 제도기, 바텐, 선도 제도용 웨이트, 운형곡자와 제도용 T자로 지금은 박물관에서도 보기 힘든 것들이었다.

당시 설계에서 활용하였던 도서 자료로는 학창 시절 교재로 사용되었던 기본 조선학(PNA) 이론 선박공학, 마린 엔지니어링, 선체 강도학, 선박 구조 규정 해설 등 교재가 사용되었고 일본에서 발간된 자료인 중소형 강선 설계의 기본계획서, 중소형 강선 설계법 기준, 구조 기준, 정도(精度) 기준, 조선설계편람, 각종 모형 시험 차트 등이 활용되었고, 국내외 정기간행물과 정부 및 선급 규정집들이었다.

▌ 용접선 건조 기술의 습득

1962년 11월 전용접선(全熔接船)인 대포리호(大浦里號)가 수리를 위하여 대한조선공사 도크에 입거(入渠)함으로서 용접선 건조에 관련 기술을 습득할 수 있는 계기가 되었다. 본선은 1945년 미국이 세계 제2차 대전 중에 건조한 용접선으로 Sheer strake Gunwale 부위 및 빌지 킬 부분만 리벳으로, 그 외에는 전량 용접으로 접합한 미국의 전시 표준선인 3,800톤급 화물선이다.

당시 묵호항에서 돌발적인 폭풍으로 좌초하여 선체 중앙부의 이중저 및 외판부가 완전히 파손되어 신조선 건조 형식의 수리를 요하게 되었는데, 전용접선에 대한 기술적 환경이 열악하여 수리를 인정치 못하는 선주 측과 오랜 협상 끝에 선각 블록 공법을 적용하는 조건으로 수리 공사가 합의되었다. 그때는 내외부 부재가 리벳 접합이었던 관계로 용접에 관련한 설계, 시공 방안 등 모든 것이 서툴러 일일이 부딪쳐 가면서 익혀야 했다.

입급 선박의 구조(構造) 및 수리는 선급 규정에 적합해야 하는데 사내에 ABS 규정집 한 권이 있어서 여기에 기술적 문제를 많이 의존했다.

수동용접기, 반자동용접기의 확보도 급선무였지만 용접사의 훈련 및 기량 자격 시험도 만만치 않은 과제가 되었고, 긴급히 구입한 강판에 선급의 검사 표시가 없어 다시 발주하는 등 시행착오도 겪었다.

용접부의 결함 여부를 확인하기 위하여 비파괴시험 장비를 일본에서 구입하여 RT(방사선 투과검사), PT(침투탐상검사)는 나름대로 수행하였으나 UT(초음파 탐상), MT(자분탐상검사)는 유경험자가 없어 많은 어려움을 겪었다.

용접봉의 건조, 용접부의 예열 등 작업 관리 지침을 알지 못한 채 일하거나 소홀히 하다가 선급 검사관의 작업 중지 지시를 받기도 하고, 용접으로 인한 스트레인을 최소화하기 위한 용접 순서 교육을 여러 번 시키기도 했다. 선저부 수리가 끝나고 선저기선(Base line) 실측검사를 한 결과 기선이 80㎜나 위쪽으로 올라가 있는 것으로 나타나 기존 흘수 마크를 수정하는 등 시행착오를 겪으며 하나씩 익혀 나갔다.

본선은 이후 1981년 4월 폐선 후 탈급되었다.

▌ 조선국 진입

1968년 6월 자유중국 중앙 신탁국에서 IBRD자금으로 250총톤 참치잡이 연승어선 20척 건조의 입찰이 있었는데 일본의 노골적인 방해에도 불구 조선공사가 총선가 614만 불에 낙찰됨으로써 국제 입찰에 성공한 최초의 케이스가 되었다.

본선은 주기의 마력 결정을 위하여 실선용 수조 모형시험을 당시 서울대학교에서 실시하였다. 당시는 국내의 모형시험 결과가 정량적인 결과를 얻지 못하였기 때문에 실적 성능이 확인된 유사 선형과 함께 모형시험을 시행, 비교함으로써 주기 마력을 구하는 방법을 활용하였다.

본선 건조 중 국영 업체의 부실 요인 제거 및 조선공업 발전을 위하여 그해 11월 민영화 체제로 탈바꿈하고 경영의 일대 전환을 시도하였으나 노조의 연이은 파업으로 직장 폐쇄 등 어려움과 선박 계산 착오로 인한 대형 오작이 발견되어 고전했다. 본선은 자재를 거의 수입에 의존하였으므로 국산화율은 거의 기대하지 못하였다.

1972년도에는 범양전용선에 인도된 18,000톤 화물선 '펜 코리아' 호의 건조로 세계적인 신조선 대형화 추세에 부응할 수 있는 계기가 이룩되었다. 당시 숙원이었던 본 선박의 출현은 1970년 정부에서 수요자도 없는 가운데 1만 총톤급 선박건조의 사전계획을 수립함으로써 이루어진 것이다. 1970년 이전에 몇천 톤급 선박에 지정되던 선박보조금을 3년간 동결시키고 대형선박을 계획한 것으로 당시 상공부 조선과의 정책 수립에 힘입은 바 컸다.

본선은 원목과 곡물 운송선으로서 재화중량 18,000톤. 전장 154m, 선폭 22.4m, 주기 7,500마력, 선속 17노트로 설계되었다.

본선의 선형은 일본 표준 선형으로 높이가 낮은 구상선수 형상과 역 G형 선미 형상을 하고 있어 그 당시로서는 최신 모델로 평가받았다. 선체 선도(Lines)가 설계실 내에서 축척현도(1/10)로 실시되어서 재래식 1:1 현측 현도 방법에서 탈피하였고, 선각용 강재를 규격품이 아닌 Net size로 발주함으로서 잔재 발생률을 8%(당시 15% 실적)로 크게 줄였다.

본선은 1972년 5월 16일 국내 조선 관련자가 모두 모인 가운데 성대하게 명명식을 가졌고(국내 대학 조선과는 대부분 휴강) 대형선으로서 최초로 선대 수지 진수가 이루어졌다. 1972년 12월 본선의 성공적인 인도에 힘입어 일본, 그리스 및 미국 선사로부터 연이은 러브콜 수주를 받게 된다.

▌ 최초의 대형선 수출 및 건조 능력 확장

1970년 11월 세계 굴지의 석유회사인 걸프(Gulf)사로부터 대형 수출선 2만 톤 정유운반선 두 척을 수주했다. 계약 시 걸프사에서 제시한 조건대로 설계 및 기술 감리자로 독일 HDW 조선소를 선정하고 주기관을 디젤 엔진으로 정하여 이탈리아 피아트 회사에 발주하였다.

이에 따라 1971년 4월 우리 기술진이 유럽에 파견되어 선진 조선 기술을 도입하기 시작하였다. 1972년에는 국내 최초의 슬라이드 필름에 의한 광학 장비인 SICOMAT 1호기가 도입 가동되었고, 이어 1974년에는 선각 생산설계 전용 소프트웨어인 VIKING 시스템을 도입하여 수치제어 방식의 절단을 하는 획기적인 전기를 마련했다. 이와 함께 신공법으로 1/20 축척에 의한 기관실 미니 모델 제작 시공, M-1000 시스템 거주구 시공, 유닛별 선행의장 및 화물창 특수도장 기술이 도입되었다.

1973년 6월 2일 1차선이 '코리아 갤럭시' 호가 제1선대에서 박대통령 큰 영애 '근혜' 양을 스폰서로 하여 명명, 진수시키는 영광을 갖게 되어 조선공업의 중요성을 전국에 알렸다.

1972년 제3차 경제개발 5개년 계획에 따라 국내 조선공업은 전략산업으로 육성되어 시설이 크게 확충되었다.

대한조선공사는 당시 1만 2천 톤 건조 능력의 2도크를 6만 톤으로 확대하고 15만 톤급 3도크를 신설하는 한편 거제도 옥포만의 100만 평 부지에 세계 최대의 규모인 100만 톤급 도크와 900톤급 골리앗 크레인을 갖추는 옥포조선소를 착공하여 세상을 놀라게 하였다. (1978년 대우에 매각되었고 1981년 준공되었다.)

한편 울산에서는 현대조선소가 1972년 3월에 기공되어 1974년 6월 100만 톤급 도크를 가진 대형 조선소로 준공이 되어 국내 조선소의 건조 능력이 비약적으로 확대되었다.

현대조선소는 조선소 건설과 함께 26만 톤 초대형 유조선 건조를 시작하여 1974년 11월 선주 측에 인도함으로써 전 세계 조선사에 큰 획을 그었다.

고려원양에서는 거제군 죽도에 연간 능력 15만 총톤급 조선소를 1974년 12월 기공하였으나 완성을 보지 못하다가 삼성이 인수하여 1978년 완공하였다.

청운(靑雲)의
큰 뜻을 품고

　　부산-여수 간을 운행하던 하이드로포일선 엔젤호가 성포항에 닿았다.

　1977년 8월 20일, 용인에서 오리엔테이션 과정을 마치고 조선소에 발령받은 일행 20명이 거제도에 첫발을 내딛던 날이었다. 회사가 보낸 마이크로버스가 지금의 공장 정문 앞에 도착하자 관계사에서 차출되어 먼저 와 있던 사원 몇 명이 나와 우리 이방인들의 가방을 받으며 반갑게 맞아주었다.

　그때 조선소에는 차수갑 소장, 이용길 총무부장, 박철규 생산기술부장, 진로 소속으로 있던 김경일 차장, 인사에 김종기 과장, 총무에 송남길 사원 등 20여 분이 먼저 와 있었던 것으로 기억한다.

　우리는 도착 후 며칠간을 총무부 소속으로 있었고, 그 후 생산 관리, 품질 안전을 관장하는 생산기술부로 배속되어 지금의 공장 정문 앞 목욕탕 자리에 있던 가설(架設) 사무실에서 일을 시작하게 된다.

　조선공사에서 품질 검사 일을 하다가 같이 온 허연수, 이재화와 필자는 향후 구성될 품질관리부의 조직표를 만들고, 지금의 SSQS의 원전(原典)이 되는 품질관리 지침서를 만드는 등 품질 관리 업무의 골격을 잡기 시작했다.

창문 밖 저편에는 아직은 건물뿐인, 선각공장과 도크 게이트도 크레인도 없는 제1도크가 보였고, 그 옆에 대조립 공장이 동그마니 8월 한더위에 졸고 있었다.

아직 특별히 할 일이 없던 때라 오수(午睡)가 밀려온다 싶을 때는 카키색 작업복에 안전화 당겨 신고 주식회사 진로와 하코다테, 마루베니[1]가 남기고 간 유적(?)들을 답사하거나, 시원하게 밀어 놓은 진들[2]을 거닐며 우리 젊은 날의 부푼 꿈의 나래를 한껏 펼치곤 했다.

일과가 끝나면 의장 안벽이나 지금은 밀어 버리고 없는 죽도 주변과 의장 안벽을 왔다갔

▲ 거제조선소 초창기 모습

다하며, 낙지나 피조개 등을 줍거나 줄낚시를 담가 놓고 한가한 시간을 보내기도 하였다.

고현만은 손가락이라도 넣으면 단박에 초록빛으로 물들 것 같았고 간혹 통통배가 잔잔한 파문을 일으키며 지나다니곤 했다.

얼마 후 공고 1기생들이 창원에서 넘어오고, 11월에는 조선공사에 발주한 도크 게이트가 들어오고, 선각공장 천장에 크레인이 올라가면서 공장은 조금씩 모습을 갖춰 갔다.

기혼 사원들은 대부분 장평 이주민 마을에 셋방을 얻어 생활하고 있었고,

---

1) 삼성 거제 조선소의 초기 단계의 설계 회사.
2) 거제 조선소 건설 부지의 옛 지명.

일부 사원들은 사무실 뒤에 있는 독신료에 지내다가, 주말이 되면 부리나케 부산 등지로 내빼기 바빴다. 그때는 장승포, 옥포, 두모에서 부산 간을 왕복하는 완행 통통배를 타고 다녔지만 주의보(注意報)라도 내리는 날이면 통영 마산을 거쳐 꼬불꼬불 육로 4시간 길을 버스로 다녀야 했다.

고현에는 이렇다 할 만한 식당이 없어 조금 규모 있는 회식이라도 할라치면 버스를 타고 장승포 부영횟집이나 통영으로 나가곤 했다.

직위가 낮은 신참에게 성형, 박형 하면서 존대를 하다가도 관계사를 조금 나쁘게 이야기하면 그냥 예사로 넘기지 않고, 그러지 말라고 타일러 주던 토박이 삼성맨들과 새내기 사원들이 빨리 회사에 적응하도록 보살펴 주던 관리부서 간부들의 애사심 어린 모습들이 지금도 잊히지 않는다.

비교적 늦게 가족을 데리고 온 필자는 신촌 어느 시골집에 방을 하나 얻어서 가로지 A단지 아파트가 완성될 때까지 거기서 살았다. 우리가 숙식하는 방과 벽 하나를 사이에 두고 외양간이 있었는데 황소가 그 담벼락에다 대고 등이라도 긁어대는 밤이면 우리는 그 흙담이 무너질까 봐 조마조마 신경을 쓰며 지켜봐야 했다.

이듬해 봄 동아일보 서류 사건이 일어났을 때 청사진으로 된 참고 서류 몇 장을 들고 안절부절못하다가 외양간 소죽 끓이는 아궁이에 넣고 태우다가 갑자기 불이 튀어나오는 바람에 머리칼을 태울 뻔했던 그때를 생각하면 실소를 금할 수 없다.

A식당 옆에 생산관이 지어지고, 도크 사이드에 120톤 LLC가 휘적휘적 다닐 정도로 생산 준비가 되었는데도 어찌된 셈인지 수주 소식은 감감했다.

연습 삼아 바지선(삼성 1호)을 만들고, 터그 보트(트라이스타)도 만들다가 나중에는 통영 어느 소형 조선소의 어선 몇 척을 가져다 만들기도 하면서 1978년 한 해를 그렇게 보냈다.

1979년 새해가 되면서 모두들 조바심을 내던 중, 4월에 들어서야 낭보가 들어온다. 우연이었을까, 범양전용선㈜의 2만 톤 유조선 1척과 호주 Bulk-ship사의 지원선(Supply boat) 두 척이 같은 날 수주되었다. 2년 대한(大旱) 끝에 맞은 단비에 모두들 그렇게 기뻐할 수가 없었다. 이제 일다운 일 한 번 해 보겠다며 모두들 상기되었다.

1979년 여름이 되면서 생산이 시작되었다. 호선 번호는 1001호가 빠르지만 실제 생산은 1002/3호선이 먼저 진행되었다. 대한조선공사, 현대조선, 타코마 등지에서 온 경력 사원들과 공고 1, 2기생들은 덴마크 B&W사에서 파견되어 온 4~5명 기술고문들의 지도를 받아가며 새내기 조선소에서의 첫걸음을 시작했지만, 배워 온 방식이 달라서인지, 초장부터 너무 어려운 배를 만나서인지 모든 게 호락호락하지 않았다.

▲ Supply boat

범양전용선의 1001호선은 비교적 배도 크고 한국인 선주 감독이라 어느 정도 대화를 해 가며 진행할 수 있었지만 BHP사의

1002/3호선은 고난(苦難)의 나날이었다. 크기에 비해서 의장품이 많았고, 배의 용도가 말히듯 기능노 구조도 복잡하였다. 선주감독 맥도널드는 안전통로를 확보한다며 자기 키보다 높은 십자가를 만들어 트랜지스터 라디오 속 같은 기관실 통로를 누비고 다니며, 조금이라도 부딪히는 것은 파이프고 사다리고 관계없이 무조건 철거를 요구했다.

검사도 까다로웠다. 수석 감독 맥도널드와 그 수하(手下) 소로콥스키라는 젊은 친구, 그리고 독일 선급협회에서 나온 톰센이라는 사람이 우리를 무던히도 괴롭혔다. 하루 열 개 항목을 검사하면 다섯 개가 불합격되었다. 이런저런 지적 사항이 연일 쏟아져 나왔지만 해결은 잘 되지 않았다.

그 당시 검사부를 맡고 있던 정정모 부장과 우리 과장들은 자주 이들 깐깐한 고객들과 술자리를 가져 소위 관계 개선 활동에 나섰다. 그렇게라도 관계를 만들어 놓아야 공적(公的)인 자리에서 좀 우호적인 대화를 할 수 있기 때문이기도 하였고, 그들도 사람이니 기(氣)를 좀 빼앗아서 예봉(銳鋒)을 조금 무디게 할 수 있을 거라는 생각도 있었다. 정 부장은 '평소의 인간관계', '꽁 잡는 놈이 매'라는 말을 자주 하면서 어떻게든 배를 한 뼘이라도 더 밀어내기 위해 노심초사했다.

이 배는 워낙 철판이 얇은 데다 곡선부가 많았고 아크 용접을 하던 시기라 선체가 많이 휘어지고 용접부에 결함이 많이 들어갔다.

요즈음처럼 CO_2 용접을 했더라면 그 고생 반(半)만 해도 됐을 것이라는 아쉬움이 많지만 어쩔 수 없는 노릇이었다.

상대적으로 문제가 적었던 1001호선도 중간에 실수를 한 번 크게 했다. 라더 스톡(Rudder stock)을 꽂아 넣고 너트(Nut)를 잠가야 진수를 하는데, 창원 공장에서 다 맞춰 보고 왔다는 물건이 어찌 된 일인지 밤을 새워 가며 돌려도 잠기지 않았다. 직경 40㎝에 가까운 대형 너트는 결국 창원으로 후송되고, 이미 진수를 위하여 조선소에 도착한 내빈들이 행사 참가를 포기하고 돌아가는 낭패를 겪어야 했다.

그 후 3년간 한진㈜에서 발주한 압항부선(Pusher Barge), 에사르 벌크(Essar bulk)가 발주한 2만 톤급 유조선 2척을 포함해서 7척을 만들면서 그나마 조금씩 관록을 쌓아 갔다.

생산이 그렇게 어려움을 겪는 중에도 문화관과 A운동장이 지어졌고 회사 입구의 가로수 식재와 전역에 걸친 조경이 이루어졌다.

A, B 단지 사원 아파트가 순차로 완성되면서 여기저기 임시 숙소에서 옹색하게 살던 사원들이 거제로 가정을 옮겨 안정을 찾기 시작했다.

선각공장이 증축되었고(북쪽으로 100m, 서쪽으로 1개 Bay) 1982년 3월에는 2도크가 완성되었다.

젊음의 패기 하나로 똘똘 뭉쳐 청운의 꿈들을 키워 가던 그 옛날 초창기의 이야기다.

멀고도 먼 "OK!"

제2대 조선소장 김형주 님의 글입니다.

'시작이 반'이란 말이 있지만 1977년 6월 거제도의 시작은 열악하기 그지없었다. 55만 평의 부지에 채 완성되지 않은 1도크, 90%의 진척도에 머물러 있던 선각 공장 등 부속 건물, 황토흙 풀풀 나는 황량한 야드. 당시 회사 작업복 색이 흙먼지가 묻어도 표가 잘 나지 않도록 하기 위해 황토색으로 정해진 것만 봐도 그때의 형편을 짐작할 수 있으리라.

상황은 이랬지만 사원들의 가슴속은 하루 속히 조선소를 완성하여 1979년 하반기부터는 선박을 건조하고 말리라는 목표로 불타고 있었고, 그 덕분에 목표의 해 1979년에 들어서는 어느 정도 중형 조선소로서의 면모를 갖출수가 있었다.

하지만 수주 따내는 일은 만만치 않았다. 1978년 한 해만 해도 300여 건의 수주 문의가 있었지만 문의로만 그칠 뿐, 수주 1호의 꿈은 실현되지 않았다.

해를 넘겨 1979년 4월 19일, 가슴 졸이며 기다리던 첫 해외 수주 계약이 성사되었다. 호주 벌크십(Bulkship)사로부터 2,100톤급 석유 시추 보급선 2척을 수주한 데다, 같은 날 ㈜범양으로부터 2만 톤급 유조선을 수주했다는 소식에 조선소는 감격의 환호성으로 뒤덮였다.

인도 일자가 촉박하다 하여 서둘러 프로젝트가 시작되었고 그해 12월 1도크 바닥에서 기공식이 있었는데, 돼지머리 앞에서 호주 선주감독이 큰절하는 모습이 어찌나 우스웠던지, 미리 연습을 시켰는데도 자꾸 엉덩이를 치켜들고 머리만 조아리던 모습을 생각하면 지금도 웃음이 나온다.

석유 시추 보급선은 석유 시추선에 각종 물자를 보급하고 시추 작업을 지원하는 작업선으로 배는 작지만 구조와 기능이 여간 복잡하지 않아서 경험이 없는 우리로서는 엄청난 애로를 겪지 않을 수 없었다. 철판이 너무 얇아서 용접으로 인한 변형이 심하게 일어났고, 중후판에서 많이 하는 라인 히팅(Line heating)도 6㎜ 정도의 박판에는 곡직(曲直) 이론이 먹혀들지가 않았다.

거기다가 걸핏하면 선주감독이 찾아와서 신생 조선소에다가 이런 중요한 일을 맡기는 바람에 인도 후에 책임질 일이 많게 생겼다면서 불평을 하는 바람에 건조하는 기간 내내 고달팠다.

▲ 그 당시 블럭의 처참한(?) 모습

이런저런 고비를 넘기면서 배는 형체를 갖추어 갔고, 드디어 배의 성능을 시험하는 단계가 되었다. 그중에 견인 테스트(Bollard pulling test)라는 것이 있는데 시추보급선은 이 테스트가 필수적이다. 주기관 4/4부하에서 200톤의 견

인력이 나와야 하는데 로드 셀(Load cell)을 설치할 장소가 마땅치 않았다. 그 당시에는 200톤을 건딜 수 있는 볼라드가 안벽 어느 곳에도 없었기 때문에 하는 수 없이 야드에서 북쪽으로 약 15분 정도 간 곳에 있는 예침도라는 섬을 찾았다. 빈 드럼 20개를 엮어서 그 위에 족장판을 깔고 로드셀을 설치한 후 로프의 한쪽을 등대 옆 뾰족한 바위에 묶고 다른 한쪽은 본선 윈치에 걸어서 준비했다.

▲ Bollad pull test

1/4파워에서 시작하여 2/4, 3/4으로 점점 파워를 올리는 동안 셀에는 로드가 걸렸고, 드디어 3/4 파워를 조금 지나자 갑판 위에서 "200톤 OK!"라는 신호가 왔다. 선상에 있던 우리 모두는 기쁨의 함성을 질렀는데, 감독관은 파워를 끝까지 올려 보라고 성화였다.

하는 수 없이 풀 파워(Full power)를 지시했고 엔진이 힘을 내는 순간, 장력 때문에 배의 방향이 약간 어긋나면서 로프와 로프 중간에 연결된 로드 셀이 그만 바닷물에 빠져 버리고 말았다. 방수 구조가 아니었기 때문에 물에 빠지는 순간 로드 셀은 전기 회로가 끊어지면서 곧바로 고장이 나고 말았다.

3/4파워를 지나서 이미 OK 신호를 했으니 측정이 끝난 게 아니냐는 우리 주장과 갑판 위에서 신호를 보낸 사람이 삼성 사람이니까 내 눈으로 보기 전

까지는 인정할 수 없다는 선주 측 주장이 맞서 양측은 거의 한판 싸움을 불사할 태세에까지 이르렀다. 하지만 증빙할 자료가 없는 상황에서 끝까지 우길 수는 없는지라 우리는 눈물을 머금고 물러설 수밖에 없었고, 처음부터 다시 시작을 해야 했다.

▲ VIP를 맞는 김형주 소장

로드 셀을 다시 구하고 테스트를 거치고 기어이 선주감독으로부터 OK 사인이 나오게 만들었지만 그때 고생한 기억은 두고두고 남아 떠나지 않는다. 그때 그 "OK" 소리만큼 간절하고, 멀게만 느껴지던 목소리가 또 있을까.

그때 어떻게든 수주만 이루어지면 열과 성을 다해 내겠다는 각오로 불태운 정열이 있었기에 선박 건조 1호는 우리에게 비로소 '시작이 반'일 수 있었다.

이건 고철이야(This is a scrap)!

　　　호선번호 1002/3, 이미 앞장에서 여러 번 언급된 호선의 이야기다.

　두 척의 지원선(Supply Boat), 크기로 보면 가히 손바닥만 한 배였다. 당장에라도 두들겨 보낼 것 같던 배였건만 그게 그리 호락호락하지 않았다. 엔진룸은 각종 기계 장비로 빼곡하니 빈틈이 없었고 선주로부터 지적사항은 연일 쏟아지는데, 특수선에 대한 경험이 부족하던 터라 정신도 없고 손발도 맞지 않았다.

　선급(船級)은 DNV, 지금은 상대적으로 많이 약해졌지만 그때만 해도 선급의 위세는 대단했다. 검사를 받아야 공정이 진척될 텐데 선주와 선급의 합격을 얻어내기가 여간 힘들지 않았다.

　그러던 어느 날 아침 창원 공장으로부터 연락이 왔다. 가공 중인 라더 샤프트에 문제가 생겼으니 좀 와 달라는 것이었는데, 직경 25㎝의 스테인리스 샤프트와 여기에 물려 돌아가는 너트(Nut)가 고착(固着)이 되어 버렸고, 이것을 억지로 풀려다가 나사산을 망가뜨렸다는 것이었다. 스테인리스 볼트 너트는 원래 고착이 잘 되기 때문에 무리하게 잠가서는 안 되는 것인데 그쪽도 경험 부족이었든가 어쨌든 문제가 생겼다는 것이었다.

정 부장이 회사 차를 내어 급히 창원으로 달려가고 난 몇 분 후, 맥도널드 선주가 올라와서 품질관리부장 어디 갔느냐고 묻기에, 그분 야드에 내려갔다. 그때 우리는 통상 사무실 아니면 야드라고 생각하고 별생각 없이 그랬는데 맥 선생은 정색을 하고 나온다. 출근하다가 정문에서 정 부장을 만났는데 왜 거짓말을 하느냐면서 오늘 행선지가 어디냐고 물어왔고 창원이라고 했더니 왜 갔느냐며 꼬치꼬치 캐물었다. 그러다 보니 품질관리 부서와 창원 공장이 선주 모르게 무슨 작당(作黨)이나 하다 들킨 형국이 되어 버렸고, 결국 문제가 선급(Class)에까지 알려져 일이 꼬이게 되었다.

그렇다면 같이 가서 현품 상태를 보고 나서 어떻게든 결정하기로 하고 다음 날 아침에 같이 현장에 가 보기로 했다. 필자는 미리 출발하여 최대한 상태가 나쁘게 보이지 않도록 한답시고 창원 공장 가공팀과 꼬박 밤을 새우다시피 했다.

이튿날 아침에 정 부장과 맥도널드와 DNV[3] 검사관 미스터 톰센이 왔을 때 나는 어질어질 현기증이 나고 있었다.

그렇잖아도 해적같이 생긴 톰센이 유달리 인상을 찌푸리고 이리저리 둘러보는 동안 공장 안은 적막이 감돌았다.

10분쯤 지났을까. 이윽고 뭔가를 말하는 순간이다. 저 입에서 무슨 소리가 나올까 모두들 조마조마했다. 철야한다고 바짝 마른 목젖이 꼴깍 넘어갔다. 만일 이것이 불합격되면 어떻게 되는가. 국내에서 조달되는 물건이 아니

---

3) 노르웨이 선급, 지금은 독일선급협회와 통합되었음.

라서 새로 재료 발주해서 가공까지 하려면 적어도 3개월은 걸린다고 했다. 라더 스톡이 제작 운송되어 올 동안 온 조선소가 하릴없이 그것만 기다리고 있을 것을 생각하니 기가 막혔다.

창원 공장이 잘못을 했다고 할 수 있겠지만 품질관리부서도 실무자인 나도 책임에서 자유로울 수가 없다. '아! 저 친구가 뭐라고 말할까. 그동안 인간적으로 공들인 게 얼만데 설마 어쩌겠어! 아니야. 저 인상 봐. 저건 완전히 염라대왕 상(像)이잖아.' 별의별 생각이 다 났다.

드디어 결심이 선 듯 톰센이 입을 열었다. "This is a scrap!" 사형 선고다.

아 최악이다. 이게 스크랩이라니!

그들은 황당해하는 우리를 두고 차를 뒤집어 타고 가 버렸다.

대책회의에 들어갔다. '새로 발주하는 것은 안 된다. 어떻게든 이것은 살려야 한다. 다행히 너트 부분은 데미지가 경미하니 샤프트만 육성 용접 후 재가공하기로 하자. 풀림 처리는 이렇게 저렇게 하면 될 것이고, 신품(新品)처럼 만들 수 있다. 그러하니 선주선급 승인은 조선소 QC에서 책임을 져 달라.'

결국 고양이 목에 방울 다는 일은 우리 QC가 맡았다. 상대는 고양이 목이 아니라 호랑이의 목이다.

선급이 저렇게 스크랩이라고 선언했으니 공식적으로 고철인데, 고철로 새 배를 만든다는 것은 난센스다, 빨리 신품 발주하라는 선주. 누구를 삶든 지지든 어떻게 좀 해 줘야 할 것 아니냐고 떼를 쓰는 창원. 갑과 을이 뒤바뀐 형국이 되어 괴로운 나날이 흘러갔다.

지성감천(至誠感天)이라 했던가, 공식 비공식 접촉을 거듭하던 어느 날 톰센으로부터 한마디 언질이 들어온다. "각자 개인으로서의 입장이 있다. 그리고 사실 가공만 잘하면 기술적으로 문제 되는 것은 아닐 것이다".

그러니까 자기는 관여를 안 할 것이니 너희들이 알아서 선주를 설득해 보라는 뜻인 것 같았다.

이 소식은 즉각 창원으로 넘어갔고, 샤프트는 회전식 자동용접기와 열처리로와 선반(旋盤)을 두루 거친 후 납품되어 본선 라더(Rudder)와 결합되었다.

▲ Rudder Stock

몇 달 후, 배는 그동안의 산고(産苦)를 뒤로한 채 조선소를 떠나갔다. 선주는 무상(無償)으로 몇 가지 반대급부를 챙겨 갔고, 선급은 "이 샤프트는 리컨디션(Recondition)된 것이다"라는 한 줄 단서를 선급 증서에 남겼다.

성장통

스타보선 용접 사고

　　1033호선(스타보 74K Chemical tanker)이라는 유명한 배가 한때 거제 조선소를 지배(?)하고 있었다. 이 배는 초기 선표상 진수 5개월 후 인도(引導)될 계획이었으나 무려 17개월이나 안벽에 머물면서 조선소에 엄청난 고통을 안겨 주었다.

　이 배에 이은 후속선 1034호선도 정도의 차이는 있지만 대체로 비슷한 과정을 겪게 하여 회사 경영은 말할 것도 없고 대외 신뢰도와 종업원 사기 저하 등 많은 폐해를 남겼다.

　카고 홀드 수정 용접이 한창 진행 중이던 1985년 3월 어느 날의 작업 일보를 보면, 당일 우현 2번창과 4번창에 용접사 58명, 그라인더 50명 가우징 18명, 총 126명이 주야 2교대로 투입되었으며, DNV 본사에서 파견된 감독관(Inspector) 4명이 역시 2교대로 작업과정에 입회했던 것으로, 그 당시 수정 작업의 규모나 심각성을 짐작케 한다.

　"어쩌다가 이렇게…" 현장 독려 차 카고 홀드 바닥까지 내려온 이용길 본부장은 말을 잇지 못했다.

▌ 당시 내외적 상황

1970년대의 두 차례에 걸친 석유파동 여파로 그 당시 해운 경기가 최악의 상태였고, 이로 인한 선주의 인수기피 경향이 시작되고 있었다. 한편 회사는 2도크를 열어 처음 시작하는 때라 아직 기술력이나 관리력이 영글지 못했는데, 그 연장선상에서 발생된 1025/26호선 잠보라이징(Jumborizing) 공사는 후속선에 심각한 인력 부족 사태를 야기했다.

1033호선이 기공된 그해 여름은 장마가 엄청 길었다. 블럭은 도크 바닥에 내려졌지만 용접을 할 수가 없었다. 앞서 진수한 호선에 인력을 빼앗긴 탓도 있고, 설령 인력이 있다 해도 지겹게 내리는 비가 용접사의 손을 잡고 놓아 주지 않았다. 급기야 진수 일정이 수차례 연기되었고, 늦어진 일정을 만회하기 위한 외주의 추가투입과 돌관작업(突貫作業)이 이어졌다.

당시는 CO_2 용접이 본격 사용되기 전이라 대부분 그레비티 등 피복용접에 의존하였는데 유감스럽게도 이 배는 피복용접봉으로 하기 힘든 개선(開先) 필렛이 많았다. 종횡격벽이 모두 콜루게이트 타입(Corrugate Type)이고 스툴(Stool)의 상하부, 슬랜트 플레이트(Slant plate) 주변, 호퍼 탱크(Hopper Tank), 사이드 탱크(Side tank) 연결부가 모두 용착량이 많은 개선 필렛 형상을 하고 있어 피복용접을 하는 데 어려움이 많았다. CO_2 용접이 조금만 더 일찍 개발 보급되었더라면 얼마나 좋았을까 아쉬움이 남는 대목이다.

기록에 의하면 본선 조립 탑재 기간 중에 선급으로부터 품질 클레임을 약 60여 회 받은 것으로 되어 있는데 대부분이 부재 간 간격의 과다, 습기 찬 곳에서의 용접 등 워크맨십(Workmanship) 관련 문제였음을 볼 때 바람직한 품질규범과 그 당시 현실 여건 사이에 괴리(乖離)가 컸음을 보여 준다.

Welding Detail

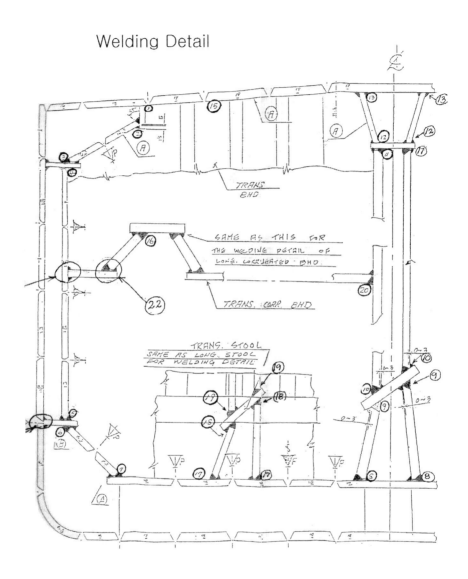

필자는 그 당시 내업(内業, 선각공장)을 담당하고 있었는데, 어느 날 상사(上司)로부터 외업(外業, 도크 이후 작업)을 맡으라는 명령을 받는다. 그 당시 본선은 안벽에서 카고 홀드를 검사하고 있었는데 홀드당 수십 개씩의 크랙이 발생되어 검사 진행이 잘 안 된다는 것이었고, 선급 측은 조선소가 모종 특단의 조치를 해 줄 것을 요구하고 있는 중이었다.

문제는 연일 확대되고 해결의 실마리는 보이지 않았다. 업무에 중압감을 이기지 못한 필자가 고작 생각해 낸 것이 사표를 내고 부산으로 도망가자는 것이었으니 돌이켜 보면 참으로 한심한 노릇이었다.

부산에 가서 여기저기 기웃거려 봤지만 뾰족한 수가 없었고, 며칠간 답답하게 지내다 보니 스스로 초라해지면서 자책(自責)이 일기 시작했다. 그래, 죽어도 가서 죽자. 안으로부터 알 수 없는 오기(傲氣)가 솟구치면서 잠을 설치던 다음 날 당시 선각부를 맡고 있던 박종명 부장에게로 가서 투항(投降)했다.

▌ 문제는 나날이 커져만 가고

1984년 11월 3일, 선급(Class)와 선주는 진수 이후 촬영한 18장의 사진(주로 크랙 발생부)을 제시하면서 카고 홀드에 물을 넣고(물 넣는 데만 사흘이 걸림) 용접부 검사를 하자고 요구하였고 조선소는 이를 수용할 수밖에 없었다.

그 후 약 두 달에 걸쳐 각 홀드에 해수를 채우고 수압 시험을 실시했다.

1985년 1일 9일, 수압 시험 과정에서 크랙 141개가 추가로 발견되었고, 조선소가 문제를 자꾸 감추려고 한다. 수압 시험을 다시 하고 비파괴시험과 파괴시험(가우징)을 병행하자고 선주 측이 요구했다.

1985년 1월 15일, 1034호선도 똑같은 방법으로 테스트하자고 요구했다.

1985년 1월 16일부터 2월 6일까지, DNV 본사로부터 용접 전문가 6명이 파견되어 본 선에 싱주(常住) 검사를 실시했다.

1985년 2월 5일, DNV가 모든 횡격벽(Trans Bulkhead)를 해체한 후 새로 용접하고, 모든 수동 용접부를 가우징한 후 새로 용접하지 않으면 철수하겠다고 나왔다.

1985년 2월 19일, 용접 수정에 관한 책임자급 확대 회의가 열렸다. 이 회의 참석자와 이해 당사자 간의 입장 차이를 요약하면 아래와 같다.

- DNV 측

참석자: Tech. Dir. Dr.T.C Mathiesen (Oslo), Vice Pres. Mr.H. Viig (kobe), Pri. surveyor Mr.Mansika (koje) 외 2명, Surveyor Mr.Gunnersen (SHI)

입장: 그동안 제시한 품질 클레임 서류 일체와 품질 취약 부분 사진을 모은 앨범을 제시. 이 배는 이미 정상으로 돌려놓을 수 없는 상태라며 초강경 자세.

- 선주 측

참석자: Superintendent Mr. Kroetoe, Superintendent Mr. Tveter

입장: Class(DNV)가 만족하는 배를 만들어 주는 것이 계약 정신이다. 그것이 안 될 경우 본선 인수가 불가능하다.

- 조선소 측

  참석자: 부사장 지규억, 부사장 Mr. Y.H.Seo, 이사 이민(李民), Prof. Dr. E.Steneroth (Sweden), Mr. Fauerskov, 부장(QC) 허연수(QC), 차장(생산) 성건표 차장, 차장(PM) 강길현, 차장(선각설계) 이기호.

  입장: 문제가 있다는 것은 인정하나 클로즈 업(Close up)해서 찍은 사진은 현상(現狀)을 너무 과장하고 있다. 적절한 수준의 수정안 필요함.

요컨대, 조선소와 선주/선급 연합군이 벼랑 끝에서 대결하는 양상. 선주를 등에 업은 거제 지역 수석 지부장 Mr. Mansika와 수세(守勢)에 몰린 조선소를 대표하여 DNV 측 주장이 불합리하고 가혹하다고 역설하는 이민 이사 간에 격렬한 설전(舌戰)과 수차례 회의를 통한 밀고 당기기 끝에 다음과 같은 합의를 만든다.

즉, 횡격벽(Trans Bulkhead)의 해체 요구를 철회(撤回)하는 대신 기존 Deep penetraion 부분을 전부 제거한 후 Full penetration 구조로 새로 용접한다. 나머지 덜 중요한 부분도 일정 부분 가우징한 후 그 결과에 따라 확대 여부를 결정한다.

본건 해결을 위한 태스크포스 팀이 즉각 구성되었다. 본선 갑판에 컨테이너 사무실을 올려놓고, 24시간 가동 체제에 들어갔다. 배창걸 기사, 김상수 반장이 본선으로 파견되어 필자를 보좌하게 되었고, 이어 김상근 등 정예 직반장 4명이 50명의 용접사를 데리고 올라왔다. 거기다가 협력업체로부터 가우징공 20명, 그라인더공 60명을 배속(配屬) 받아 주말(週末)도 없는 2교대

공사에 들어갔다.

수정조 편성(주야 교대)
 - 1조: 김상수 직장, 김상근 반장, 박정훈 반장
 - 2조: 배창걸 대리, 송달호 반장, 박창명 반장

▌ 절굿공이를 갈아서 바늘을 만드는 작업

모든 용접은 DNV Surveyor의 감독과 지시에 따라 하게 되어 있었다. 필렛 용접의 한쪽(개선부의 반대쪽)을 3분의 2 깊이까지 파내고 그라인드한 후 용접을 한다. 반대편을 다시 가우징, 그라인드한 후 DNV의 검사(MT)를 받는다. 합격된 부분에 한해서 본 용접을 하게 되는데 만일 내부에 결함이 발견되면 또다시 가우징, 그라인드한 후 검사를 받게 된다.

용접봉은 사용 전 300도 건조로에서 1시간 이상 가열 후 사용 중 항상 125도로 유지된 것을 써야 하고, 휴대용 용접봉 건조기를 각 개인이 소지해야 되고, 전량 저수소계 고장력 용접봉을 써야 한다. 용접부는 용접 착수 전 예열(豫熱)을 해야 하며 초층(初層) 비드는 3㎜ 용접봉을 써야 한다.

용접이 끝나면 그라인딩 후 MT Check를 받아야 하며, 최종 용접 상태는 비파괴검사(UT)를 실시한다. 세상에 이런 게 있을까 싶은 수준의 용접 방법과 검사 방법을 요구해 놓고 한 치라도 어긋나면 오슬로 본부에 보고하겠다고 나오는 통에 잠시도 긴장을 늦출 수가 없었다.

아침 작업 투입 전에 작업자 전원을 갑판에 모아 놓고 교육을 실시한다. 본 작업의 의미와 안전의 중요성, 작업 방법의 설명에 이어 이번이 마지막 기회이며 만일 이번에도 잘못되면 여러분이 앉아 있는 이 배는 해체되어 고철로 팔려간다는 말을 잊지 않았다.

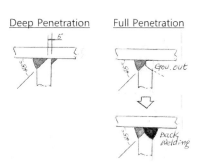

▲ Fillet 용접 형상

작업하러 내려 보낼 때 인원 파악을 하고 점심때 올라오는 인원을 점검한다. 작업장이 어둡고 깊고 넓어서 어떤 불상사가 일어날지 모르기 때문이다. 하늘이 도왔는가 그 오래고도 험한 작업 기간에 큰 사고는 없었다. 필자가 사다리를 잘못 타서 13m 아래로 떨어질 뻔한

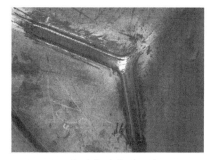

▲용접 수정 후의 모양

아차 사고를 겪은 것은 지금 생각해도 모골(毛骨)이 거꾸로 선다.

가끔씩 용접 결함을 따라 파 들어가다가 구조물이 훼손되는 수가 있었는데 그런 경우 현장에 상주(常駐)하는 DNV Surveyor의 승인을 받아 수정해 나갔다.

절굿공이를 갈아서 바늘을 만드는 작업이 기약 없이 진행되었다. 방진 마스크를 끼지만 코밑은 항상 연탄 장수 같았고 눈은 자주 충혈이 되었다.

연일 계속되는 강행군에 지칠 때면, 우리 돌격대는 가끔씩 식사를 같이하

는 자리에서 "가도 가도 끝이~ 없는 고달픈 이 나그네 길 비바람이 분~ 다
눈보라가 친~ 다"를 읊조리며 심신의 노곤함을 달래곤 했다.

수정 용접장이 16㎞라는 중간 집계를 보고 그 엄청난 길이에 놀라고 사람
이 신명을 다 바쳐서 안 될 일이 없다는 생각도 했다.

▌ 또 한바탕의 소동

연일 계속되는 가우징, 그라인드 작업으로 카고 홀드의 안팎이 온통 탄광
처럼 변해 가던 7월 어느 날 화물창 작업이 끝나고(화물창 수정을 위한 2교대
작업을 5개월간 했다) 외판(外板)의 용접부의 수정을 위하여 도킹을 하게 된다.

2도크, 지난해 10월 진수하여 9개월 만에 다시 도크로 들어간 것이다. 후
속선 건조 중 2박 3일 짧은 틈을 내어 들어갔건만 때마침 장마철이라 바람
을 동반한 빗줄기가 만만찮았다. 대형 천막을 쳐서 비바람을 막아 보았지만
여의치 않자 이동식 지붕을 LLC가 번쩍 들고 와서 서 있도록 했다. 비막이
용으로 LLC를 동원한다는 것은 삼척동자가 웃을 일이지만 형편이 형편인지
라 애로 사항이 있을 때는 특급으로 지원이 되었다.

외판 작업이 그러구러 좀 되는가 한숨을 돌리려는데 도크 바닥 쪽에서 아
우성이 났다. 배 밑바닥이 찌그러지고 있다는 소리가 들려왔다. 정신없이 뛰
어 내려가 보니 기관실 하부 반목 부분이 최대 7㎝ 정도 광범위하게 내려앉
고 있는 것이 아닌가. 아니, 배가 이렇게 쉽게 망가질 수 있단 말인가. 난생
처음 당하는 광경에 놀라고, 금방이라도 폭삭 내려앉을지도 모른다는 무서
움이 엄습해 왔다.

선체하중에 비해 반목이 부실하다는 계산이 설계로부터 나왔고 즉각적인 반목 보강이 이루어졌다. 선체가 안정된 것을 확인한 우리는 왜곡된 부분의 외판과 내부재를 잘라서 교환하고 불로 굽고 지지고 칠하고 온풍기를 온통 동원하여 말리는 등 푸닥거리를 치른 후 입거 사흘 만에 안벽으로 빠져나왔고 이어 다음 공정인 특수도장(特殊塗裝)으로 배턴이 넘어갔다.

■ 그러나 인도(引導)는 요원했다

이 배는 화학 제품 운반선이다. 내부재를 가급적 홀드 밖으로 배치하고 콜루게이트(Corrugate)를 많이 썼다. 그래서 크랙이 그렇게 많이 발생했던가. 사실 후속선인 1034호선은 1033호선의 전철을 밟지 말자며 각별 유념하여 관리를 했는데도 1033호선과 비슷한 결함이 발견되었다. 물론 정도는 차이는 있었지만….

그 이후 진행된 화물창 특수도장 공정 역시 만만치 않아 별의별 희한한 곡절을 겪느라고 한 해를 또 넘겨 이듬해 봄이 되어서야 인도를 하게 되는데 그 중간에 용접과 관련해서 일어난 또 한 번의 푸닥거리도 빼 놓을 수 없다.

1985년도 저물어 가던 어느 날, 크리스마스이브 날이었다고 생각된다. 퇴근할 무렵, 이미 각자의 마음 한자락은 집에 있을 가족과 따뜻한 아랫목을 생각하고 있는데 느닷없이 노수웅 이사로부터 긴급 호출이 왔다. 카고 홀드에 크랙이 있다 하니 확인하고 저녁에 회의에 참석하라고 했다. 이제 모든 작업 마치고 시운전까지 다녀온 배에 크렉이라니! 처음에 열 몇 개 있다고 했는데 나중에 확인해 보니 50개가 넘는다고 했다. 서둘러 장비를 챙기고 정신없이 현장으로 달렸다. 아니나 다를까 홀드 안을 들여다보니 군데군데 녹물이 흘러내려 분통(粉桶) 같은 화물창 벽이 검붉게 물들어 있었다. 혹은 높고 낮은 곳에, 길게 짧게, 녹물은 여기저기 한여름 개 혓바닥처럼 늘어트려져 있었다.

정신이 아득아득했다. 아! 저 크랙. 저것들 잡겠다고 그동안 고생한 나날들이 부질없다. 이게 무슨 일이람.

회의에 갔지만 기가 막히고 화가 나서 숨만 몰아쉬고 있는데 노이사(Dir. Noh)가 일갈한다. "경수야! 니 오늘 저녁에 저거 다 칠해뿌라!"

아니 저 높은 곳에 한두 개도 아니고, 한두 홀드도 아니고 저게 무슨 소린가 하고 있는데, 이 말을 들은 쪽에서 대답이 불쑥 나온다. "알았심더".

회의는 간단히 끝났다. 즉각 행동으로 옮겨졌다.

아무 죄도 없는 도장(塗裝)이 저렇게 "알았심더" 하는데 당사자인 용접은 두 말 붙일 나위가 없다. 이미 퇴근한 용접공, 가우징공 불러내고, 15~16m가 넘는 알루미늄제 사다리 준비하고, 홀드 바닥 전체를 덮는 천막이 수십 개 깔리면서 잠시 잊을 만하던 수정 작업이 또 시작된다. 그 큰 화물창에 정적과 평화가 깨어지고, 섬광(閃光)이 비산(飛散)한다. 가우징의 굉음이 사방에 부딪치며 메아리친다. '별똥별처럼 쏟아지는 저 불덩어리 아이구! 저 도장! 저거 어떻게 칠한 것인데…. 석면포를 단단히 붙이고, 데미지를 최소화해야 한다. 높은 데는 사다리 두 개를 묶어 연결하고 양쪽에 두 사람씩 서서 받쳐라. 안전이 최우선이다, 떨어지면 죽는다. 오늘 저녁에 끝내야 한다' 하면서 작업은 진행되어 갔다. 그리고 예열(豫熱)! 어떤 일이 있어도 예열을 해야 한다. 용접, 그라인드, 페인트 스프레이가 순차적으로 붙고, 끝나면 다음 크랙으로 이동한다. 그러고는 다음 홀드, 쏴쏴쏴 쉬쉬쉬…. 세상 어디에 그런 스릴과 서스펜스가 있을꼬.

크리스마스이브 좋아했다는 생각이 들면서 피식 웃음이 지나갔다. 용접은 지들이 지은 죄(?)가 있어 그렇다 치더라도 도장은 뭐람? 그래도 군소리 안 하고 묵묵히 나서는 사람들이 여간 고맙지 않다.

이튿날은 마침 크리스마스 휴일이다. 그러나 거기에는 크리스마스도 휴일도 없었다.

▲ 카고 홀드의 수정

■ 가기는 간다마는…

1986년 3월 12일. 본선이 인도되었다. 계약 날짜보다 무려 1년이 늦었다.

부웅, 기적을 울리며 본선이 떠날 때 2안벽에 전송 나온 사람들, 떠나는 선원들, 각자의 입장에 따라 그 심정은 달랐겠지만 거의 폐선 직전에까

▲가우징 장면

지 몰려가며 천신만고 여기까지 따라온 사람의 감회는 유별났다.

가기는 간다마는 행여 돌아오지는 않을까. 못 미더운 딸 시집보내는 부모의 마음이 그랬을까?

그 후 시집살이 잘하고 있다는 소식이 들리더니만 어느 해는 선사(船社)의 경영이 어렵다는 풍문도 돌았다.

본선은 그 후에도 별다른 소식은 없었고 가문(家門)에 더 큰 누를 끼치는 일은 없었던 모양이지만 그때, 크리스마스이브 날의 푸닥거리는 두고두고 궁금증을 남긴다. 그 엄청난 용접 수정 과정에서 구조물 곳곳에 숨어 있던 스트레스가 시운전 중에 표출(表出)된 것일까. 그렇다면 그것으로 모두 일단락된 것일까. 아니면 운항 중에서 추가적인 결함이 있었지만 크게 괘념하지 않고 넘어간 것일까.

우리가 아직 기술적으로 취약할 때, 어쩔 수 없는 성장통(成長痛)이라 하기에는 너무나 큰 어려움과 고통을 주고 배는 그렇게 떠나갔다.

930 작전

1982년 3월, 2도크가 완성되었다. 처음으로 1022호선을 건조한 후 곧이어 유명한 Hapag Lloyd의 1025/26호선을 짓게 되는데, 아뿔싸 선주가 이것저것 원하는 대로 보강(補強)을 많이 한 탓인가 배가 너무 무겁게 만들어져(재화중량톤이 모자라게 되어) 잠보라이징(Jumborizing)[4] 당시 설계는 빔 이론(Beam theory)과 선급 룰(Rule)의 계산식에 의존하여 구조 설계를 할 뿐, 3차원 구조해석능력(3D F.E.M)과 로컬(Local) 진동해석 능력을 갖고 있지 못하였다.

1025/26호선의 홀드(Hold) 구조해석과 로컬(Local) 진동해석을 독일 기술자에게 맡겼으나 경량화 설계가 되지 못하였고, 해석 프로그램 적용 기술의 미흡으로 선미부 플로어(Floor)의 두께가 25mm로 설계되는 등 선체가 과도하게

---

4)   당시 설계는 빔 이론(Beam theory)과 선급 룰(Rule)의 계산식에 의존하여 구조 설계를 할 뿐, 3차원 구조해석능력(3D F.E.M)과 로컬(Local) 진동해석 능력을 갖고 있지 못하였다.
    1025/26호선의 홀드(Hold) 구조해석과 로컬(Local) 진동해석을 독일 기술자에게 맡겼으나 경량화 설계가 되지 못하였고, 해석 프로그램 적용 기술의 미흡으로 선미부 플로어(Floor)의 두께가 25mm로 설계되는 등 선체가 과도하게 무거워져 결국 데드웨이트(Deadweight) 보상을 위한 공사를 하게 되었다.
    설계의 중요성을 절감한 회사는 선급 출신 고급 인력을 영입하고 연구소를 설립하는 등의 피나는 노력을 통해 안정된 경제선형, 3차원 구조해석을 통한 경량화, 진동 및 소음해석 등의 자립 설계를 이룰 수 있었다.

무거워져 결국 데드웨이트(Deadweight) 보상을 위한 공사를 하게 되었다.

설계의 중요성을 절감한 회사는 선급 출신 고급 인력을 영입하고 연구소를 설립하는 등의 피나는 노력을 통해 안정된 경제선형, 3차원 구조해석을 통한 경량화, 진동 및 소음해석 등의 자립 설계를 이룰 수 있었다.

이라는 초유(初有)의 공사(工事)를 하게 된다.

이미 진수된 배의 허리를 잘라 화물창을 길이 방향으로 4m 연장하는, 듣도 보도 못한 공사였는데 그 작업으로 인하여 당해(當該) 호선뿐만 아니라 후속선까지 순차적으로 영향을 미쳐 품질, 생산, 안전 나아가 회사 경영 전반을 혼미 속에 빠뜨린 소위 930의 단초를 제공했다.

독일 Hapag Lloyd는 그 당시 세계 유수의 선사(船社)로 그 기술력이나 규모가 상당했던 반면 우리 조선소는 이제 갓 태어난 병아리처럼 나약했다. 창원 1공장에서 만들어 온 해치 코밍(Hatch coaming) 18짝이 불량 판정을 받아 전량 폐기될 정도로, 선주 감독 마사네크의 위세는 대단했다.

1025/1026호선에 이어 2도크에 배치된 기어벌크(Gearbulk, 40k BC)사(社)의 1027/28/29/38 4척 시리즈와 거의 같은 시기에 1도크에 배치된 스타보(Staubo, 74k PC) 1033/34호 2척 시리즈는 그 당시 대표적 문제 호선으로 전사적 관심사가 되었고, 그 후속선 역시 크고 작은 문제로 회사 경영을 어렵게 하였는데, 우리는 그 시기를 '930때'라고 부르고 지금도 그때, 몸서리나던 때를 상기하며 조용히 한숨짓기도 한다.

930은 어쩌면 신생 조선소가 해운 불황이라는 미증유의 파고를 만나 살아남느냐 죽느냐 하는 절체절명의 시기가 아니었던가 생각된다.

인도되어야 할 배가 안벽에 묶여 계속 인력이 투입되고 있으니 후속 호선에 인원 투입을 못 하고, 그 영향이 다음 호선 또 다음 호선으로 미치게 되어 1984년 중반부터 약 2년 반 동안 엄청난 고통을 겪었다.

이러한 악순환의 고리를 끊기 위하여 1985년 3월, '칼'이라는 별명을 지닌 L상무가 생산 부문의 전권을 받고 취임하게 된다. 그는 지연된 모든 호선을 그해 9월 30일까지 마무리하겠다는 목표를 내세웠다. '930'이라는 명칭은 목표일자 9월 30일을 뜻하는 것이었으나 많은 사람들이 밤을 낮처럼 여기고 늦게까지 일을 하다 보니 자연스럽게 저녁 9시 30분까지 근무하라는 뜻으로 받아들여지기도 했다.

근무와 관련해서 특별히 기억되는 것은 매주 토요일 생산 부서장 회의였다. L상무가 주관하는 이 회의는 매주 토요일 오전 10시에 시작하지만 끝나는 시각은 따로 없었다. 회사가 준비한 도시락으로 점심을 먹으면서 줄곧, 늦은 밤까지 계속되었는데 그는 기나긴 회의 시간에 잠시도 긴장을 늦추지 못하게 하는 열정과 카리스마를 가진 분이었다.

회의에는 부서별, 호선별 지난주 실적을 가지고 재판(?)을 받게 되는데, 생산관리나 품질관리의 실적 발표에 이어 해당 부서장이 그 부진 원인과 향후 대책을 설명해야 했다. 답변이 좀 믿을 만하고 소신에 차 있어야지 두루뭉술 넘어가다가는 여지없이 꽁무니가 잡혀 "모 부장이 지금 소설을 읽고 있다"고 핀잔을 당하기 일쑤였다. 그 당시 품질관리를 맡고 있던 허연수 부장의 준엄

한 논고가 재판정의 분위기에 그렇게 어울릴 수가 없었고, 자재관리에서 간부를 대신해서 나온 옥철표라는 젊은 사원의 똑부러지는 업무 파악과 답변이 일품이었다고 기억된다.

배를 안 가져가려고 작심하고 나오는 선주들 떠밀어내랴, 매주 한 번씩 재판받으랴 미상불 죽을 맛이었고, L상무께서도 그때의 과로로 건강을 많이 상해서 그 후 상당 기간 고초를 겪으신 것으로 기억한다. 그때 목표로 한 날짜보다는 약간 늦어지긴 했지만 목표 달성을 향한 우리의 열정과 투지 덕분에 그래도 그만큼 했다고 생각된다.

이야기를 돌려 이처럼 어려움이 산적하던 1980년도 초반의 조선 시황과 경영 여건을 살펴보고자 한다.

1970년대 두 차례에 걸친 석유파동 여파로 1980년대 초반부터 세계 해운 경기가 침체되자 조선 경기도 불황을 맞게 된다. 국내 각 조선소는 신조선 물량의 격감과 이에 따른 선가의 하락에도 불구하고 최소 조업 수준이라도 유지하기 위해 소위 출혈 수주를 했던 것 같다.

시황이 그렇다 보니 도크 능력을 두 배 이상 키우면서도 거기에 상응하는 인력을 갖출 수 없었고, 일부 충원된 인력도 실무에 숙달되는 기간을 갖지 못했다. 도크를 만들어 놓고, 충분한 대비도 없는 사이에 불황의 파고를 정통으로 맞은 것이었다.

다급해진 회사는 외주업체를 대대적으로 투입했다. 그 당시로서는 가장 손쉬운 대책이었지만 대부분의 외주업체는 기대치에 미치지 못했고 때로는 오히려 일을 더 벌어 놓곤 했다.

어설픈 외주업체에 의한 부실공사는 품질 문제를 낳고 선주의 불신을 초래했다. 지연된 일정을 만회하기 위한 외주의 추가 투입과 그들에 의한 철야 돌관 작업은 또 다른 불실과 그로 인한 공정 지연을 낳았다.

적자 수주를 한 것이라 어떻게든 현업에서 만회를 해 줄 것을 기대하고 짠 경영 계획이 출렁거리고, 설상가상 인도조차 제때 안 되니 경영상 어려움이 누적되어 갔다.

다반사로 일어나는 지연과 차질, 언 발에 오줌 누기, 임시방편, 시행착오의 연속이었다. 외주업체는 항상 인건비가 안 된다고 울상 지었고 실제로 많은 업체들이 쓰러지고, 어떤 업체는 도피성 철수를 감행하여 회사에 부담을 남겼다.

때마침 해운 물량은 극감하여 운임이 떨어지고, 선종이나 항로에 따라서는 배를 가져가 봤자 운송할 화물이 없는 상황이었던지라 선주는 가급적 배의 인수를 늦추는 것이 상책(上策)이라고 판단한다. 크든 작든 간에 클레임을 걸면 공기(工期)가 늘어나기 마련이고, 하루라도 더 버티면 최소한 묘박비(錨泊費)라도 아낄 수 있다는 계산을 했던 것인지 어떻게든 트집 잡을 일만 생각하는 상황하에서 선주는 칼자루를 쥐고 조선소는 칼날을 잡고 마주서서 대적하는, 유혈 낭자한 싸움이 진행되고 있었다.

척당 수백 개, 심한 경우 천 개가 넘게 쏟아지는 선주 리퀘스트(Owner request)는 그렇잖아도 바쁜 관리자의 발목을 잡았다. 인력을 빨리 빼서 다음 호선으로 넘겨야 하는데 해결되는 아이템보다 새로 발행되는 아이템이 더 많이 쌓였다. 선주 리퀘스트를 남긴 채로는 인도가 불가능한지라 모두들 형광펜으로 개칠한 리스트(Outstanding Item)를 들고 다니며 챙기고 독려하지만 그게 그렇게 쉽게 지워지는 것이 아닌지라, 하나 지우려다가 두 개 늘리는 경우도 있었다.

그래도 열심히 해서 공정이 조금이나마 앞으로 나갈 때는 희망이라도 있지, 어쩌다 시한폭탄처럼 품질 문제가 터져 나올 때는 죽을 맛이었다. 우리는 그 시기에 취부, 용접, 특수 도장, RTR 파이프 등 여러 부문에서 크고 작은 품질 사고를 만났다. 그것들은 현상을 파악하는 데만 해도 시간이 많이 걸렸고, 원인과 대책이 나와도 탈출구를 찾는 데 또다시 많은 기간을 요했다. 경험들이 없으니 가는 데까지 가 봐야 했고 본의 아니게 관련 부서의 발목을 잡고 잡히기 십상이라 모두들 전전긍긍했다.

품질 사고를 겪을수록 선주 측은 더욱 기고만장해졌다. 담장을 중간에 두고 선주와 칼싸움을 하는데 갑자기 땅이 푹하고 꺼져 버리는 기분이라고 하던 L상무의 푸념처럼 품질 사고는 공정 진행에 치명적이었다.

품질사고

이제는 기술력이나 환경이 많이 달라졌고 세월도 많이 흘러 한참 빛바랜 이야기가 되었고, 그때 아픈 기억의 편린들이 지금 와서 무슨 의미가 있을까마는 자기관리에 실패한 조직이 타의(他意)에 의해 통제될 때 얼마나 고통스러울까, 그리하여 그 조직원의 사기(士氣)가, 작업장의 혼란상(混亂相)이, 회사의 경영이 어떻게 되는가를 본다는 점에서 일고(一顧)의 가치를 찾을 수 있겠다.

돌이켜 보면 우리는 그때 참으로 암울한 상황 속에서 고난의 강을 건넜다.

수중 작업(水中 作業)

시운전을 앞둔 1021호선에서 소동이 났다. 선주가 도킹(Docking)⁵⁾을 하지 않으면 시운전을 보이콧하겠다는 것이었다. 난데없이 도킹이라니…. 수리선 도크가 근처에 없던 상황이라 선주의 입에서 도킹이라는 말이 나오게 되면 담당자는 언제나 긴장하기 마련이었다.

불상사의 진원지를 찾아 당도한 곳은 어느 특도창⁶⁾ 밑바닥이었다. 간밤에 누군가가 브라스팅을 하다가 노즐을 바닥에 놓고 퇴근한 모양으로, 밤새 사출(射出)된 모래가 탱크 밑바닥을 밤톨만큼 파 놓고 있었다. 구멍은 판 두께의 대부분을 파먹고 주간지 두께 만큼 남았을까, 조금만 더 있었으면 바닷물이 새어들어 올 뻔했다.

마음 같아서는 얼른 용접을 해서 메꾸어 버리고 싶었지만 그럴 수는 없었다. 잘못하다가 외판에 맞구멍이라도 내어 버리면 진짜 큰일로 번지게 되고 어찌어찌 용접을 해서 메꾸었다 하더라도 소위 담금질 효과(Quenching effect)라 해서 건너편에 있는 바닷물이 용접부를 급속히 냉각시켜 철판의 물

---

5) 선저 작업이 가능하도록 배를 도크 안에 넣어 반목 위에 올림.
6) 특수도장을 하는 화물창.

성(物性)을 나쁘게 만들 수 있기 때문이었다.

아무리 그렇다고는 하지만 그것 때문에 수리선 도크가 있는 울산까지 간다는 것도 어불성설. 작업은 두 시간 정도면 될 정도로 간단하겠지만 가고 오는 데 아마 5일은 걸릴 것이다. 그러면 본선 인도가 그만큼 지연되고, 도킹 비용도 만만치 않을 것이었다. 어떻게든 도킹을 안 하고 이 난감한 상황을 모면할 수 있는 방법이 나와야 했다.

문제는 용접부 뒤편의 바닷물의 존재였다(배가 물 위에 떠 있으니까). 물만 없으면 될 일이었다. 엄지손가락 정도의 면적이다. 그 정도라면 어떻게든 될 것 같아 이리저리 궁리를 하던 차에, 문득 해수욕할 때 쓰는 타이어 튜브 생각이 났다. 타이어 튜브를 배 밑바닥에 끌고 들어가면 일단 부력을 받아 그것이 배 밑바닥에 바짝 달라붙을 것이다. 그리고 나서, 에어호스로 가운데 부분에 공기를 불어넣으면 공기는 해수를 밖으로 밀어내고 타이어의 높이만큼은 공기로 찰 것 같았다.

유레카! 그렇게 해 보자! 간단한 스케치를 해서 선주를 찾았다. 여차저차 용접을 하고 내친 김에 용접부에 도장까지 하겠다고 했더니 일단은 좋은데 자기가 작업 상황을 볼 수 있도록 해 달라고 했다. 그것이 가능하다면 진행하라고 했다. 즉각 적당한 크기의 부체(浮體)를 만드는 한편 잠수부를 수배했다.

▲ 임시방편으로 만든 부체(浮體)

▲ 수중 작업 개념도

우선 잠수부가 물에 잠긴 부체(浮體)를 끌고 배 밑으로 들어간다. 카메라 센서를 부체 안에 붙이고, 전선으로 연결된 모니터를 안벽에 설치했다. 물론 문제의 부위를 미리 표시해 놓고 앞에서 언급한 방식으로 용접하게 했다. 안벽에 임시로 설치한 모니터링 데스크에서 선주가 일거수일투족을 보고 있는 가운데 일은 착착 진행되어 갔다. 물에 안 젖도록 비닐봉지로 잘 싼 붓과 철솔(Steel brush)을 공기층 안에서 하나씩 풀어 사용하게 했다.

용접열로 타 버린 도막을 철솔로 제거한 후 가져간 도료로 칠하고 뜨거운 공기까지 불어넣어 건조가 되었음을 확인시켜 주는 데 한나절이 걸렸다.

하마터면 울산까지 가서 도킹을 해야 할 일을 그렇게 해결한 것이었다. 작은 아이디어로 이처럼 돈과 시간을 구(救)할 때 엔지니어는 큰 보람을 느끼는 것이다.

궁즉통(窮則通)은 이럴 때 쓰라고 만든 옛 선현의 지혜일까.

2004년 한진중공업은 선수부 수중접합 탑재공법이란 것을 창안하여 도크 길이보다 25m가 더 긴 8,100TEU급 컨테이너선을 건조하여 세계 조선업계로부터 경이적인 신기술을 개발했다는 평가를 받았다.

도크의 길이가 300m로 제한되어 있어 이보다 더 긴 선박은 사실상 건조할 수 없는 입지적 조건을 극복한 성공 사례로 기본 원리에 있어 본문과 유사하여 여기에 소개한다.

우선 도크가 수용할 수 있는 크기의 선박을 만들어 진수한 후 안벽에서 나머지 선수 부분을 탑재하되 용접은 특수하게 제작된 물막이 댐을 밀착시켜 선체 구조물 안에서 편면용접으로 마무리하는 방식이다.

100 마크

미스터 불로(Bullo)라는 선주가 있었다. 그는 1040/41/42호선 (1985~1986년 건조)의 선주 감독이었는데, 자그마한 키에 다부진 체격의 중년 남자가 어찌나 바지런하였던지 오랜 세월이 지나도 잊지 못한다.

그 당시 선주감독들이 다분히 그런 경향을 보이기는 했지만 특히 이 사람은 조선소 품질기준(SSQS)을 무시했다. 1040호 시리즈는 석유정제선(Product carrier)이라 그 특성상 화물창이나 바라스트 창에 페인트가 중요하고 따라서 구조물의 모서리 처리를 각별히 신경 써서 하게는 되어 있지만 이 사람은 아예 장갑을 끼지 않고 다니면서 손등이나 팔뚝으로 쓰윽 그어 보고 손등이 조금 긁혔다 싶으면 더 이상 검사를 진행하지 않는다고 했다. 하도 사람들이 검사받기 힘들다고 해서 한 번 따라가 봤더니 아뿔사 선각구조물의 모서리가 하나같이 붓 대롱처럼 반질반질한 것이 아닌가. 아차! 이거 큰일 났구나, 그냥 넘길 문제가 아니라는 생각이 들었다.

그 길로 미스터 불로를 만나 항의를 했는데 이 양반은 "당신들이 일을 할 줄 몰라서 그렇다. 그라인드를 하되 빠진 곳이 없도록 해야지 쓸데없이 반질

반질 광만 내고 있다. 나는 그렇게 하라고 시킨 적 없다"고 잡아떼고 있었다.

문제는 그라인드 돌이 지나고 난 뒤에 생기는 가시(Burr)를 그대로 두면, 도장이 제대로 묻지 않는 부분이 생기게 되고, 그 가시를 없애려면 그라인드를 여러 각도에서 몇 차례 하든지, 아니면 그라인드 후 샌드페이퍼 처리를 해야 한다는 것이었다. 샌드페이퍼는 주로 나무를 다듬는 물건인데 그것으로 쇠를 다듬어야 할 판이었다.

다시 현장 사무실로 가서 담당 직장의 이야기를 들어야 했다.

"카고 탱크 하나에 절단 모서리와 에어홀과 스케롭 등 일하기 고약한 모서리가 오죽 많습니까, 이걸 하나같이, 빠짐 없이 하라고 합니다. 한 군데라도 시원찮은 게 보이면 검사를 안하고 돌아가 버리는 선주를 잡으려면 붓대롱처럼 갈아서라도 성의를 보일 수밖에 없습니다."

직장의 애로 사항은 이해 안 되는 바 아니지만 이렇게 밑지는 장사를 할 수 있나. 아무리 그래도 그렇지. 이렇게 무한정 인력을 투입해서 선주의 환심으로 배를 지어서야 되겠나, 두 번, 세 번 안 되면 네 번이라도 체크를 해서 빠진 데가 없도록 하자. 그렇게 해도 안 되면 항의서한을 선주사에 보내서라도 바로 잡아야지 이렇게는 안 되겠다 하고 돌아왔다. 사상(仕上)이라는 게 원래 그 기준이 조금 애매한 데가 있기는 하지만 너무나 일방적으로 끌려가는 상황이 안타까워 견딜 수 없었다.

불로가 이렇게 나오는 데는 나름의 사연이 있기는 했다.

1040호선 선각이 거의 다 형성되어 가고 있을 때, 2도크 취부 직장이 파랑

게 질려서 들어왔다. 내용인즉슨 화물창 검사 중에 부재 간 단차(Misalign)가 발생한 것을 선주가 발견했다는 것인데, 종격벽(Longi bulkhead)을 가운데 두고 붙은 양쪽 횡격벽(Trans bulkhead)이 8㎝나 어긋나게 붙었다는 것이었다. 8㎜도 아니고 8㎝라니…. 말도 안 되는 오작(誤作)이었다.

조사 결과 다른 곳에도 그 정도는 아니어도 상당 부분 단차가 있다는 것이었고 선주 측이 어느 정도 파악을 해 갔다고 했다.

930 당시, 난장판 조선소에 외주업체가 만든 작품이라고는 하지만 그래도 그렇지, 쥐구멍이라도 찾고 싶은 심정이었다.

불로가 가만히 있을 리 없었다. 사실은 그때부터 악명이 높아졌다. 종격벽(Longe bulkhead)에 수백 개의 드릴 홀을 뚫었다. 구멍마다 용접봉 같은 철심을 넣어서 양쪽 횡격벽 간의 어긋난 정도를 파악하기 위한 것으로, 확실하기는 하지만 너무나 원시적인 작업이 진행되었다.

잘못 취부된 곳을 찾아 용접부를 불어내고 새로 맞춰 붙이는 공사가 있은 후에 임시로 뚫은 구멍으로 단차 여부를 확인한 후 용접으로 메우는 작업까지 한 달 정도 걸린 것으로 기억한다.

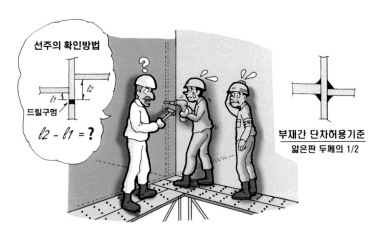

선주의 확인방법

드릴구멍

$l2 - l1 = ?$

부재간 단차허용기준
얇은판 두께의 1/2

대책이 나와야 했다. 타 회사의 사례 중에서 쓸 만한 것을 찾아내었다. 큰 부재가 붙을 위치에서 100㎜ 떨어진 곳에 부재 선과 나란한 방향으로 먹줄을 미리 튕겨 놓으면 부재가 올 위치를 쉽게 확인할 수 있을 거라고 했다. 좀 귀찮은 일이기는 하지만 그렇게 하면 이번과 같은 사고를 막을 수는 있겠다 싶었다. 1985년, 우리 작업장에 100마크가 그렇게 시작되었다.

그러나 마음은 착잡했다. 100마크라는 장치는 만들었지만 그것도 안 지키면 그뿐, 부재 간 단차는 두께의 1/2을 넘지 않도록 품질기준에 엄연히 정해져 있다. 정해진 표준을 지키는 것이 문제였다.

용접 사고에 이어 이번엔 취부 사고, 다음에는 어떤 사고가 생길지 불안했다. 부서 운영을 이렇게 해서는 안 되겠다. 시스템을 점검하고 무엇보다도 이를 스스로 지키게 해야 되겠다는 생각이 절실했다. 세상에, 8㎜도 아니고 8㎝라니….

1040호는 우리에게 취부의 중요성, 규정 준수의 필요성을 일깨워 주었다.

숨 쉬는 배

　　호주의 유명한 선사가 발주한 220K BC, 1043호선을 건조할 때 일이다. 길이가 315m에 폭이 55m, 창사 이래 제일 큰 배라 하여 대책회의를 하는 등 신경을 많이 썼고, 그래서 처음으로 2점 탑재를 시도한 배다.

　　2점 탑재란 도크 기간이 짧고, 탑재해야 할 블럭이 많을 때 공기 단축을 위하여 선수미 양쪽에서부터 탑재를 진행해 들어와 중간에서 완성하는 것인데, 이것이 문제가 된 것이었다.

　　배가 숨을 쉰다고 아우성이 났다. "부장님 큰일났습니다. 파이널 바트(Final Butt)를 집을 수가 없습니다."현장을 돌아봤더니 과연 바트 라인(폭 방향의 이음매)에 틈새가 최대 40㎜ 정도 벌어져 있었다. 그 큰 배가 전폭으로 입이 벌어져 숨을 쉬고 있다고 생각하니 아찔한 느낌이 들었다.

　　낮에는 틈새가 너무 벌어져 취부를 못하고 밤에 선체가 충분히 식어 틈새가 없어지기를 기다려 야간에 취부를 했는데, 아침에 용접을 하려고 준비하는 중에 이렇게 됐다는 것이었다. 과연 두께 18㎜, 사방 30㎝가 넘어 보이는 덧판이 칼로 내려친 듯 싹둑싹둑 끊어진 것을 본 순간 머리끝이 곤두선다는 느낌이 들었다.

　　대책회의라고 해 봤지만 특별한 방법은 없었고 다만 좀 더 두터운 덧판을 촘촘히 붙이는 것으로, 그러니까 어제보다 두어 배 더 강하게 구속하는 것으로 결론을 냈다. 그 정도면 설마 문제가 없지 않을까 생각했다.

그런데 그게 아니었다.

꽈광…. 이튿날 아침, 11시경이나 되었을까. 엄청난 소리가 난다 싶더니만 아니나 다를까 갑판에서 몇 사람이 뛰어 내려오는데 얼굴들이 새파랗게 질렸다. 이번에는 전폭의 5분의 1 정도 초층 비드를 넣고 있었는데 그것마저 덧판과 함께 잘려져 나갔다는 것이었다.

상황이 자못 심각하다는 생각이 들기 시작했다. 이 큰 덩치가 살아서 움직이는 모양을 보니 더 이상 덧판 따위로 해결될 문제가 아닌 것 같았다.

불안했다. 여기저기 알아봐도 속 시원한 처방을 내리는 사람이 없었다.

구름 낀 날을 기다리며 며칠이 또 흘렀다. 다음 날 날씨를 정확히 알아야 하루 전날 밤에 취부를 하겠는데 이상하게도 그때는 화창한 날씨가 많았다. 구름 끼는 날씨를 예상하고, 밤을 도와 단단히 취부를 하고 있는데 비가 추적추적 내려 버리기도 했다. 용접과 도장에는 비가 상극(相剋)이다.

덧판을 여러 번 떼었다 붙였다 하는 통에 블럭 이음매는 점차 누더기가 되어 가고, 거기다가 이제는 밤이 되어도 틈새가 처음처럼 닫히지 않고 용접으로 메꾸기에는 곤란한 정도로 변해 가고 있었다. 이제 날씨만의 문제가 아니었다. 덧판으로 당겨 붙였는데도 틈새가 심한 데는 30㎜ 가까이 되고 있었다.

진수일자는 다가오는데 여러 날을 죽을 쑤고 있으니 선주 측에서도 불안했던 모양으로, 수석감독을 맡고 있던 미스터 오웬(Mr. Owen)으로부터 호출이 왔다.

미스터 오웬은 이 배를 발주할 때 자기가 삼성행을 우겼는데 자기도 묘안이 없어 애를 태우던 중이었노라고 하면서, 이미 용접이 완료된 외판 이음매까지 해체하는 게 어떻겠느냐고 권유를 해 왔다. 외판 때문에 틈새가 충분히 닫히지 않는다고 믿고 있었다. 그러나 말이 쉽지 그건 엄청난 일이다. 좀더 검토를 한 후 다음 날 다시 만나기로 하고 선주 사무실을 나왔다.

갑판 이음부의 틈새를 줄이는 방법을 생각해야 했다. '이미 한쪽이 용접되어 있는 갑판을 반분(半分)하여 10㎜ 정도를 이동하자. 그것도 간단한 작업은 아니지만 양쪽 외판을 자르는 것보다는 낫다. 다만 도면에 없는 이음매가 생기는 것이 문제인데 그 정도는 선주의 양해를 얻자'.

이튿날 간단한 스케치와 설명으로 미스터 오웬의 동의를 얻었다.

좀 큰 나라 사람들이 아무래도 좀 통이 크다는 생각을 하며, 갑판 블록을 반으로 잘라, 평균 20㎜나 되는 틈새를 10㎜로 양분(兩分)하는 작업에 착수했다. 12m 간격으로 있던 블록 이음매가 여기에서만은 6m가 되었지만, 선주가 양해해 준다면, 크게 문제 될 것은 없었다.

밤을 도와 취부 작업에 들어갔다. 이미 많이 해 본 작업이지만 이번에는 2개 라인을 동시에 진행하는 것이라 작업자가 많이 투입되어야 했다. 요즈음 같으면 10㎜ 정도의 틈새는 세라믹 벡킹재를 붙여 자동용접해 버리면 해결될 일이건만, 그 당시에는 얇은 철판(Back stripping)을 잘라 개선부 뒷면에 일일이 붙이고 육성용접을 한 후 제거해 내어야 하는 번거로운 절차를 밟아야 했다. 이번이 마지막이라고 생각하고 모든 정성을 다했다.

장비도 사람도 최대한 동원하여 양쪽 라인을 동시에 용접하고 내부재 용접도 뒤따라 붙도록 해서 얼른얼른 그 크고 무서운 입을 틀어막았다. 탑재2과 인력의 절반이 투입된 대규모 작전 덕분에 해가 뜰 무렵에는 자동용접에 들어갈 수 있었다.

기쁨은 항상 고통 뒤에 오는 것일까. 그날 탑재2과 김종호 과장 이하 사원들이 좋아서 들떠 하던 모습 지금도 잊을 수가 없다. 전장 315m면 거의 VLCC급이다. 그 당시 전장 330m의 2도크를 꽉 채운 광탄선 그 우람한 체구가 이러구러 완성되어 갔다.

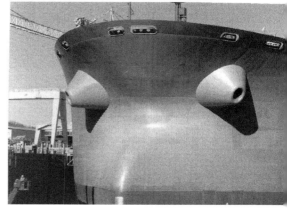

▲ 22만 톤 광탄선의 진수 전 모습

놀라운 사람들(Amazing people)

930 막바지의 호선이 아니었나 생각된다. 진수를 앞둔 배의 선저외판에 문제가 생긴 모양으로 선각부 인원 전원을 하루만 지원해 달라는 요청이 도장부로부터 들어왔다.

내용을 들어보니 선저외판에는 통상 7~8회씩 도장이 되어 대략 1mm 가까이의 도막이 올라가는데 그 중간 어느 층에서 박리(剝離)가 일어나므로 그 한 층을 벗겨 내어야 하는데, 벗기는 방법은 넝마에 신나를 묻혀 닦는 것밖에 없다는 것이었다.

천 명이나 되는 인력을 타 부서 작업장에, 그것도 배 밑바닥 닦는 작업에 보내고 싶지 않았지만 그게 안 되면 진수가 안 되고, 잘못된 도막을 빨리 제거하지 않으면 굳어서 센드 브라스팅으로 도막 전체를 벗겨 내어야 한다는 것이었다. 마음에 내키지 않는 일이었다. 외업 인력은 진행 중인 공정이 너무 바빠서 제외하고, 내업 인력을 하루만 동원하되, 문제가 되는 도막 한 층을 책임지고 제거한다는 쪽으로 협의가 되었다.

직반장 몇 명을 보내어 문제의 도막을 효과적으로 제거할 수 있는 방법을 시험하도록 하였는데 역시 신나에 적신 천으로 닦는 방법밖에 없다는 답을 내놓고 있었다.

그 당시 내업 부문 인력이 600여 명이었다. 선폭이 대략 40m, 길이 280m를 감안하면 인당 약 10평방미터가 돌아가는 꼴이었다. 인당 작업량은 대충 감을 잡겠는데 사용해야 하는 신나가 강용제라 우선 냄새가 역하고 오랫동안 노출되면 현기증과 두통을 일으킨다. 그뿐이 아니었다. 제일 걱정되는 것이 안전 문제이다. 신나는 휘발성 액체라 발화원이 있으면 쉽게 인화되거나 폭발한다. 만일의 경우 누가 실수로 담배를 피우거나 불을 사용하면 바로 폭발사고로 연결된다.

작업에 앞서 우리 관리자는 이 부분을 누누이 강조했다. 우선 작업자가 가지고 있는 모든 담배 성냥, 라이터를 각 과장 책임하에 한곳에 모이게 한 후, 각 직반별 책임 구역을 분담시켰다. 전체를 A, B 두 팀으로 나누고 10분간씩 교대로 작업하게 했다. A팀이 작업할 동안은 B팀이 밖에 나와서 쉬고, B팀이 일할 동안 A팀이 쉬는 방식이었다.

작업이 시작되었다. 600명이 와글거리는 도크 바닥은 가히 장관이었다. 아마도 전무후무한 일이 아니었을까 싶다. 600명의 사람이 내는 훈기와 페인트 냄새, 도크 바닥에서 배 밑바닥까지 높이가 2m도 채 안 되는 공간에서 사람들의 웅성임이 메아리치고 증폭되면서 뭐랄까, 비유하기는 좀 그렇지만 마치 〈벤허〉 영화의 해전(海戰) 장면이 눈앞에 전개되고 있는 것 같았다.

용제 냄새가 코를 찌르고 있었다. 강력한 송풍기라도 있다면 좀 불어내고 싶지만 갑자기 준비도 힘들거니와 모터의 스파크가 염려되었다. 중간중간에 쉬는 시간도 넣고, '화기 안전, 안전제일'을 복창하면서 애쓴 보람이 있어 오후 4시경에 일은 그 끝을 보여 주고 있었다. 참으로 조마조마한 상황을 넘기고 무사히 일을 끝낸 것이었다.

그 당시에 자칭 타칭 '끝내주는 선각부'라는 말이 있었는데 또 한 번 끝을 내준 것이었다. 놀라운 사람들(Amazing people)이라는 치하가 선주로부터 들어왔다. 덕분에 문제가 해결되었고, 진수하는 데는 지장이 없을 것이라는 소식도 따라왔다.

많은 세월이 지난 지금 그때를 생각해 본다. 그때 정말 우리는 잘했지만 참으로 무모하기도 했다는 생각이 든다. 지금이라면 어떻게 했을까?

벨 마우스의
추억

      망원경으로 바라본 벨 마우스(Bell Mouth)는 정말 가관이었다. 기절
초풍할 노릇이었다. 그 두꺼운 주강품이 주먹만 한 크기로 시커멓게 뚫려 있
는 것이었다.

  앵커(Anchor)가 올라가다가 벨 마우스 근처에 이르면 스스로 회전하여 플
루크(Fluke)[7]가 하늘 방향으로 곧추서면서 외판에 달라붙어야 하는데, 어떻
게 된 일인지 며칠째 해결을 보지 못한 터였다. 최소한 시운전 전까지 마무
리해야 하는 것이 원칙이지만 일정에 쫓겨 그냥 시운전을 내보낸 것이라 마
음 한구석 걱정이 되던 터였다.

  시운전 결과를 보고하러 온 반장의 말을 막고 먼저 앵커의 안부부터 물었
다. 역시 제대로 되지 않아서 테스트를 못했고 시운전 후 별도로 검사를 받
겠다고 선주와 약속을 하고 왔다는 것이었다. 나는 반장의 보고 내용 중에
서 이상한 낌새를 감지했다. 플루크가 벨 마우스를 찔렀을지 모른다는 생각

---

7) 앵커의 끝단 뾰족한 부분.

이 들었다.

터그 보트와 망원경을 수배하여 즉각 현장으로 출동했다. 본선은 그때까지 오비 해안에서 디발라스팅(Deballasting)을 하고 있었다.

설마와 혹시나를 되뇌면서 배를 접근시켜 두 번 세 번 확인했지만 그것은 나의 간절한 희망을 배반하고 검고 크게 구멍이 나 있었다.

플루크(Fluke)가 충분히 돌지 않은 상태에서 윈드라스(Windlass)를 잡아당긴 모양으로, 만일 이 내용을 선주나 선급이 안다면 엄청난 문제로 비화될 수 있는 사안이었다. 문제의 벨 마우스를 교체하는 것은 불문가지(不問可知). 이것은 수면 20m 상공에서 위를 쳐다보고 해야 하는 작업이다. 어디 그뿐인가. 새로운 주강품을 발주해서 모델 테스트 후 입고하는 데 3개월은 족히 걸릴 것이라 머지않아 인도를 해야 할 본선이 꼼짝없이 묶이게 생긴 것이었다. 이미 안벽에 나와 있는 후속선에까지 불똥이 튀게 생겼다.

살을 에는 듯한 추위 속이건만 망원경 접안렌즈가 입김으로 흐려온다. 조선소장의 실망하는 얼굴이 자꾸만 떠올라 마음이 저려 왔다. 한겨울의 찬바람이 몰고 오는 고현만의 파도가 터그 보트 뱃전을 때린다. 담당 기사도 말이 없다.

어이가 없다. 그러니 어찌하랴. 우선 몸이나 좀 녹이면서 생각해 보기로 하자. 늦은 점심을 먹고 다시 현장으로 나갔다. 이번에는 설계 담당자도 부르고, 캠코더로 사진을 찍어 가며 앵커의 동작을 관찰했다. 자연스럽게 흔들리며 올라오던 앵커 샤프트가 벨 마우스에 꽂히는 것까지는 문제가 없다. 계속 돌면서 올라가던 앵커의 플루크가 곧추서는 시점, 바로 그 순간, 앵커와

벨 마우스가 딱 마주치면서 정지되어야 하는데, 이상하게도, 되는 경우도 있지만 돌다가 마는 경우가 더 많다. 될 듯 말 듯 하다가는 힘없이 주저앉아 버리는 것이 감질나고 속이 탔다.

일단 철수하며 어디 좀 따뜻한 곳을 찾았다. 그리고 캠코더에 담긴 영상을 수십 번 재생해 보았다. 앵커를 한 번 투하했다가 건져 올리는 데 약 15분 걸리는 데 비하여 이 고마운 기계는 따뜻한 방에서 원하는 대로 빨리 또는 천천히 재현(再現)을 해 주니 편리하기가 이를 데 없었다.

원인 분석도 중요하지만 현장 상황이 더 급했다. 무엇보다도 배가 접안하는 것을 막아야 한다. 본선을 오비 앞바다에 묶어 놓고 날이 어두워지기를 기다려 작업조를 투입하고, 밤을 도와 수정이 되도록 계획했다.

터그 보트에 연결된 바지선에 도크 마스터와 각종 장비를 싣고, 적진에 투입되는 결사대의 심정이 되어 고현만 어둠 속을 헤치고 들어갔다. 다행히 기상이 좋아 큰 너울은 없었지만 평 바지선 위에 실린 도크 마스터가 미끄러져 바다에 빠지지나 않을까 불안했다. 벨 마우스에 접근하기 위해서는 붐(Boom)대를 20m나 뽑아야 한다. 간혹 지나가는 작은 배의 너울에도 붐대 끝에 붙은 작업대가 어지럽게 흔들린다.

안전벨트를 본선에 연결하고 준비해 간 납판으로 파손된 부분의 형상을 따서 가공과에 보내는 일부터 시작되었다. 용접기를 설치하고, 파손부 잘라내고 어쩌고 하는 중에도 시간은 거짓말처럼 흘러, 자정, 휴식 시간이다. 700톤 프레스로 구부려 온 강판이 간식과 함께 도착했다. 현장은 바야흐로 활기를 띠기 시작했다.

　터그 보트, 도크 마스터, 간식 등을 추진하는 지원조와 절단, 예열, 용접, 가우징, 그라인더 등을 담당하는 작업조의 긴밀한 협조와 부지런한 손놀림 덕분에 동틀 무렵에 도장까지 마칠 수 있었다. 방금 칠한 부분이 너무 반짝거리는 것이 마음에 걸렸지만 그런대로 무난하게 복구는 된 것 같다. 이제 본선은 안벽에 붙여도 좋았다. 수리한 부분이 안벽 반대편으로 접안되도록 해 놓고, 잠시 눈을 붙였다.

이제 앵커를 어떻게 돌게 할 것이냐의 문제로 다시 돌아왔다. 원위치로 온 것이다. 시간을 좀 가지고 생각해 보자고 했지만 아무래도 비디오 시뮬레이션에서 생각한 플랫 바(Flat bar)가 머릿속에서 떠나지 않았다. 벨 마우스 안쪽 요소(要所)에다 플랫 바를 붙여 보기로 했다. 정상적인 방법은 아니지만 작업이 어렵지 않으니, 하다 안 되면 철거하자는 생각에서였다.

적당한 강판을 잘라다가 용접을 시켰다. 물론 위치가 제일 중요하다. 예열(豫熱)도 잘해야 된다. 주강품이라 잘못해서 주둥이가 깨어지기라도 하면 큰일이기 때문에.

우리는 다시 배를 끌고 나갔고, 거짓말처럼 돌아가는 앵커를 보고 환호했다. 덧대어 붙인 플랫 바가 신통하게 역할을 해 준 덕분이었다.

반대쪽도 그리고 후속선도 똑같이 수정했다. 원래 이런 작업은 선주에게 승인을 받고 해야 되는 것이지만 제대로 되는 것을 보기 전에는 허락할 사안이 아니라는 것을 알기에 어쩔 수 없이 그렇게 밀었고, 조금 이상하게 생겨 버린 벨 마우스는 오래도록 선주의 비망록(Outstanding Item)에 남아 있다가 마지막 순간에 가까스로 양해가 되었다.

그 뒤 수년이 지난 지금까지 본선으로부터 별다른 소식은 없었고, 그 당시 아슬아슬하던 순간들도 자꾸만 기억의 저편으로 멀어져 간다.

그때 무사히 소임을 다해 준 선장부 철의장과 사원들에 감사를 표하고 싶다.

투양묘 장치(Anchor windlass system) 해설

 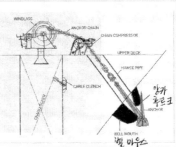

　투양묘 장치(Anchor windlass system)는 앵커(Anchor)를 벨 마우스(Bell mouth)에 장착하였다가 필요시 해저에 투묘(Anchoring) 또는 양묘(揚錨) 하는 장치이다. 데크(Deck) 상에 고정된 윈드라스(Windlass)가 주된 동력원이 되며 체인 컴프레서(Chain compressor)가 가이드 역할을 한다.

　이러한 제 요소가 원활하게 매치되지 않으면 본문에서 언급한 바와 같이 앵커가 제대로 격납되지 않거나 앵커 체인이 이탈하는 등 다양한 문제를 일으킨다. 이 때문에 앵커 시스템 제작소에서는 1/10 혹은 1/5 크기의 모형을 만들어 모델 테스트를 하고 있으나 현장 시운전 과정에서 발생되는 문제를 완전히 거르지는 못하여 관계자를 항상 노심초사하게 하였다.

　1994년 회사는 2~3명의 전문가 팀을 구성, 투양묘 장치 관련 기술적 문제를 근원적으로 해소하기 위한 방책을 강구하였다.

약진, 앞으로

선각공장 합리화 공사

    1990년에 접어들면서 생산 현장에 새로운 기류가 형성되기 시작하는데, 그 당시 TPI(Total Production Innovation)라고 하는 경영혁신 활동이 그것이었다.

  그것은 1984년부터 4~5년간에 걸쳐 발생된 품질 사고와 88년 이후 계속된 노사 갈등의 혹독한 시련을 털고 일어나기 위해서는 종업원의 의식구조에 변화가 있어야겠다는 소프트웨어적인 측면과 경쟁사 대비 너무나 낙후한 생산설비의 개선 확충이라는 하드웨어적인 측면이 기저(基底)를 이루고 있었는데 그 중심에 지금의 1, 2도크를 커버하는 선각공장이 있었다.

  그 당시 선각공장은 ㈜진로가 일본 마루베니 하코다테의 기술을 받아 건설 중에 중단한 것을 인수하여 지금의 2, 3Bay의 북측 100m(N-2Bay, N-3Bay)씩을 늘리고 4Bay를 신축하여 늘린 것이었는데, 선수미 블럭을 생산하는 4Bay는 천정 크레인의 최대 능력이 60톤에 지나지 않아서 완성된 블럭을 반출이라도 할라치면 이동식 지붕을 활짝 열어젖힌 후 1도크의 120톤 LLC가 와서 들고 가는 방식을 취하고 있었다.

선진 조선소들이 조립 컨베이어로 사방 22m 블럭을 만들어 내고 있던 시기에 H-beam 정반 위에서 고작 12m 블럭을 만들고 있었으니, 얼마나 옹색했는지 짐작이 가는 대목이다.

1990년 11월 조선소에 TPI 추진실이 발족되고 서종일 부장이 혁신 활동의 선봉에 서게 된다.

필자는 그 예하의 공장 자동화 팀장으로 선각공장의 자동화 및 합리화 추진 업무를 맡게 되는데, 그 당시 중공업을 맡고 있던 최관식 회장이 공장 합리화 추진에 각별한 관심을 갖고 독려를 많이 하셨고, 당시 조선소장으로 있던 이민 전무의 중점 관리 항목이 되었던 것으로 기억한다.

자동화팀이 구성되어 설비 합리화를 위한 연구에 들어가기는 했으나, 기존 칼럼 간의 간격으로 인한 공간적 제한과 천정 크레인 및 레일 하부구조가 주는 하중 제한에 묶여 어떻게 해 볼 방법이 없어 전전긍긍하다가 우선 선진 조선소에 가서 좀 보고 와야겠다고 생각하고 독일, 일본 등 몇 군데 조선소를 돌아보기도 했고, 그 당시 체제하고 있던 일본인 고문을 통하여 아이디어를 구해 보았지만, 이미 만들어져 돌아가고 있는 공장에서 어떤 획기적 변화를 모색한다는 것이 여간 힘든 일이 아니었다.

선각공장 설비를 개선하여 생산력을 증강하는 데(공장 합리화) 제일 먼저 정해야 할 요소가 단위 블럭 길이를 얼마로 할 것인가였다.

욕심 같으면 선진 조선소들처럼 큼직하게 키우면 좋겠지만 앞서 언급된 바와 같이 칼럼 간 폭(幅), 즉 기존 건물의 폭이라는 제한에 걸려 좀체 진척을 이룰 수가 없었다.

많은 검토와 논쟁 끝에 16m가 최적이라는 결론을 도출하고 이를 기본으로 하는 컨베이어 라인을 구상하게 되는데 여기서 일본인 고문이나 일본 기술의 직간접적 도움을 많이 받게 된다.

▌ 컨베이어 라인과 중앙통로의 개설

이렇듯 여러 사람들의 관심과 배려를 얻어 조립 1, 2, 3Bay에 각 1개 라인, 총 3개의 스키드 컨베이어 라인과 1개의 롤러 컨베이어 라인을 배치하기로 하고, 동측에 0-Bay를 신축, 각 Bay별로 흩어져 있던 소조립장을 여기에 모으게 했다.

그러나 각 컨베이어 라인 인입부가 되는 중앙통로가 큰 문제가 되었다. 중앙통로에 저상대차[8]가 다니려면 칼럼 간 간격이 최소한 17m 이상은 되어야 하는데 기존 공장은 간격이 고작 14.4m밖에 되지 않아 중간에 기둥 하나(칼럼 번호 18번)를 들어내는 엄청난 작업을 감행해야 했다. 사방 두께가 2m나 되는 콘크리트 기둥 4개를 철거한 후 보강된 크레인 레일 거더(Girder)를 올리는 것도 큰일이지만 생산 중에 있는 작업장의 크레인 가동을 상당 기간 중지하는 상황을 놓고 고민에 고민을 거듭했다.

중앙통로의 저상대차는 패널 라인에서 만들어진 평주판이나 곡판 라인에서 생산되는 곡(曲) 컴포넌트(Component)를 각 Bay로 공급하기 때문에 통로

---

8) 대차의 높이가 불과 25㎝밖에 안 되기 때문에 저상대차(低床臺車)라고 한다.

가 없거나 좁으면 안 되게 되어 있었다.

저상대차는 두 대가 각각 단독 혹은 필요에 따라 병렬로 움직여 주판이나 소부재를 운반하기도 하고 곡 주판을 포함하는 스키드를 각 라인에 밀어 넣는 등의 중요한 기능을 하도록 되어 있었기 때문에 기술적으로 가능만 하다면 다소간의 희생도 감수한다는 쪽으로 결론을 내고 SECL의 설계를 받아 이를 추진했다.

각 라인 별 컨베이어 배치를 살펴보면 배재, 취부, 용접1, 용접2, 사상의 다섯 개 공정과 공정별 두 개의 스키드, 가로 세로 16m 크기의 철골 스키드 상에 핀 지그를 장착한 총 10개, 길이 160m(반출장 포함 총길이 180m)의 화물열차 같은 형태가 되고, 인입부가 되는 첫 번째 스키드의 지하에 전체 스키드를 한꺼번에 밀어붙일 수 있는 푸시(Puch) 장치를 가지는 구조로 되어 있다.

스키드 컨베이어 라인과는 다르게 R-2Bay에 한 개의 롤러 컨베이어 라인을 별도로 두었는데 이곳에는 마지막 반출부에 200톤 블럭 리프트를 두어 2Bay 천정 크레인의 최대 능력인 120톤을 넘는 블럭도 만들 수 있도록 했다.

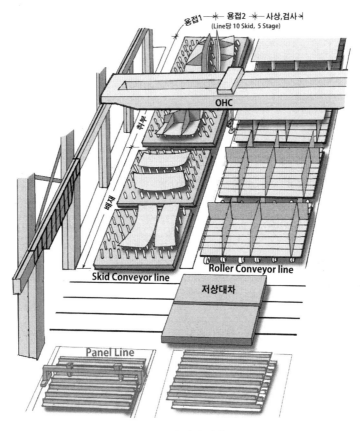

용접1 ── 용접2 ── 사상,검사
(Line당 10 Skid, 5 Stage)

OHC

Roller Conveyor line

Skid Conveyor line

저상대차

Panel Line

▲ 조립 라인 개념도

▌ 패널 라인의 설계

강재를 취부 용접하여 주판을 만들고, 론지를 붙여 조립 각 라인에 공급하는 기능을 가진 작업장을 패널 라인(Panel line)이라고 하는데 여기에는 취부 용접 외에도 턴오버(Turn over)장, 부재 마킹장, 부재 적치장과 완성품 적치장이 있어야 한다.

그런데 문제는 이러한 기능이 절단 공장과 조립 라인 중간에 있어야 하고, 2Bay 가공 통로와 중앙 통로 사이 82m 안에 어떻게든 이 모든 기능을 욱여넣어야 한다는 점이었다. 협소한 공간이었으므로 '욱여넣는다'는 표현을 썼지만 기실은 많은 제한 조건 속에서 최상의 아이디어를 내놓아야 한다는 생각으로 연구를 거듭했던 것이 지금의 선각공장 패널 라인이다.

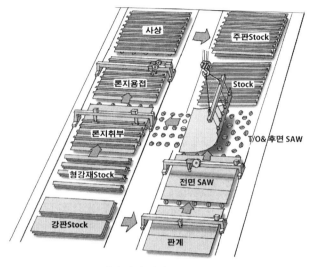

▲ 패널 라인 배치도

일본 조선소의 설비를 복사한 조립 컨베이어 라인과는 달리 패널 라인 설비는 토종 기술로 이룬 걸작품 중의 하나라고 생각한다.

TTS라는 노르웨이 회사가 설치해서 어렵게 끌어오던 편면용접 장치를 폐쇄 철거하고 양면용접용 이동식 갠트리(Gantry)를 새롭게 구상, 설치하였고 (제작은 오그던Ogden이라는 미국 회사가 함) 기존 지붕을 5m가량 높여서 턴오버(Turn-over) 전용 크레인을 올렸다.

TTS가 몇 달이 걸려도 용접 품질을 안정시키지 못하고 돌아간 것을 우리가 맡아서 또 2~3년 고생한 경험이 전화위복이 되었다. 그 덕분에 편면용접과 양면용접의 장단점을 확인하게 되었고, 덕분에 기존 공장 합리화 공사 과정, 나아가 3도크 설비 과정에서 시행착오 없이 제대로 들어가게 되었다고 생각한다.

▌ 소조립 Bay

선각공장 #1Bay 동측에 33m 폭의 소조립 전용 Bay를 신설하고 여기에 소조립 스키드 2개 라인과 고정정반 1개소를 신설했다. (P-1Bay의 소조 스키드 1개 라인을 포함하면 스키드 3개 라인이 된다.)

다섯 개의 공정, 1공정 2스키드 방식은 조립용 스키드와 동일하지만 스키드의 사이즈가 작고 매 2시간마다 이동케 함으로써 보다 타이트한 공정 관리를 요하게 된다.

조립 스키드와 같이 해당 작업에 필요로 하는 각종 공구를 설치하여 작업자가 팔만 뻗으면 필요한 장비를 사용할 수 있어 편리하나 결품부재가 발생하거나 사전 계획이 충실치 못하면 라인 전체의 공정이 흐트러지기 때문에 고정정반보다 더욱 철저한 작업관리, 부재 관리를 해야 했다.

이것은 컨베이어 라인 생산의 단점이기도 하거니와 장점이 되기도 한다.

이렇게 해서 우리가 항상 소망해 마지않던 조립/소조립 컨베이어를 설치하여 남부럽지 않는 라인업을 갖추게 되었고, 장비와 인력을 이동 배치하는 낭비 없이 항상 정해진 위치에서 컨베이어를 타고 오는 물건을 맞이할 수 있게 됨으로써 내업공정의 효율성을 제고(提高)하게 되었다.

▌ 형강재(Profile) 절단 로봇

강판 절단이 대부분 자동화 기기에 의존하여 신속 정확하게 처리되는 것에 반해 형강재 절단은 '마르텐'이라는 장비를 사용한 반자동 절단에 의존하고 있었다. 형강재 절단을 하는 가공 1bay는 항상 뜨거운 화염과 먼지 속에서 하루 종일 쪼그리고 앉아서 일해야 하는 환경이었으므로 이 부분을 우선적으로 자동화하겠다는 생각으로 시작을 하였는데 실제 적용 과정에서 엄청난 노력과 시행착오가 따랐다.

발주선(發注先)인 독일 Oxitecnic사의 권고를 받아 핀란드 Masa 야드까지 가서 견학을 하였고 NKK 등 이미 적용하고 있는 공장 모델을 분석하였지만 투자 대비 생산량이 만족스럽지 못했다.

그 당시만 해도 우리 기술자들은 로봇 기술이 너무나 생소했고, 로봇을 생산하는 회사도 조선의 특성을 잘 이해 못하는 상황이었지만 어떻게든 시작을 해 놓으면 방법이 나올 것 같아 다소 만용(蠻勇)을 부려 투자에 착수하였다.

그러나 가끔씩 센싱(Sensing) 오동작이 발생하고, 부재 이송 시간이 많이 걸리며, 가스 절단에 의존하다 보니 절단 속도가 너무 늦어 점차 애물단지로 전락하고 있었는데, 그럴수록 더 많은 연구 인력과 보완 투자를 계속하여 모처럼의 자동화 시도가 사장(死藏)되지 않도록 엄청난 노력을 기울였다.

그 후 당사 기술진이 프로그램을 뜯어고치고, 부품을 국산화하면서 기술의 자립화를 이루는 한편 절단 방식을 가스에서 플라즈마로 교체함으로써 생산 능력을 획기적으로 개선시키면서 오늘에 이르렀다.

▌ 합리화 공사의 추진

위에서 언급한 공사 이외에도, 블럭 도장 셀터, 해치 커버(Hatch cover) 공장, 옥외 셀터 등 많은 공사들이 공장합리화의 일환으로 이루어졌는데, 그것은 1977년 삼성이 거제조선소를 인수한 이후 24년 만에 그나마 공장다운 공장으로 탈바꿈하는 계기가 되었다.

기존 공장 합리화 공사는 1989년에 발족된 TPI 추진실 및 예하 자동화팀이 주관하여 입안(立案)하였고, 공무부 건설환경 태스크포스팀이 시공 감리를 진행하여 1990년과 1991년에 걸쳐 대부분 완성되었다.

선진 기술 따라잡기

'호리에'라는 일본인 고문이 있었다. 그는 1982년 초에 부임해 와서 약 10년간 선각 부문에 고문역을 한 분인데, 젊고 성실한 성격 탓에 회사를 거쳐 간 많은 고문들 중에 가장 오랫동안 재직했던 것으로 기억된다.

그는 일을 쉽고 간단하게 하는 방법을 많이 제안해서 설계나 현장이 개선되도록 하는 한편 일본인의 철두철미한 관리 방식이나 사고방식을 우리 현장에 심으려고 애를 썼다.

그러나 그러한 일본식 미세(微細) 관리 방식은 우리 관리자들의 만만찮은 저항에 부딪히곤 했다. 이론적으로는 항상 맞는데, 현실 상황이 그렇지 않다는 것이었다. 예를 들면 하나의 블럭을 만든다고 했을 때, 그 일의 크기가 얼마인지, 그래서 정해진 시간에 몇 개의 부재를 붙이고, 몇 명의 인력을 투입해야 할 것인지를 꼼꼼히 계산해서 남지도 모자라지도 않게 관리하라는 것이었는데, 이론상으로야 백번 맞지만 작업자의 숙련도가 다르고 대상물의 난이도가 다른데 그걸 어떻게 일일이 고려할 것인가, 그리고 결품(缺品)이 생겨 부재가 제때 들어오지 않고, 들어온 것도 불량품이 많아 맞춰 먹기가 힘든데 어떻게 일을 자(尺)로 잰 듯이 할 수 있겠는가, 생각은 좋으나 현실성 없는 것으로 일축하기 일쑤였다.

호리에 고문은 "여건이 그럴수록 관리의 망(Mesh)를 조밀하게 하라. 그래야 문제점이 노출되고 하나씩 개선된다. 일본 사람들도 처음에는 다 그런 상태에서 출발해서 오늘과 같은 조밀(稠密)한 관리 체계를 만들어 냈다"고 했다.

그는 그 일환으로 그 당시까지 잘 알지 못하던 택트 시스템(Tact System)을 제안함으로써 고정정반에서 컨베이어 라인의 효과를 기할 수 있도록 했다.

그 당시 조립공장에는 컨베이어 라인이 없었다. 사람이나 장비가 일정한 곳에 위치하고 일정한 시간대에 물건이 흐르도록 하는 컨베이어 생산 방식에 비해 H-beam이나 핀 지그(Pin jig) 형태의 고정정반에서 사람이나 장비가 이동하는 방식은 여러 가지 불편한 점이 많았다. 이곳저곳 크고 작은 블럭을 배치해 놓고 각 블럭별 공정에 필요한 직종의 작업자를 독립적으로 배원(配員)하다 보니 직종별 부하의 기복(起伏)에 무방비하게 노출될 수밖에 없었다. 마킹(Marking)을 해 줘야 취부를 하고 취부를 해야 용접을 할 텐데 어쩌다 보면 마킹할 블럭이 한꺼번에 생긴다거나, 취부가 안 되서 용접사가 할 일이 없거나 용접이 덜 되어서 마무리 작업을 못하는 일이 비일비재했다. 그러다 보니 어떤 직종은 너무 남아서 낭비가 생기고 어떤 직종은 인력이 모자라 발을 동동 구르기 일쑤였다. 공정상 블럭을 깔아야 하는데 정반이 없어서 몇 날 며칠을 대기하는 경우도 많았다.

생산이 제대로 풀리기 위해서는 가공 공장과 도크의 중간에 위치하는 조립 공정이 원활해야 한다. 블럭을 일정(日程)대로 만들어 도장이나 탑재에 차질이 없도록 공급해야 하는데 그 당시 관리 시스템이나 설비 여건이 이에 미치지 못했다.

중간관리자가 수시로 모여 블럭 진척 상황을 점검하고 지연된 블럭에 인력을 중점 배치하거나 특근이나 잔업, 외주 투입 등 대응책을 강구하지만 대부분 땜질식 처방이었다. 밑에 돌을 빼서 위에다 괴는 식의 인력 운용으로 후행 공정을 항상 목마르게 만들곤 했다. 블럭 공정이 열흘이라고 했을 때 보통 3일은 인력 대기(待期)이고 하루는 부재(部材) 대기였다. 그러니 물리적으로 4일은 지연되기 마련이었다.

그때까지 품질관리부서에 있다가 처음으로 현장에 발을 들여 놓았던 필자는 그곳이 그토록 척박한 곳인 줄을 몰랐다. 일상(日常)이 전쟁이었다. 공정회의가 두렵게 느껴졌다. 후공정으로부터 독촉을 받는 것도 하루 이틀이지 보통 고역이 아니었다.

이러한 상황에서 택트 시스템이 제안되었고, 만일 그것이 잘 되기만 한다면 정반 운용상의 어려움을 줄이고 조립 공정을 안정시킬 수 있을 듯 보였다.

비록 고정정반 상에서의 작업이지만 컨베이어 라인처럼 인력이 배치되는데, 물건이 움직일 수가 없는지라 대신에 사람이 움직이는 것만 다르다.

'물건 대신에 사람이 움직인다'. 그러기 위해서는 물량의 평준화(平準化)가 필수적이다. 같은 공정, 비슷한 작업량으로 그룹핑(Grouping)된 작업군(作業群), 예를 들면 두 개의 큰 블럭 혹은 세 개의 작은 블럭을 하나의 작업군으로 편성한 후 소정 인원의 직종별 작업조(作業組)가 편성되어 일정한 기간(Pitch) 동안에 소정의 작업을 마무리한다. 작업이 끝나면 다음 작업조에 넘

거주고 새로운 작업군(블럭)으로 넘어간다.

블럭별 개별 공정이 아니라 작업장 전체가 하나의 시스템으로 돌아가기 때문에 공정이 철저하게 지켜져야 한다. 어느 한 작업조라도 문제가 생겨 지체하면 작업장 전체가 정체(停滯)되기 때문에 각 작업조는 책임감을 갖고 자기의 역할을 다하지 않으면 안 된다. 물론 사전 계획도 섬세해야 한다.

그럴듯했다. 그렇게만 되면 작업장 전체가 물 흐르는 듯 흘러갈 것이고 공정 지연이 없어질 것이었다. 무엇보다도 그렇게 하면 우리들의 부족한 원단위와 물량 개념이 생겨날 것이고 작업량의 과부족으로 인한 시간 낭비가 줄어들 것 같았다.

그러나 반론도 만만찮게 일어났다. 아직까지는 우리의 여건에 맞지 않는다. 무엇보다도 원단위가 정립되어야 되는데 그런 것 없이 시작해서는 안 된다. 다반사처럼 일어나는 결품과 부재오작을 어떻게 할 것인가, 우려의 목소리도 만만치 않았다.

직반장과 호리에 고문 사이에 샌드위치 신세가 되어 수 주일을 어물쩡거리던 어느 날 필자는 다음과 같은 절충안을 제시하게 된다.

'그러면 블럭 크기나 모양이 비교적 비슷한 평행부 구역만 우선 해 보자. 그리고 가공과장에게 특별히 부탁을 해서 택트 구역의 부재는 우선적으로 챙겨 공급하도록 해서 결품 문제를 풀어 보자. 그리고 정히 나중에 실패를 하더라도 우리 현장에 택트가 왜 안 되는지를 보여 줄 수 있는 계기가 된다. 우리 현장에 택트가 안 되는 이유를 공개적으로 한 번 보여 주자' 하면서 설득을 했다.

블럭군을 만들고 공정계획을 짜고 작업조 편성을 하는 등 준비를 한 달 정도 했다. 드디어 첫 블럭군이 정반에 깔리고 이틀 후에는 두 번째 블럭군이 깔렸다. 또 이틀이 지나고 세 번째… 이렇게 해서 다섯 개의 블럭군이 모두 깔렸다. 그동안 첫 공정인 배재 마킹조가 지나갔고 다음 공정인 취부조, 그 다음 공정인 용접 1조, 용접 2조, 사상 검사조가 이틀 간격으로 따라가는 형태의 작업장 운영이 이루어졌다. 다섯 개 작업조가 각 이틀씩 다섯 공정을 순차적으로 지나간다. 작업군 하나를 보면 열흘 공정이다.

처음 얼마 동안은 기존에 여기저기 널어놓았던 블럭과 병행 처리해야 하는 관계로 장소나 인력 면에서 혼란이 있었지만 점차 안정이 되어 가고 뭔가 눈에 무엇이 보이기 시작했다. 아하, 이것이로구나! 작업장에 뭔가 질서가 나타나기 시작했다. 각 작업조별로 그날 해야 할 목표도 분명하게 보였다. 구태여 관리자가 그날 작업량을 지시하지 않아도 되었다.

구분	고정정반						SKID정반									
직종	숫공정 수행						배재		취부		용접1		용접2		사상	
정반 NO. 일정	#1	#2	#3	#4	#5	#6	#1	#2	#3	#4	#5	#6	#7	#8	#9	#10
1, 2일 차	A 배제	K 사상	L 용접	D 용접			A B \		K L		M N		O P		Q R	
3, 4일 차	A 취부	B 배재	L 용접	D 사상			C D		A B \		K L		M N		O P	
5, 6일 차	A 취부	B 사상	L 용접	E 배재			E F		C D		A B \		K L		M N	
7, 8일 차	A 용접	B 취부	L 사상	E 취부			G H		E F		C D		A B \		K L	
9, 10일 차	A 용접	B 용접	C 배재	E 취부			I J		G H		E F		C D		A B \	
11, 12일 차	A 용접	B 용접	C 취부	E 용접												
13, 14일 차	A 사상	B 용접	C 취부	E 용접												

▲ 택트 구성과 공법 비교

혹시 부재가 없어서 비명이 나올까 봐 가공과장이 스스로 몸이 달았다. 자주 와서 들여다보고 특별히 챙겨 주니까 결품 문제도 생기지 않고, 똑같은 인원이 똑같은 물량을 같은 시간 안에 처리하게 되니까 인력의 과부족이 없어졌다. 공정회의가 별도로 필요하지 않았다. 사전 계획만 면밀히 하면 되었다.

택트가 왜 안 되는지를 보여 주겠다던 우리는 할 말을 잃었고, 얼마 후 중간 결산 결과 공정 준수율 100%에다 생산성 30% 향상이라는 놀라운 실적을 보여 주었다. 직반장들의 얼굴이 점차 밝아졌고 조직에 활기가 살아났다. 그러나 사실 나름대로 어려움이 없는 것은 아니었다.

어쨌든 그날 일은 그날 안으로 마치고 다음 작업조에게 작업장을 넘겨주지 않으면 안 되기 때문에 심적으로 엄청난 부담이 되었을 것이고 초기에 발생되는 여러 가지 시행착오도 감수해야 했지만 예상을 뛰어넘는 성과로 모두들 고무되어 있었다. 힘을 얻은 우리들은 적용 구역을 확대하고 급기야 선수미 블럭에까지 적용해 보겠다고 나섰지만 그룹핑(Grouping)[9]이 어려운 블럭이 가진 특성 때문에 실행 단계에까지 가지는 못했다.

선각공장에서 일어난 택트 시스템 바람은 블럭 생산 및 관리 근대화에 시금석이 되었고 이후 컨베이어 시스템 운영에도 많은 도움이 되었다.

호리에 씨는 일본의 중소 조선소 출신으로 1982년 10월, 30대 약관의 나이로 기용되어 택트 시스템 등 선각 부문 개선을 위해 노력하다 1988년 9월에 귀국했다.

---

9) 같은 공정, 비슷한 작업량을 가진 블럭군으로 선별하는 일.

그 외에도 회사에는 외국인 고문이 많았다. 회사 경영 전반을 지켜보는 경영고문이 있었는가 하면 용접이나 도장 CAD 등과 같은 특수한 분야의 자문에 응하는 기술고문이 있었다. 상주하는 고문이 있었는가 하면 일정한 간격을 두고 방문하는 비상주 고문도 있었다.

▲ 최초의 외국인 고문 미스터 피어(B&W사)

초창기에는 덴마크의 B&W 조선소의 상주고문단이 와서 조선소 기술 전반에 대한 자문이 있었는데, 이것을 제외하고는 일본으로부터 온 기술고문이 주를 이루었다.

창원 1공장이 일찍이 일본 IHI 기술을 도입했던 관계로 그 인맥을 통한 여러 형태의 고문단의 방문이 이어졌다. 특히 최관식 부회장이 중공업을 맡고 있던 시기에 신토 고문, 미나미자키 사장을 비롯한 고위층의 방문이 잦았고, 이케우치가 수년간 현장 각 부서에 상주하면서 지도에 임했다.

930 이후 혼란스러운 상황을 타개하기 위해 초빙된 기도구치, 안도, 도이, 오카다 일행은 규모나 역할에 있어 특기할 만했다. 그분들은 자사에서의 경험을 바탕으로 회사 조직을 슬림화함으로써, 일정 부분 회사 안정에 기여하였으나 초창기 멤버 중 일부를 관계사로 전배하게 하여 이후 2도크 가동 시일시 인력 부족을 겪게 만들었다.

그 외에도 스키모토 같은 분들이 와서 의장 생산 부문에 도움을 주었고,

나카가와가 정도 개선 측면에서 많은 노력을 하고 갔다.

우노자와는 NKK 출신으로, 설계 부문에 많은 발자취를 남겼다.

이시도는 츠네이시 조선소의 스키드 컨베이어 시스템을 기안한 사람으로 평행부와 곡블럭 일부를 라인당 10개의 스키드 컨베이어에서 생산하도록 고안한 사람이다.

그는 우리가 스키드 컨베이어와 인연을 맺게 되는 데 특기할 만한 역할을 했다.

당시 츠네이시 조선소의 공장장을 맡고 있던 이시가와 씨는 당시 이민 소장과 각별한 친분을 갖고 여러 가지 조언이나 편의를 제공해 주었다.

츠네이시사는 그 후에도 그룹 최고위층과 교류회를 갖는 등 두터운 인연을 이어 갔다.

츠네이시와는 별도로 사노야스와의 인적 교류도 괄목할 만했다. 사노야스는 설계와 현장의 실무자급 기술 교류에 그치지 않고 현장 사원을 기술 연수 형태로 받아들여 그 당시 부족했던 현장 인력을 보충하는 데 활용하는 대신 연수자에 대한 개별적 실무 교육으로 보답했다.

사실 실무 교육이라고 해 봐야 특별한 것은 아니었지만 노동 운동 이후 소위 1광산 2조선이라고 하면서 열악한 노동 환경을 성토하던 작업자에게 일본 조선소의 실상을 보게 함으로써, 그 당시 회사의 작업장 여건이 선진 조선소에 비해 그다지 나쁜 것이 아니라는 각성을 하게 했고, 좀 더 큰 안목으로 경쟁사를 보게 하는 데 많은 도움을 주었다.

작업자 파견 연수는 스미토모 오파마 조선소에도 있었는데, 그 형태나 효과는 사노야스의 그것과 비슷한 수준이었다.

스미토모 오파마는 그 당시 일본 유수의 조선소로서 제한적이나마 로봇 등 첨단 설비에 접근할 수 있는 기회를 허용해 주었고 이후 오파마 조선 사장을 지냈던 와타나베가 고문으로 초빙되는 계기가 되었다.

조선소 간의 교류로 특기할 만한 것으로 SAP 사업이 있다. 이것은 히다치 아리아케 조선소와 미국의 뉴포트 뉴스, 덴마크의 오덴세 조선소 4자를 잇는 다자간 협력 사업이었는데, 상호 방문을 통한 기술 교류뿐만이 아니라 설계 생산을 위한 전산화 시스템의 공동 개발이라는 야망에 찬 프로젝트를 갖고 출범하였다.

연 2회 각사를 교환 방문하면서 기술 교류를 하던 이 사업은 그 후 경영진이 바뀌면서 약화되어 갔지만 회사는 그 이후에도 시스템 개발을 계속했다.

회사는 창사 이후 많은 고문을 초빙하여 그들의 노하우를 전수해왔는데, 고문의 성격이나 시기적 배경에 따라 차이가 있지만 일반적으로 그들은 안전과 효율(效率)을 많이 강조했다. 생산관리 기법이라든가 생산성 향상을 위한 공법의 소개나 제언을 하는 사이사이에 안전을 강조했다. 안전은 모든 사람에게 해당되는 관심사이고 저항감이 없이 받아들여질 수 있는 분야이기도 했다.

선진 조선 기술의 습득이라는 면에서 또 하나의 축으로서 파견 연수 또는 견학이 있었다. 초창기 덴마크 스웨덴 기술팀 파견을 필두로 크고 작은 출장 연수, 공장 견학 등의 기회가 있었는데 유럽 조선소가 속속 위축되면서 자연스럽게 그 대상 지역이 일본으로 옮겨 가게 된다.

일본 조선소는 조선 경기의 부침(浮沈)에 따라 개방(開放)의 문이 넓어지기도 좁아지기도 했는데 1980년 후반 100엔대를 밑도는 혹심한 엔고 여파로 일본 조선소가 거의 포기 상태에 빠진 2~3년간을 제외하고는 대체로 현장 견학이 쉽지 않았다.

현장 견학은 대부분 동경 사무소를 통해 섭외가 되는데 조선소의 상황이나 방문자의 직위, 친소(親疎) 관계에 따라 차이가 있지만 대부분 반나절 일정으로 사전 준비된 코스를 답사한 후 적당히 핑계를 대서 쫓아 보내려 애썼던 것으로 기억된다. 방문자는 가능하면 천천히 걸으면서 많은 것을 보고, 눈치껏 사진이라도 한 컷 찍으려 하게 되고 이를 간파한 인솔자는 여기는 위험하니 빨리 가자고 재촉하는 등, 눈에 뻔히 보이는 줄다리기가 있기 마련이었다.

우리는 그렇게 반갑지 않은 손님이 되어, 주마간산 격으로 안내되면서도 최대한 눈 여겨 보고 틈나는 대로 스케치도 해서 우리 현장에 적용하도록 애를 썼다.

그 당시 일본 조선소는 그만큼 앞서 있었고 우리와 격차가 있었으며, 그래서 항상 선망의 대상이었다.

조선에 관한 한 일본은 우리가 항상 배워야 할 상대였고, 따라잡아야 할 목표였던 게 사실이다.

고능률 용접의
발전과 적용[10]

　　피복 아크 용접봉은 1900년경부터 실용화되기 시작하였으며, 1920년 당시로서는 대형선이었던 362톤급 선박(Fullarger號, 영국)에 처음 적용됨으로써 리벳 이음이나 탄소아크 용접, 가스 용접을 몰아내고 선각 용접에 새로운 장을 열게 된다.

　　피복 아크 용접법은 고장력봉, 그레비티 용접 등으로 활용성을 넓히면서 수십 년간 조선 현장에서 중심적 위치를 지켜왔지만 자동화가 쉽지 않고, 용접 불량이 많으며, 용착 속도가 크게 개선되지 않는 등 많은 문제를 안고 있었기에 초창기 용접 기술자와 애환을 같이해 왔다.

▲ 서브머지드 용접기

　　1930년대 초에는 유니온 멜트(Union melt)라는 이름으로 서브머지드(Submerged) 자동용접기술이 개발되어 조선 현장에 혁명적 변화가 일어난다. 굵은 철사에 피복제를 발라

10)　출처: 성건표, 「고능률 용접의 현황과 발전 방향」, 대한용접·접합학회, 1996.

만든 수동 용접봉의 사용상 불편함과 불완전한 용접성에 비하여 자동 대차에 의해 스스로 굴러가면서 신속하고 깔끔한 용접 비드를 만드는 유니온 멜트는 가히 조선 현장에 나타난 기라성이었다. 그러나 좁고 장애물 많은 선각 구조물에 폭넓게 쓰이는 데는 한계를 보였다.

1970년대의 조선소 용접은 ① 양면 SAW 용접[11] ② 피복 아크용접봉에 의한 수 용접과 ③ 장척 그레비티(長尺 Gravity) 용접이 주역이었다.

피복아크 용접봉은 모재(母材)의 종류에 따라 봉종(棒種)의 선택이나 관리가 철저해야 했는데, 특히 중요부를 용접하는 저수소계는 용접봉 건조(乾燥)나 보관을 까다롭게 해야 했다.

그레비티 용접은 주로 여성 저기량자에 의해서 이루어졌는데 한 사람이 동시(同時)에 4~5개의 봉에 아크를 일으켰기 때문에 용접 효율은 좋았지만 사용 부위가 제한적이고 엄청난 매연을 발생시켰다.

▲ 그레비티 용접

피복 아크 용접은 용접 속도가 늦고, 특히 판계용접의 경우, 이면 가우징(Back gouging)을 해야 하는데, 이때 발생되는 굉음과 섬광, 분진이 엄청나고, 건조로(乾燥爐)를 가동하여 항상 양호한 건조(乾燥) 상태를 유지해야 하며, 사용 후 잔봉(殘棒)

---

11) 편면용접에 대응하는 의미로 뒤집어 가면서 양쪽을 용접하는 방식.

의 수거하는 과정에서 작업 환경상 문제가 심각했다. 또한 용접 중 스라그 혼입(混入), 기공(氣孔) 등이 많았고, 치명적 결함인 용접부 균열(Crack)이 자주 발생하였으므로 특히 선미재(船尾材) 주강품이나 후판 용접 시 조그마한 방심(放心)도 허용치 않았다.

피복 아크 용접은 내부 응력 발생으로 인한 용접 변형이 크게 일어나기 때문에 사전(事前)에 구속(拘束)하거나 용접 후 휘어진 부분을 바로잡는 데 엄청난 노력이 소요되곤 했다.

지금도 우리의 기억에 생생한 33호선, 34호선의 용접 사고는 용접에 의한 내부 응력의 발생에 기인한 구조의 결함으로, 지금과 같은 용접 환경이었다면 상황이 달랐을 것이라 생각된다.

▎ CO₂ 용접의 적용

1980년대 초, 자동용접이 개발된 지 50년이 되면서 또 한 차례 용접 기술의 혁신을 맞게 되는데 그것은 CO_2 용접의 개발과 그 응용이라 하겠다. CO_2 용접은 조선용접에 있어 가히 혁명적이라 일컬어지는 유니온 멜트를 능가하는 속도와 편리함을 안겨 주고 있지만 개발 초기부터 그렇게 인기가 있었던 것은 아니었고, 오늘날 이 정도로까지 산업 현장에서 큰 몫을 하리라고는 예상하지 못했다.

CO_2 용접은 1953년 미국의 스미스가 발명한 것으로 알려져 있으며 용착 속도가 아크용접의 30배에 가깝고 범용성도 있다. 그러나 필렛 용접에 있어 볼록 비드 형상과 블로홀(Blowhole), 피트(Pit) 등의 발생으로 한동안 침체 상

태에 빠졌으나, 1970대 말에 플럭스 코어드 와이어(Flux cored wire)의 출현으로 그동안의 문제가 일소되면서, 조선 현장에 CO_2화가 촉진된다.

플럭스 코어드(Flux cored)란 것은 얇은 철판을 말아 내부에 플럭스를 충진시킨 세경(細徑) 와이어를 지칭하는데 와이어(Wire) 바깥으로 흐르는 CO_2 가스와 내부의 플럭스가 타서 나오는 가스가 이중(二重)으로 용접부를 보호한다.

CO_2 용접은 1980년대 초만 해도 미국, 일본 등에서 부분적으로 사용되고 있었고 중공업 창원 공장에 몇 대가 있었다. 지원선(Supply boat) 시운전 시 스턴 튜브(Stern tube)에 누유(漏油)가 있어 용접을 해야 했는데 용접으로 인한 열 영향으로 축계가 틀어지지 않도록 하기 위한 방안으로 CO_2 용접이 제안되었다.

그 당시만 해도 우리로서는 CO_2 용접이란 게 있다는 말만 들었고 장비나 기술이 없던 시기라 부득이 창원 공장의 장비와 사람을 빌려 수리 작업을 무사히 마친 적이 있었다. 그 후 신조선 발주를 위한 선주 감사(Audit) 시 CO_2 용접 사용 여부에 대한 질의를 받으면서 신공법에 대한 각성이 일어난다.

회사는 1881년에서 1982년에 걸쳐 용접기 100대를 도입하여 단계적으로 생산에 투입하였는데 1983년도 용접 관련 보고서를 보면 CO_2 사용률이 용접장 기준 0.4%로 나타나고, 1984년부터 신장세를 보여 20%, 1985년도에 31%를 보여 주고 있다.

▌ CO_2 용접의 장점

CO_2 용접은

(1) 소정 용접장을 기준으로 수동용접과 비교했을 때 용접 비용(와이어, 가스, 전력 등)이 1/6, 아크율이 8배 증가된다는 통계가 있다.

▲ CO_2 용접

(2) 세라믹 백킹재를 이용하며 편면용접이 가능하도록 함으로써 작업자에게 편한 용접 자세를 제공하였다.

(3) 기본적으로 와이어의 자동 공급이 가능하므로 자동화로의 접근이 용이함. 용접선을

▲ CO_2 용접기

추적할 수 있는 센서를 부착함으로써 로봇에 의한 용접이 가능해지고, 대용량 갠트리에 장착됨으로써 인력 성력화 효과가 지대했다.

(4) CO_2 가스와 플럭스에 의한 이중 차폐 효과로 인하여 건전한 용접부를 얻을 수 있으며 필요에 따라 플럭스의 성분 조정으로 원하는 용착물성을 얻을 수 있었다.

(5) 용접 입열(入熱)의 최소화를 통하여 구조물의 변형을 현저히 감소시

컸다. 그 외에도 용접봉의 예열이나 관리에 따른 불편을 없앰으로써 작업장 환경을 일신하게 하는 등 그 혜택은 이루 다 열거할 수가 없을 정도다.

그러나 이렇게도 좋은 용접이지만 처음부터 환영을 받은 것은 아니었다. 그 당시는 미국에서 수입된 호바트 용접기가 대부분이었는데 서양인의 체형에 맞추어 제작된 것이라 너무 무겁고, 용접기 자체가 너무 비쌌기 때문이다.

그리고 적용 초기 단계에는 재료 성능 면에서도 불안정한 점이 많았다. 블로홀(Blowhole)이나 피트(Pit)가 많았고 특히 볼록 비드(Convexed bead)가 많이 발생했다. 1985년 당시 X-ray 불량률 평균 25% 중에 CO_2 용접이 불량률이 32%가 날 정도로 품질 문제가 많았다.

작업자들의 거부감도 상당했다. CO_2 가스가 남자의 생식 기능을 해친다고 하였고, 용접 중 발생될 수 있는 일산화탄소 중독을 걱정하기도 했다.

이러한 환경 속에서 필자 등은 CO_2 용접의 장점을 다각도로 홍보하고, 선진 조선소나 경쟁사의 상황을 조사하여 벤치마킹하는 한편 작업자를 설득하고 CO_2 수당이라는 것을 만들어 하기 싫어하는 작업자를 유인하는 동시에 예산을 확보하여 장비를 대규모로 확보해 나갔다.

내업 부문이 앞장을 섰고, 외업, 의장의 순으로 적용을 확대해 나감으로써 도입된 이후 약 10년간에 걸쳐 작업장에 피복 아크 용접을 모두 몰아내게 된다.

수동용접(Hand held welding)이 모두 CO_2로 대치된 이후에도 필렛 용접부에는 여전히 그레비티(Gravity) 용접이 사용되었다. 그레비티 용접은 장척(長

尺) 반자동 용접으로서 한 사람이 동시에 4~5대의 아크(Arc)를 낼 수 있다는 이점 때문에 비교적 늦게까지 사용되었지만 이것 역시 성능 좋은 CO_2 대차나 대형 복합 패널 용접 장치로 대치되면서 점차 자취를 감추게 되었다.

CO_2 용접 방식은 소조립이나 조립 로봇 등에 채용됨으로써 조선현장의 자동화를 가속화시켰다.

용접 전문가들은 메이커(Maker)와 협력하여 장비나 재료를 국산화하면서 우리 체질에 맞는 형태로 개조해 나갔으며, 이들 메이커(Maker)들은 대기업과 지속적인 거래 아이템을 확보하는 대가로 제조원가를 대폭 낮추는 데 기여했다.

CO_2 용접은 오늘날 조선소의 환경과 생산력을 한 단계 업그레이드시킨 공법으로, 아무리 칭송을 해도 지나치지 않을 것이다.

▎ SAW 용접의 적용과 변천사

지금까지 수동 봉 용접에서 시작하여 나중에는 대형 용접 장치나 로봇 용접에 이르기까지 전 방위로 사용 영역을 넓혀 간 CO_2 용접에 대해 알아보았는데, 이제부터는 SAW(Submerged Arc Welding) 용접 및 이를 기반으로 한 자동화 용접에 대한 설명에 덧붙여 필자가 현장에서 부딪혀 고전한 사례를 적어 보고자 한다.

SAW 용접(잠호 용접)은 필자가 조선소 현장에 첫발을 디디면서 가장 놀랍게 본 것 중에 하나이다. 플럭스(Flux)라는 가루로 용접부를 덮으면서 자동으로 이동하는 대차가 한 번 지나가면 그 두꺼운 철판이 깨끗하게 용접되는데다가 연기나 아크(Arc, 섬광)도 없고 속도도 아주 빠른 것이 너무나 신기했다. 나중에 안 것이지만 이 용접법은 1930년 미국의 케네디가 발명한 것으로 1950년대 말부터 조선 분야에 적용되기 시작하여 선체의 주판 이음(Butt joint)에 탁월한 능력을 발휘한 것으로 알려진다.

SAW 방식은 스풀(Spool)에서 자동 공급되는 직경 4.8㎜ 강철봉이 한 개의 전극을 형성하고 주판(主板, 용접 대상물)이 상대전극이 되어 그 사이에서 발생하는 아크 열로 인해 용접이 되는 원리인데 나중에는 전극이 2개(2 Pole) 혹은 3개(3 Pole)까지 진화되어 다음 페이지에서 보이는 도표에서 보는 바와 같은 엄청난 속도와 용착 성능을 가지게 되었다.

SAW 방식은 처음에는 한쪽 면을 용접한 다음 뒤집어서(Turn over) 그 후면을 용접하는 것을 기본으로 하였으나 점차 기술이 발달되면서 후면에 당금(当金, Attachment)을 대고 한쪽 면에서 용접을 끝내는 방식, 즉 편면용접(Oneside welding) 방식으로 진화해 간다.

양면용접은 뒤집기를 해야 하기 때문에 엄청난 크기의 주판(가로 세로 각 22m)을 뒤집는 과정이 매우 번거롭고 위험하기 때문에 일본과 일부 유럽 조선소에서 편면용접을 많이 채택해 왔다.

회사도 1980년도 초반에 엄청난 시설비를 투입하여 유럽의 TTS라는 회사의 FCB(Flux Copper Backing) 설비를 기존 선각공장에 설치하였으나 동당금(Copper backing)이 잘 눌어붙고, 시종단부(始終端部)에 크랙이 발생하는 등 결함이 너무 많아 선각공장 합리화 공사를 할 때 이것을 들어내고 양면용접(Both side welding) 방식으로 교체하게 되었다.

일본과 한국의 용접법은 상당히 유사하다. 그러나 현저하게 다른 한 가지가 있으니 그것은 바로 주판[12] 자동용접 기술이다.

일본 조선소는 열이면 열 FCB(Flux Copper Backing)공법, 즉 동당금부 편면용접이다. 반면에 한국 조선소는 하나같이 양면 자동용접을 채용한다. 양면용접은 앞뒷면을 따로 용접해야 하고 뒷면 용접을 위해서 크고 무거운 철판(가로 세로 20~22m)을 크레인으로 들고 뒤집어야 하는데 일본 사람들은 왜 위험하게 뒤집어 가면서 두 번 용접하느냐고 의아해한다.

3도크 패널 라인 설비 사양 결정 과정에도 이 문제가 논란이 되었는데, 여러 가지 검토 결과와 기존 선각공장의 경험을 통해 편면용접(FCB 공법)보다 양면용접이 유리하다는 결론에 도달하게 된다. 회사 내에서도 FCB를 선호하는 사람이 있었고, 일본 고문들이 수시로 고위 경영진에 FCB를 추천하는 코멘트를 하는 바람에 상부로부터 수차례 재검토 지시를 받은 바 있다.

▲ 턴오버(Turn-over) 크레인

▲ FCB 용접

---

12) 주판(主板)은 제철소에서 출하되는 평균 4m × 22m의 철판 4~6개를 횡방향으로 연결하여 선박의 외판이나 데크, 벌케드를 만들기 위한 중간 제품이다. 주판을 만드는 작업을 판계라 한다.

CPM: cm/min.

WELD JOINT	THICK' (mm)	POLARITY	1st RUN			2nd RUN		
			A	V	CPM	A	V	CPM
UP TO 23.5mm 	8.5	DC	650	36	155	700	36	155
		AC	650	40		700	40	
	23.5	DC	1050	36	100	1250	38	100
		AC	860	40		850	40	
UP TO 32mm	25	DC	1200	36	70	1250	36	100
		AC	840	40		840	40	
	32	DC	1200	36	60	1250	36	100
		AC	900	40		900	40	
UP TO 38mm	35	DC	1200	36	55	1200	36	65
		AC	900	40		900	40	
	38	DC	1200	36	53	1250	36	63
		AC	900	40		900	40	

▲ SAW 양면용접의 개선형상과 용접조건표

▲ 3극 잠호 용접

FCB는 특성상 그 두께에 따라서 "V" 혹은 "Y" 개선을 치고 용접하게 되므로 우선 용접 재료비가 많이 든다.[13] 반면에 양면 용접은 23.5mm까지, 그러니까 조선용 주판(主板)의 80% 이상을 무개선(無開先)으로 용접할 수 있으므로 재료비가 적게 들고 무엇보다 수정이 거의 없어 사람이 편하다. 뒤집는 과정에서 위험성 문제는 특수하게 고안된 반전(反轉, Turn over) 장치가 있으므로

13) Groove를 일부러 만들고 그것을 용접 재료로 다 메꾸어야 하기 때문이다.

문제 될 것이 없다면서 반대론자들을 설득해 나갔다.

3도크의 패널 라인에는 용접 솔기(Seam) 트레킹이 가능한 3Pole 잠호용접 대차와 세계 최초 유일의 주판 반전 장치(Turn Over 장치)를 포함한 판계용접 설비를 갖춤으로써 ① 어떠한 공정 부하에도 대응할 수 있는 능력을 가지면서도 ② 안전하고 ③ 용접 품질이 보장되는 설비가 만들어졌다. 난산(難産)이었다.

3도크 공사가 거의 완료되던 어느 날, 일본에서 세계 조선협력사 회의(GSF Meeting)가 열렸는데, 여기서도 판계용접 방식에 관한 논쟁이 있었다. 상대는 히타치 아리아케(Hitachi Ariake)의 기술부장이었는데 "한국 조선소가 공통적으로 사용하고 있는 양면용접(兩面鎔接) 공법은 참으로 이해할 수가 없다. 왜 한 번만 하면 될 용접을 뒤집어 가면서 두 번 하느냐"며 조금도 양보가 없었다. 그 문제는 결국 그해 가을 덴마크에서 열린 국제용접기술 세미나의 주제로 선정되어 필자가 발표하기에 이르렀고, 거기서 기존의 상식을 깬 토픽이 되어 참석자에게 회자된 일이 있었다.

한국 조선소가 공통적으로 적용하는 양면용접은 일본이나 일부 유럽 조선소에서 채용하는 편면용접보다 우수하다는 생각

▲ 주판 턴오버 장치

은 변함이 없으며, 그때 난관을 물리치고 양면용접을 채택한 것은 참으로 잘된 선택이었다고 생각한다.

지금까지 패널 라인의 솔기(Butt) 이음에 대해서 언급했고, 편면용접보다는 양면용접이 품질(불량률)이나 코스트(Cost) 면에서 우수하다는 것을 설명하였다. 그러나 곡주판(Curved plate) 판계 라인이나 블럭 조인트, 즉 블럭과 블럭을 연결하는 솔기용접에서는 이야기가 180도 달라진다(왜냐하면 뒤집기를 할 수 없는 구조이므로).

▲ 곡(曲)주판 판계 작업

용접기술의 발전은 곡주판[14] 라인이나 블럭 조인트에 편면용접을 가능케 함으로써 용접사에게 이루 말할 수 없는 능률과 편이성을 안겨주었다. 편면용접은 표면용접 후 이면 공간에 들어가 상향(上向) 혹은 입향(立向) 자세로 가우징(Gouging)한 후 같은 자세로 이면용접을 해야 하는 열악한 작업 조건으로부터 용접사를 해방시켰다.

---

14) 판계 판계라 함은 제철소에서 수급되는 단위 철판 3~6개를 용접으로 연결, 하나의 큰 판을 만드는 과정이다. 격벽 혹은 외판이 핵심 구조가 된다.

곡주판 판계라인과 PE(Pre erection) 이후 도크에서 활용되는 편면용접의 적용 사례를 소개한다.

1) FAB 용접

핀 지그(Pin jig)[15] 상에 배열된 곡주판에 아스베스토스(Asbestos) 재질의 이당재(裏當材, 상품명 FAB-1)를 부착한 후 잠호용접을 하는 방식이다. 이 공법의 채용으로 좁은 공간에서의 위보기 작업이 현저히 감소되었다. 끝단부 크랙, 백 비드 불량 등 결함이 많아 초창기 어려움을 겪었다.

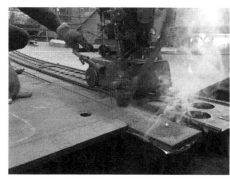

▲ Asbestos부 SAW 편면용접

2) Ceramic backing재부 CO_2 용접

피용접물에 곡(曲)이 있을 때, 혹은 잠호용접하기가 너무 협소할 때 사용되는 공법으로, 세라믹 판을 접착테이프로 붙인 후 CO_2 용접을 시행한다. 블럭과 블럭의 이음(Erection joint)의 평면부(Deck나 Double bottom)와 같이 용접량이 많은 곳에는 상기와 같은 공법으로 초층 비드를 만든 후, 잠호용접으

---

15) 판계되는 철판의 곡량에 따라 높이 조절을 해 주는 받침 틀을 말한다.

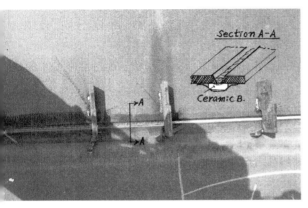

▲ 세라믹 벡킹재부 CO₂ 편면용접

로 나머지 여성(餘盛)을 채우는 공법이 널리 적용되었다.

양호한 백 비드(Back bead)를 얻기 위하여 일정 간격의 루트 갭(Root gap 0~3㎜)을 주게 되는데 피용접물 간의 간격(Root gap) 확보용 임시 피스를 약 50㎝ 간격으로 취부하였다가 용접 후 제거하는 약간의 부수 작업이 수반된다.

3) EGW 용접

외판(Side shell)의 연직접합부(Vertical joint)에는 EGW(Electro gas welding)이 널리 적용되었다. 이 용접법은 두꺼운 외판의 연직 방향 솔기를 편면 1패스(Pass)로 용접하기 때문에 작업이 신속하고, 종전에 비좁은 사이드 탱크(Side tank) 안에서 이루어지던 가우징(Gouging) 작업을 배제함으로써 용접 능률 향상에 지대한 공헌을 하였다.

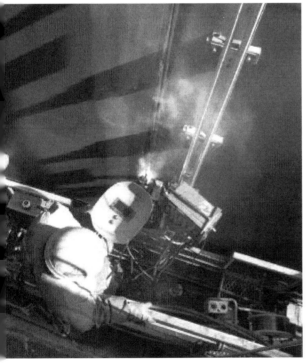

▲ EGW 용접 장치

이 공법은 마그넷 부착식 가이드 레일(Guide rail)을 따라 용접 장치가 이동하고 수냉(水冷) 기능을 가진 동당금(銅當金)이 표면 비드를 형성한다. 이면에는 세라믹 테이프로 붙여 비드를 형성하게 한다. 용접 준비 시간이 많이 소요되기 때문에 용접장이 4m 이상인 곳에 적용된다.

4) Electroslag 용접

판 두께 30~50㎜ 이상의 플랫 바(Flat bar)형 론지의 맞대기 이음에 많이 적용하였다. 용융금속이 흘러나오지 않도록 모재 양측에 수냉식 동벽(Copper shoe)을 서서히 위로 끌어올리며, 필요한 슬래그는 갑판에 임시로 뚫어놓은 구멍을 통하여 필요시 조금씩 보충하는 공법이다. 준비 작업이 다소 복잡하고 용접부의 기계적 성능에 다소 취약점을 보이기는 하였지만 후판 론지 용접의 성역화에 기여한 바 컸다.

5) Gas tungsten arc welding(TIG welding)

파이프 형태의 용접부나, 멤브레인 타입(Membrane type) LNG 선박의 스테인리스 인바(Stainless Invar) 용접 시 많이 사용되었다. 이 방식은 모재와 비소모성인 텅스텐 용접 전극 사이에 아크를 일으키고 소모성 용접 재료를 별도로 공급하여 용접하는 방법이다.

LNG 멤브레인 탱크의 1차 방벽 자동용접에는 용입성이 좋고 용접속도가 빠른 플라즈마 아크 용접을 적용하여 탱크 제작에 효율을 극대화하였다.

조선소에서의 용접은 대부분의 경우 사방이 막힌 공간에서 매연을 포함한 나쁜 공기, 부족한 채광, 뜨거운 열기 속에서 이루어진다. 부득이 상향(上向, Overhead) 자세를 취하거나 쪼그리고 앉아서 작업해야 하는 경우도 있어 육체적 피로가 쉽게 오며, 장시간 작업 시 허리 무릎 등이 약해져 생활에 지장을 주기도 한다. 또한 적정 용접 기량이 요구되며 일정 수준의 기량을 보유하더라도 잠시 정신을 집중하지 않으면 용접 불량으로 연결되고 만다.

위에서 언급한 몇 가지 용접법은 이러한 문제를 해결하기 위한 수많은 도전과 피나는 노력의 산물로, 이루 말할 수 없는 편의성과 생산성을 제공했다. 그중에는 사외에서 개발된 것이 많고, 일부 사내에서 창안된 것도 있지만 어느 것이든 현장에 적용해서 그 품질이 입증[16]되어야 하고, 연구하고 숙달해서 우리의 것으로 만들어야 했다(Adaption)는 점에서 용접 개발과 발전을 위해 전 생애를 같이해 온 장태원 팀장과 실무진의 노고를 평가하고 싶다.

---

16) 새로운 용접 공법을 사용하기 위해서는 사전에 Procedure test라는 과정을 거쳐 선급승인을 받아야 한다.

자주관리

친애하는 선각부 사원 여러분!

보기 드문 해운 경기의 침체 여파로 가뜩이나 조선 각사가 어려운 판국에 지난해 우리가 겪은 33호선 용접 문제 처리와 그 후유증으로 일찍이 겪어 보지 못한 어려움 속에 있습니다.

선주들은 우리를 믿으려 하지 않고 철두철미한 검사로 사사건건 우리의 발목을 잡고 있습니다. 모든 용접부를 체크하고 엄청난 사상 작업과 곡직을 요구하고 있습니다. 핏덥(Fit-up) 검사가 공식화되었고, 그나마도 QC 검사를 합격해야 다음 날 선주 검사를 받게 되었습니다. 거기다가 직반장 자체 검사, 정도 검사까지 있어 생산 공장인지 검사 공장인지 알 수가 없고 누가 기술자인지, 누가 공정을 이끌고 가는지 알 수가 없게 되어 버렸습니다. 이중 삼중 검사로 인한 수정 및 이에 따른 준비, 대기 등의 손실과 이로 인한 사기 저하 등으로 생산성이 날로 떨어지고 있습니다.

용접사 여러분. 한 번 생각해 보십시오. 우리는 얼마나 많은 지시와 요구를 받고 있습니까? 용접봉을 건조해서, 수령하고, 사용하는 과정에서 이거 해라 저거 잘해라. 그거 조심해라. 그리고 취부사 여러분! 피스는 이렇게 붙이고 태크는 저렇게 하고 이렇게 저렇게 날이면 날마다 하라 하지 마라의 연속입니다. 이것이 조금 되는가 싶으면 저것이 안 되고, 저것이 조금 되는가 싶으면 어느새 이것이 안 됩니다. 이러다 보니 맨날 바쁘고, 재벌일에 또 재벌일, 끝없는 낭비와 비능률의 연속입니다.

친애하는 선각부 사원 여러분!

우리 모두 궐기하여 잃었던 우리의 자리를 찾읍시다. 한때의 실수로 내어준 주인(主人)의 자리를, 기술자의 자존심을 찾읍시다. 배는 우리가 짓는 것. 결코 선주나 QC가 밥 놓아라, 떡 놓아라 사사건건 간섭하도록 해서 될 일이 아닙니다. 우리가 해야 됩니다. 모든 사원은 그 직무와 직책에 따라 해야 할 규범이 있고 용접사는 용접사의 길, 마킹사는 마킹사가 지켜 가야 할 것이 있습니다. 모든 직종에 작업표준이 있습니다. 이것을 알고 이를 이행합시다. 상사(上司)가 보든 안 보든 감독을 하든 안 하든 스스로 할 일을 묵묵히 해 놓고 스스로 확인해서 끝내는 것이 자주관리입니다.

언젠가는 해야 할 일, 어차피 해야 할 일을, 지적당하고, 지시받아 할 필요가 없는 것입니다. 내 일은 내가 끝내 준다는 마음으로 나아갈 때 선주나 QC의 간섭이 없어지고 재벌일이 줄게 되며, 작업은 순조롭게 진행됩니다.

같은 시설 장비에 비슷한 체구의 일본인들이 우리보다 세 배 이상의 생산성을 내는 비결이 무엇이라고 생각하십니까? 작업 표준을 지켜 낭비를 없애고 고객의 신뢰를 얻는 것입니다. 그것을 우리 스스로 합시다. 자주관리 없이는 영원히 일본의 생산성을 따라 잡을 수 없다는 것을 알아야 합니다.

1985년 하반기 선각부 운영 방침을 자주관리 표준이행 신뢰성 확보로 정한 이유가 여기에 있습니다.

본인은 이러한 우리의 목표를 기필코 금년 내에 달성할 수 있도록 모든 조직력을 동원하고 혼신의 노력을 경주할 것을 천명하며 사원 여러분의 전폭적인 지지와 동참을 촉구하는 바입니다. 감사합니다.

1985년 9월 16일 하반기 부서 운영 방침 발표에서

1980년대 초반, 해운 경기 부진과 조선소의 부족한 대비가 930이라는 재난을 우리에게 안겨 주고 있었다.

그때 우리는 그 캄캄하고 고달픈 터널만 빠져나가면 될 줄 알았는데, 문제가 되는 몇몇 호선만 어떻게든 내보내면 될 줄 알았는데, 그게 아니었다. 참담한 고통과 수모를 겪으면서도, 우리는 그다음 호선에 또 다음 호선에 똑같은 실수와 잘못을 만들어 가고 있다는 것을 깨달았다. 그래서 또 고객으로부터 불신과 간섭을 받을 수 있는 원인을 또 다시 만들고 있다는 것을 알았다.

그동안에 발생된 문제는 선주가 너무 까다로워서 그랬고, 우리가 잘못한 것은 내가 아닌 다른 사람이 한 것이라 생각하고 있었다. 어쩌면 눈앞의 문제에 사로잡혀 현실을 돌아볼 겨를이 없었는지도 모를 일이었다.

대오각성이 필요했다. 우리의 생각과 행동을 바꾸는 대대적인 활동을 해야겠다는 생각이 들었다.

남이 시켜서 하기 전에 스스로 해야겠다는 생각이 들었다.

고객으로부터 자주(自主), 상사로부터 자주를 주창(主唱)했다. 자주관리(自主管理)가 우리의 살길이라는 생각을 하게 했다.

우리의 일상(日常)에서 간부나 직반장들이 이렇게 해라 저렇게 해라 잔소리 하는 것, 해야 될 것들, 후공정에서 요구되는 사항. 이런 지켜야 할 사항들을 모아 리스트를 만들었다. 최소한 이것만은 하자, 이것만 하면 더 이상 잔소리는 필요 없다 할 만한 것을 모아 '자주관리 규범'이라고 이름 붙였다.

▲자주관리 행사

자주관리만이 우리의 살길임을 천명하고 누가 보든 안 보든 정해진 표준을 이행하고 스스로 점검해 이상이 없도록 하겠다는 다짐을 했다.

선각부 인원 1,000명, 협력업체 포함 전체 1,800명이 A운동장에 앉아 자주관리 규범을 한 줄 한 줄 읽고, 적어도 이것만은 우리가 스스로 하겠다는 다짐을 했다. 1985년 10월 26일의 일이었다.

격주로 자주관리 회보를 만들어 홍보하고, 교정회(敎正會)라는 모임을 통해서 지속적으로 점검을 해 나갔다. 매주 금요일, 자주관리 규

범에 어긋나는 행동을 보였거나 오작을 낸 사원들이 모여 향후 재발 방지를 다짐하는 모임이었는데 그 후 1년을 계속했다.

> 자주관리는 우리의 살길입니다.
>
> 누가 보든 안 보든, 시키든 안 시키든 정해진 표준을 묵묵히 지키고 결과를 점검해 이상이 없도록 하는 것이 자주관리입니다.
>
> 자주관리를 하면 고객이 안심하고 우리를 믿게 되므로 편하고 능률적인 일을 할 수가 있습니다.
>
> 우리 선각부는 지난해 10월에 전원이 한마음으로 결의하여 자주관리 깃발을 올렸고 그 후 모두가 열심히 노력한 결과 스스로 놀랄 정도로 각 부문이 향상되고 있습니다.
>
> (중략)
>
> 이제부터 우리가 할 일은, 일을 어떻게 하는 것이 안전하고 품질이 좋아지며 능률적인가를 연구하고 알려 주고 배움으로써 우리의 실력

을 키우는 일입니다.

 자주관리 회보는 우리 선각인의 마음을 한곳에 모으고, 서로의 생각을 나누는 기술자의 사랑방으로 그 역할을 다할 것입니다. 선각인 여러분의 애독과 많은 참여를 바랍니다.

1986년 3월 15일 자주관리 회보 창간사 중에서

 난마(亂麻)처럼 얽혀 있던 현장이 점차 정리되어 갔다. 소위 Fit-up 검사라 해서 부재를 취부해 놓고 "이제 용접해도 될까요, 안 될까요?" 하고 선주에게 물어서 허가를 받는, 말도 안 되는 절차가 생략되게 되었다. 그것만 해도 살 것 같았다. 쇠사슬에 묶인 사람이 풀려난 기분이었다. 블럭이나 탑재공사가 완료되면 선주검사 전에 QC가 와서 사전검사를 하던 것도 철폐되었다. 매일처럼 하는 일인데 언제까지 선주나 QC가 와서 검사를 하게 할 것인가. 전혀 필요가 없는 일이요, 시간 낭비였다.

 작업장은 하루가 다르게 달라져 갔고, 깨끗해졌으며 사람들의 얼굴에 생기가 돌았다.

 할 수 있다, 하면 된다는 자신감이 주는 변화의 위력은 대단했다.

 여세를 몰아 적정품질[17]과 1인 다기능화를 주창하면서 생산성 향상 운동으로 활동의 폭을 넓혀 갔다.

---

17) 과잉품질은 생산성의 적. 필요한 만큼, 정한 만큼의 품질을 내는 것이 적정품질이다.

오늘 우중에도 불구하고 본 행사에 참석해 준 사원 여러분에게 감사의 말씀을 드리는 바입니다. 그리고 오늘 행사를 위하여 수 주일 전부터 어렵게 준비를 추진해 온 진행위원 여러분에게도 고마운 뜻을 전하고자 합니다.

지난 10월 이래 우리 선각부는 자주관리만이 살길이라 생각하고 우리 스스로를 주인으로 세우는 데 모든 노력을 기울여 왔습니다. 그 덕분으로 작년 12월에는 조립 부문이, 그리고 금년 3월에는 탑재 부문이 QC 검사를 위임받게 되었고 생산성, 품질, 안전 등 모든 면에서 현저한 개선을 보이게 되어 조선소에서 가장 앞서가는 부서가 되고 있음은 우리가 다 같이 인정하는 사실이라 하겠습니다. 그러나 사원 여러분, 조선시황이 갈수록 어려워지고 절반 이하로 떨어진 선 가가 좀체 고개들 기미를 보이지 않고 있습니다. 모든 조선소는 불황에 허덕이고 오직 살아남아야 한다는 절박감 속에 처절한 경쟁을 계속하고 있는 것이 현실입니다.

친애하는 선각 사원 여러분!

오늘 이 자리에서는 우리가 살아남느냐 죽느냐, 9년 동안 일구어 온 우리의 터전을 지킬 것이냐 버릴 것이냐 하는, 우리에게는 실로 죽고 사는 문제가 달린 이야기를 하겠습니다. 혹자는 이렇게 생각할지 모르겠습니다. 설마 죽기야 하겠나, 어디 가도 밥 먹을 데야 있겠지. 맞습니다. 산 입에 거미줄이야 치겠습니까.

(중략)

우리 조선소에도 일본 사람들이 와 있습니다만 그 사람들 동작이 우리보다 3배가 빠릅니까, 그 사람들 일할 때 우리는 놉니까. 아닙니다. 그 사람들이 우리보다 3배나 생산성이 높은 데는 비결이 있었습니다. 그 비결을 알고 실천하면 우리도 그 사람들 따라갈 수 있습니다. 따라가야 사는 수가 나옵니다.

사원 여러분.

오는 7월 1일에는 49호선이 착수됩니다. 우리는 이날을 위하여 많은 준비를 해 왔습니다. 어떻게 하면 쉽게 좋은 자세로 블럭을, 족장을, 탑재할 수 있겠는가. 지혜를 모으고 계획을 짜서 발표회도 여러 번 가졌습니다. 각과별 직별로 사용할 수 있는 시수도 확정하였습니다. 톤당 27MH, 43호선에 비하여 다소 거리가 있는 수치이긴 하지만 우리는 할 수 있습니다. 무모한 도전이 아닌 계산된 우리의 목표입니다.

저는 오늘 27전략의 시작에 임하여 사원 여러분에게 꼭 한 가지 부탁을 드리고자 합니다. 그것은 우리 작업장에 질서와 능률과 안전을 보장하는 오직 하나의 방법, 자주관리규범의 실천입니다. 누가 보든 안 보든 시키든 안 시키든 정해진 표준을 묵묵히 이행하고 결과를 점검하여 이상 없도록 하는 것입니다. 5분 일찍, 5분 늦게 작업하는 것도 원치 않습니다. 정해진 시각에 시작하고 정해진 시각에 끝냅시다. 정해진 표준을 지키고 뼈대 있는 생각을 하면 2, 3배의 능률이 저절로 쏟아집니다.

오늘 저는 직반장 기사 여러분에게도 한 가지 당부를 드리고자 합니다. 여러분은 여러분의 일 중에서 무엇이 가장 중요한 일이라고 생각합니까. 그것은 준비와 계획입니다. 일하는 방법을 미리 생각해 두고, 치공구를 준비하며 작업 조건을 미리 조성해 주는 것이야말로 여러분의 할 일입니다. 관리자 여러분의 꼼꼼한 사전 준비와 전 사원의 자주관리 의식이 합쳐지는 날, 우리 현장은 생산의 고속도로가 뚫리고 세계를 제패하는 저력이 생길 것임을 굳게 믿어 추호도 의심치 마십시다.

진군의 북소리가 우렁찹니다. 하늘은 스스로 돕는 자를 돕는다고 합니다. 제가 앞장서겠습니다. 우리 모두 대열을 가다듬어 대망의 27전략 성공을 위하여 총 매진합시다.

1986년 6월에는 선각부 직영 인력 1,000명이 참가하여 27전략 행군대회라는 것을 가졌다. 그 당시 생산을 앞두고 있던 18만 6천 톤급 광탄운반선(1049호선) 선각공사를 톤당 27M-H(가공 4.1 조립 12.7 탑재 7.7 운반 2.5)로 끝내자는 일종의 결의대회였다. 그 당시 비슷한 크기로 43호선이 있었는데 그 배가 선각 톤당 39.7M-H로 했던 것에 비하면 32%의 향상을 기하자는 것이었다. 각 과별 목표 시수를 할당하고 그 목표를 달성하기 위해서 무엇을 어떻게 할 것인가를 표방하고 이를 실천했다.

그날 비를 맞아 가며 문동 저수지까지 왕복하는 행군을 하면서 '앞서가는 선각, 끝내주는 선각'이라는 캐치프레이즈를 각자의 마음속에 새기며 이제부터는 뭔가 좀 잘해 보겠다는 결의에 충만했었다.

그 후 27전략은 당초 여러 가지 염려가 무색할 정도로 목표를 초과 달성하면서 대형선 건조에 자신을 갖게 했다.

친애하는 선각부 사원 여러분!

10월은 우리 선각부가 자주관리를 시작한 지 만 1년이 되는 달입니다. 작년 10월 26일, 우리는 하나가 되어 자주관리가 우리의 살길임을 천명하였고, 누가 보든 안 보든 정해진 표준을 이행하고 점검해 이상 없도록 하는 우리의 길을 묵묵히 실천해 왔습니다.

우리의 이러한 노력은 헛되지 않아 작년 말 조립 부문을 시작으로 금년 3월에는 탑재부문이 QC 검사를 위임받기에 이르렀고 이제 선주의 핏업(Fit-up) 검사까지 생략하는 단계까지 왔습니다.

근래에 와서는 42호선에 이어 44호선이 용접불량률에 신기록을 갱신하여 선주를 놀라게 하였고 진수 전 선각 작업을 100% 완료하고, 조립은 완벽한 블록을 만들어 후 공정에 넘기는 등 멋진 전통을 세워 가고 있습니다.

그동안 사원 여러분들이 보여 준 참여정신과 노고에 진심 어린 치하를 드리는 바입니다.

친애하는 사원 여러분.

그러나 우리는 여기서 만족할 수 없습니다. 이제부터의 우리의 목표는 지금까지 우리가 다져 놓은 자주관리의 바탕 위에서 효율적으로 배를 만드는 일입니다.

사실 지금까지는 추락된 신뢰를 되찾기 위하여 일부 시수의 낭비를 불가피하게 감수해 왔습니다. 쉬운 방법을 개발하고 품질 기준을 연구하여 적정 품질을 유지하는 지혜가 필요한 것입니다. 해야 될 것과 하지 않아도 될 것을 구별하여 가장 경제적으로 후공정이나 고객이 만족하는 품질을 생각할 단계가 되었다고 믿습니다.

(중략)

이제 지난 2, 3년 동안에 걸친 혼돈과 비능률의 악몽을 씻고 질서와 능률을 생각하는 선각이 되도록 분발해야 하겠습니다.

1986년 10월 6일 자주관리 1주년 기념사에서

자주관리 1주년을 맞아 포스터, 플래카드 게시, 강연회 및 학습회, 과별 팀 파워, 공로자 포상, 자주관리 워크숍, 기념체육대회, 나의 제언 발표회 등이 있었다.

그때는 너무나 어려운 상황을 겪다 보니 모두들 나름대로 이래서는 안 된다는 자성(自省)이 일어났고 이것을 묶어 주는 조그마한 이벤트에도 쉽게 공감대가 형성되었다.

선각부는 이러한 일련의 캠페인을 통하여 지난 2~3년 동안의 부진을 털고 새로운 분위기를 진작할 수 있었으며 생산성을 획기적으로 향상시키고 품질을 안정시켜 나갔다.

그때를 회고하면서, 그 당시 어려운 환경에서도 묵묵히 따라 주신 일천여 선각부 사원 여러분에게 심심한 감사를 드리고 싶다.

　또한 이러한 활동의 사무국의 역할을 하면서 끊임없이 챙겨 준 정금영 당시 과장, 특유의 친화력과 아이디어로 분위기를 만들어내 주신 문장석 당시 차장, 멋있는 외모에 깔끔한 진행으로 행사를 빛내 주던 이홍주 대리, 프로를 능가하는 솜씨로 홍보물을 만들어 사원들의 공감을 얻어내 주던 윤영수 화백에게도 감사를 보내고 싶다.

자주관리 생활규범

자주관리는 우리의 살길입니다.

누가 보든 안 보든 시키든 안 시키든 정해진 표준을 묵묵히 이행하고 결과를
점검해 이상이 없도록 하는 것이 자주관리입니다.

자주관리를 하면 고객이 안심하고 우리를 믿게 됩니다.

자주관리를 하는 일터에는 질서와 능률이 있습니다.

자주관리 생활규범은

우리의 삶의 터전을 지키고, 보다 쾌적하게 가꾸기 위한 사나이와 사나이의
약속입니다.

1985.10.19. 선각부

근무 기강

1. 시종 시간

가. 작업 개시 시각과 종료 시각을 정확하게 지킨다.

나. 점심시간 또는 퇴근시간에 미리 작업장을 떠나거나 식당으로 향하는 일이 없도록 한다.

다. 작업 전 준비를 잘하여 과업 시작 사이렌과 동시에 바로 아크가 일어나도록 한다.

라. 작업이 끝나면 정 리정돈, 내일 작업을 위한 준비, 안전점검 등을 차분히 한 후 퇴근한다.

2. 근태

가. 출근은 여유 있고, 상쾌한 기분으로 한다.

나. 월차 및 결근계는 하루 전날 제출한다. 부득이한 경우 당일 본인이 와서 제출한다.

3. 복장, 안전장구

가. 회사가 제공한 복장에 규정된 마크를 부착한다.

나. 안전모, 안전화 규정에 의한 안전장구를 착용한다.

4. 회의, 조회, 소집단 활동

　가. 모든 모임에는 시각을 지킨다.

　나. 질서 있고 진지하면서도 항상 적극적인 자세로 임한다.

5. 작업장 예의

　가. 인사는 내가 먼저. 누구에게나 진실하고 친절한 자세를 갖는다.

　나. 작업복 착용 시에는 거수경례가 원칙이다.

6. 보행

　가. 작업장 내에서는 구보를 하지 않는 것이 원칙이다. 항상 빠른 걸음으로 좌우를 살피며 걷는다.

　나. 주머니에 손을 넣거나 뒷짐을 지거나 흡연을 하지 않는다.

7. 끽연 및 휴식

　가. 정해진 장소(재떨이가 있는 곳)에서 정해진 시간(휴식 및 점심시간)에 끽연한다.

　나. 끽연 후 꽁초는 재떨이에, 꽁초를 아무데나 버리지 않는다.

　다. 화재 및 폭발 위험을 확인 후 끽연하고 끄고 난 꽁초를 한 번 더 확인한다.

8. 화장실 사용

가. 침을 함부로 뱉거나 담배꽁초를 버리면 결국 자기에게 불편함이 돌아온다.

나. 낙서를 하지 않는다. 시설물을 아끼고 소모품을 절약한다.

다. 화장지는 변기에, 휴지는 휴지통에 버린다.

9. 질서 유지

가. 임의로 작업장을 이탈하여 배회하지 않는다.

나. 작업 중 잡담이나 장난은 안전사고의 원인이 되고 생산성을 저해한다.

안전 및 작업 환경

1. 안전 통로의 확보

가. 안전 통로에 부재, 장비 등 장애물을 높지 않는다.

나. 케이블(Cable), 호스류는 고리(Hanger)를 이용, 완전히 정돈하여 보행에 지장이 없도록 한다.

2. 작업장 정리정돈

가. 정리정돈은 작업의 일부이다. 작업 중에도 항상 정리정돈을 잊지 않는다.

나. 작업이 끝나면 자기 주위에 쓰레기 등 불필요한 물건을 깨끗이 치운다.

다. 정리정돈의 3원칙: 반듯하게, 같은 것끼리, 쌓아라.

3. 스크랩 박스(Scrap Box)의 사용

가. 작업장에는 항상 고철통(회색)과 쓰레기통(녹색)이 같이 놓여 있도록 한다.

나. 고철과 쓰레기가 서로 섞이지 않도록 색깔을 잘 보고 용도에 맞게 버린다.

다. 사용 가능한 피스, 용접봉, 볼트, 너트 등 아까운 자재를 버리지 않도록 한다.

4. 치공구 사용과 보관

가. 치공구는 안전하게, 용도에 맞게, 사용 후 제자리에.

나. 지렛대(Lever Block), 함마, 클램프(Clamp), 와이어 슬링(Wire Sling) 등을 항상 조심스럽게 사용하고 점검한다.

5. 가스, 압축공기의 사용

가. 가스 파이프에는 종류에 따라 아래 색깔이 정해져 있다.

- 에틸렌: 노랑   - 산소: 초록   - 이산화탄소: 파랑

- 압축공기: 흰색   - 프로판: 빨강

나. 모든 가스는 발화물질이므로 극히 조심해 사용하고 몸의 먼지를 털거나 땀을 식히는 용도로 쓰지 않는다.

다. 가스 호스, 케이블 끝단에는 사용자의 명패(사번, 성명)를 부착한다.

라. 가스 호스는 사용 후 밸브를 잠그고 메니폴드에서 완전 분리한다.

6. 전기의 사용

가. 젖은 손에 장갑을 낀 복장 상태에서는 전기 장치에 접근하거나 용접을 하지 않는다.

나. 작업 종료 후에는 스위치를 내려 절전과 안전을 도모한다. 파손된 전기 장치는 즉각 보수 또는 신고한다.

다. 어스는 이동용 크램프를 사용토록 함으로써 안전하고 뒷일이 없도록 한다.

라. 전격 방지기는 용접사의 생명통, 이를 손상치 않도록 한다.

마. 손상된 케이블(Cable)은 즉각 수정 혹은 교환하여 감전이 되지 않도록 한다.

7. 조명

가. 작업등 혹은 조명등을 설치하여 60룩스를 확보한 후 작업한다.

나. 절단기 토치로 조명을 해서는 안 된다. 또한 용접 케이블에 작업등 선을 꽂아 쓰는 것도 금지된다.

8. 사다리 안전

가. 사다리는 크램프로 끝단을 확실히 고정한 후 사용토록 한다.

나. 무거운 물건을 들고 오르내리지 않는다. 물건은 로프를 이용한다.

다. 사다리는 발판의 간격이 일정해야 하고 결함이 있는 것을 사용해서는 안 된다.

9. 족장의 설치와 사용

가. 설치된 족장을 임의로 변경, 손상해서는 안 된다.

나. 족장 파이프를 절단하거나 타 용도로 써서는 안 된다.

10. 러그(Lug)의 용접과 관리

가. 규격에 맞는 크기, 형태, 도면에 명시된 각목 준수.

나. 반대편 보강용접에 유의하고 고기량자가 확실한 용접을 해야 한다.

다. 용접 후 20톤 이상의 러그는 다이 체크(Dye Check)를 한다.

라. 사용한 러그는 회수용 박스에 모아서 재생 후 다시 사용토록 한다.

11. 의장품, 페인트 등의 보호

가. 다른 사람이 하는 작업이라고 해서 무시하거나 함부로 철거, 훼손하는 일이 없도록 한다.

나. 손상이 예상되면 사전 보호 조치를 충분히 강구하고 작업한다.

12. 안전보호구의 착용

가. 안전모는 턱끈을 당겨 맨다.

나. 안전화 안전벨트, 방진마스크, 보안경, 귀마개 등 안전보호구를 필요에 따라 착용한다.

물자의 사용

1. 소모품의 사용
   가. 회사의 물건은 내 물건, 닦고 손질하여 아껴 쓴다.

   나. 폐품을 반납하고 신품으로 교환한다(1:1 교환 원칙).

2. 용접봉의 사용
   가. 건조된 용접봉을 사용한다. 뚜껑이 있는 용접봉통(Potable Dryer)에 넣어 사용한다.

   나. 고장력강, 연강, 하진봉 등 각각의 목적에 맞는 용접봉을 사용한다.

   다. 사용 후 잔봉의 길이가 50㎜ 이하가 될 때까지 사용한다.

   라. 용접 후 잔봉을 깨끗이 수거하여 잔봉통에 모은다. 여하한 경우라도 용접봉을 물에 적시거나 버리지 않도록 한다.

   바. 수령 후 4시간이 지난 용접봉은 반납하여 재건조하도록 한다.

3. 장비의 보수, 보관
   가. 용접기, 팬모터(송풍기), 가우징기, 건조로 등 전기 제품은 비를 맞히지 않도록 한다.

   나. 고장난 장비는 즉각 (공구 담당자 혹은 공무부 정비과에) 신고하여 보수하도록 한다.

   다. 모든 장비는 사용 후 깨끗이 정비하여 언제라도 필요할 때 바로 쓸 수 있도록 잘 보관한다.

🄓 용접사 심득 사항

1. 용접봉

용접봉을 제대로 쓸 줄 모르는 사람은 용접사가 아니다.

2. 수중 용접

습기 찬 곳, 비가 오는 곳에서 용접을 하면 옳은 용접이 안 된다.

3. 방풍막

CO_2 용접 시 연기가 바람에 흩어질 정도이면 방풍막을 친다.

4. 개인 창구

치핑 함마, 브러시, 봉통, 각장 게이지 등 개인 장구를 휴대하여 필요할 때 써야 한다.

5. 자격증

승인된 자격의 용접, 승인된 자세의 용접만 하도록 하고 작업 중 항상 자격증을 소지하여 요구가 있을 때 제시한다.

6. 결함 방지

용접 조건(적정전류, 전압, 속도, 봉 종류)을 구비하여 결함을 내지 않도록 한다. 모든 용접은 UT 혹은 X-ray로써 체크된다는 점을 명심한다.

7. 보수

결함이 발견되면 즉각 수정하도록 한다. 다른 사람이 와서 수정하겠거니 하는 생각을 않도록 한다.

8. 확인

작업 후 깨끗이 브러시질을 하고 용접 상태를 확인한다. 필렛용접의 경우는 각목을 확인하여 과대 과소 각목이 없도록 한다.

9. 마무리

용접이 끝나면 용접부와 그 주위를 소제하고 언제 누가 봐도 이상이 없도록 정리해 둔다.

취부사 심득 사항

1. 작업 표준의 준수

가. 도면, 작업요령서, 품질표준을 정확히 이해하여 재벌일을 만들지 않도록 한다. 자신이 없을 때는 작업을 중지하고 상급자에게 확인한 후 틀림없도록 한다.

나. 부재 간의 미스얼라인(Mis-align), 갭(Gap) 등에 특히 유의하여 확실히 파악한 후 작업을 한다.

2. 피스(Piece)의 사용

가. 피스를 항상 작업장 주위에 준비해 두고 용도에 맞게 활용한다.

나. 피스는 꼭 필요한 곳에 최소한으로 사용하고 제거 시 힘이 적게 들도록 가급적 한쪽만 용접한다.

다. 피스의 취부나 제거시 모재(母材)가 손상되지 않도록 하고 실수로 모재에 흠집을 내었으면 즉각 보수하도록 한다.

3. 절단 작업

가급적 자동절단기를 사용하도록 하되 불가피 수동절단을 할 경우 조기(助器) 혹은 콤파스를 사용하여 절단한다. 절단 노치(Notch)가 발생하면 엄청난 재벌일(용접, 그라인드)이 따르게 되므로 특히 유의한다.

4. 그라인드 작업

가. 부재의 모서리는 부드럽게 그라인드하여 날카로운 부분이 없도록 하되 선주의 요구를 정확히 파악하여 너무 많은 공수가 소모되지 않도록 각별히 유의한다.

나. 피스, 러그 등을 떼어낸 부분을 평평하게 그라인드하되 원래의 강판 두께보다 얇게 만들어서는(Over grind) 안 된다.

5. 라인 히팅(Line Heating) 작업

가. 곡직작업 기준을 충분히 이해하여 최소의 열을 가하여 최대의 효과를 내도록 한다.

나. 용접변형이 예상되는 부분을 미리 보강재를 취부하여 변형을 예방토록 한다.

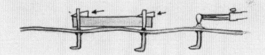

6. 마무리 작업

각종 피스의 제거, 비드 치핑(Bead Chipping), 컨트롤 라인(Control Line)의 마킹 등을 확인하여 후공정에 확실한 제품을 인계하도록 한다.

작업 관리

1. 관리자의 자세
가. 관리자는 자기가 맡은 부문에 관하여 회사의 살림살이를 위임받은 사람이다. 매사를 치밀하게 계획하고(Plan), 그것을 실행에 옮기며(Do), 결과를 점검하여(Check), 미흡한 사항을 개선(Action)하여야 한다.

나. 관리자는 부하를 움직여 조직의 목적을 달성하는 사람이다. 부단한 자기계발을 통하여 인격이나 능력에 대한 신뢰감, 존경심이 우러나도록 하여 감심(感心)하여 본받을 수 있도록 해야 한다.

다. 관리자는 부하를 육성할 책임이 있다. 뜻대로 변치 않는 상대를 결코 체념하지 않고 끊임없이 계도해 나갈 수 있는 정열(情熱)을 가져야 한다.

라. 관리자는 항상 확고한 신념과 의지를 가지고 일단 하기로 정한 일이라면 다소의 부작용이 예상되더라도 엄격히 이행하도록 한다. 부하를 항상 엄히 다스리되 애정과 칭찬을 잊지 않음으로써 조직에 활기를 불어넣어야 한다.

2. 작업의 준비
가. 도면에 의존하라. 도면의 모든 내용을 숙지하고 작업 방법, 부재, 치공구 등 사전준비를 철저히 함으로써 본 작업이 원만하도록 해야 한다.

나. 부문의 능력을 파악하고 능력에 부합하는 인원 계획, 일정 계획을 수립한다. 문제가 될 만한 사항은 계획 단계에서 철저히 규명하여 사전대책을 세운다.

다. 관리자는 항상 앞일을 예견(豫見)하고 4M, 즉 인원(Man), 장비(Machine), 재료(Material)와 작업 방법(Method)을 점검, 준비하여 차질이 없도록 한다.

라. 옥외작업장은 항상 우천에 대한 준비를 잊지 않아야 한다. 우천에도 불구하고 작업을

진행할 수 있는 방책을 강구하고, 치공구 등도 평소에 준비를 해 두었다가 우천 시를 적절히 활용토록 한다.

마. 자동화(自動化)는 작업 능률과 작업 환경을 혁신하는 길이다. 현재의 방법에 항상 문제를 제기하고 새로운 공법, 새로운 장비의 적용에 적극적이어야 한다.

3. 작업 관리

가. 현장은 작업 관리의 중심지이다. 관리자는 현장에서 보고, 현장에서 판단하고, 현장에서 지시한다. 관리자는 현장의 가장 깊은 곳, 가장 험하고 높은 곳에 앞장서 가야 한다.

나. 작업의 시작과 종료 시간이 특히 중요하다. 작업 시작 후 1시간, 작업 종료 후 30분 전의 직반장의 정위치는 작업장이다. 부하가 정해진 시간을 지키며 지시한 대로 배치되어 있는가, 작업 방법은 정확한가, 위험요소는 없는가를 확인하여 미비한 점을 시정시키는 시간대이다.

다. 작업은 가급적 균등하게 단위를 끊어서(Grouping) 시행하고, 하나씩 마무리 지어 나가도록(구획 관리) 함으로써 관리 범위를 좁게 가져가야 한다.

라. 정리정돈은 작업의 일부이므로 별도의 시간을 정해서 할 일이 안다. 관리자의 눈과 혀가 부지런하면 오면서 가면서 일상적, 자동적으로 정리정돈이 되는 것이다.

마. 자기가 한 작업은 자기가 마무리하도록 관리한다. 수정 팀을 별도로 두면 우선은 능률적일지 모르나 작업자 자신이 어떤 결함을 내고 있는지 파악을 못하므로 기량 향상이 안 되고 2중, 3중 작업자를 투입함으로써 공정의 진척이 어려워진다.

4. 품질의 확보

가. 생산은 품질이다. 품질을 보증할 수 없는 제품을 사 갈 사람은 아무도 없다. 후공정을 고객으로 생각하고 고객의 입장에서 하자 없는 제품을 만드는 것이 생산이다.

나. 도면과 품질표준(SSQS)을 정확히 이해하여 항상 기준에 맞는 품질을 생산한다. 선주(선급)가 요구를 하든 안 하든, 보든 안 보든 양심적으로 표준에 따른 작업을 함으로써 신뢰를 얻어야 한다.

다. 품질보증 제도를 이해하고 이를 성실히 이행함으로써 자주검사를 조속히 정착시킨다. 히스토리 카드(History Card)의 활용, 정도 체크, 컨트롤 라인(Control Line)의 마킹 등 정해진 제반 과정을 엄격히 지킴으로써 남의 간섭으로부터 스스로를 보호한다.

라. 선주(선급)에게는 항상 정중하면서도 당당하게 대하고 정당한 요구를 하는데 주저함이 없도록 한다. 약속을 신중하게 하고 일단 합의된 사항은 명예를 걸고 지킴으로써 상호신뢰에 입각한 인간관계를 유지한다.

마. 작업 중 실수로 결함을 만드는 수가 있다. 이럴 때는 모든 일을 제쳐두고 결함을 먼저 보완하는 것이 요령이다. 어차피 할 일에 시간을 끄는 동안 신뢰성이 떨어지고 선주(선급)을 불안하게 만든다.

바. 가급적 현물에 마킹을 많이 해서 작업자가 착오를 일으키지 않도록 한다. 사용 용접봉의 종류, 각목 등을 표시하거나 작업상의 주요 포인트를 마킹하는 것을 습관화한다.

사. 한국인은 90%까지는 강하고 나머지 10%에서 약하다고 한다. 철저한 마감 작업으로 고객의 호감을 산다는 점에서 또한 최후의 1%까지 완벽을 기한다는 점에서 마무리 작업의 중요성을 인식해야 한다.

아. 건조상 문제점이 발생하면 즉각 보고서를 작성하여 최상의 수정 방법을 강구한다. 또한 이것을 관계부서에 신속히 통보하여 동일 문제의 재발 방지에 활용되도록 한다.

자. 부하 사원의 기량과 자격을 파악하고 기량 자격에 상응하는 업무를 부과한다.

5. 외주 관리

가. 현업 관리자와 외주는 갑과 을의 관계가 아니다. 맡긴 일이 원만히 될 수 있도록 모든 배려와 지원을 우선적으로 해주어야 한다.

나. 외주와의 관계는 언제나 공정하고, 부당한 거래가 없어야 한다. 배밭에서 갓끈을 고쳐 매지 않는다는 자세로, 쓸데없는 오해를 받지 않도록 매사 행동을 조심한다.

4·16을 생각한다

조선소장의 안전모가 하늘로 치솟았다. 1988년 4월 16일 A운동장에는 황망하고 얼떨떨한 일이 눈앞에 전개되고 있었다. 작업장을 벗어나 이미 천여 명의 군중이 되어 버린 현장 사원들을 몸으로 막던 조선소장의 안전모를 누군가가 벗겨서 공중에다 던져 올린 것이었다.

그날 아침 공장 작업자들이 작업을 거부하고 웅성거린다는 소문이 들리더니 삽시간에 소문이 번졌는가, 많은 수의 사원들이 일터를 박차고 나와 A운동장으로 가는 긴 행렬을 이루었다. 이미 수백 명이 넘어 보이는 행렬을 임원들과 부서장들이 따라가며 말렸지만 전혀 들으려 하지 않았다. 1987년 전국을 강타하던 민주화 열풍에 내심 불안해하던 사태가 우리 곁에 다가온 것이었다.

회사는 사태의 확산을 막기 위해서 4월 23일까지 임시 휴가령을 내렸다.

이튿날 오후 일곱 시에 직반장 이상 간접사원과 간부들이 A단지 아파트 노인정에 모여 두런두런 놀란 가슴을 쓸어내리며 대기하다가 밤늦게 해산했다. 작업자들이 노조를 이야기하는 모양인데 노조 없이도 다른 회사보다 더 잘해 주는 것이 삼성 아니냐, 노조가 반드시 있어야 되는 것도 아니다. 예를 들면 미국의 대표적인 기업 IBM은 노조가 없다, 이런 정도의 대응 논리가 고작이었다. 6·29 이후 노동운동이 요원의 불길처럼 번지고 있던 때라 다소 걱정은 되었지만 막상 우리에게 이런 상황이 닥치고 보니 뾰족한 방법도 없고 안타깝기만 했다.

휴가령이 내려졌지만 많은 현장 사원들이 회사 안에 머무르면서 소위 농성이라는 것을 하고 있었다. 노동가를 연습하거나 토론회 등을 하는 모양이었고, 조를 짜 정문 출입을 통제하고 있었기 때문에 안에서 어떤 일이 일어나고 있는지 파악하기도 어렵게 되었다.

자기 집처럼 드나들던 회사에 들어가지 못하고 바깥에 우우 하고 모인 관리자들의 처지나 형님 같이 따르고 모시던 상사를 거부하며 단체행동에 들어간 현장 사원들이나 착잡하기는 마찬가지였겠지만 이들은 이처럼 두 편으로 갈라져 대치를 계속하다가 농성 4일째인 19일 아침을 맞는다.

이날은 아침 7시 30분까지 직반장 이상 전 관리자가 A운동장에 모이게 되어 있었는데, 자기네들을 해산시키기 위해 모인 것으로 오해한 회사 안의 농성자들이 우루루 몰려나와 관리자들을 막아섰고 이에 분개한 관리자들 역시 우우 대치하면서 작업자 대열을 밀어 붙였다. 급기야 밀고 밀리는 몸싸움이 되어 버렸고 이들 수백 명의 힘이 마주치는 접점에 엄청난 부딪힘이 있었다. 그 바람에 강재치장 북쪽 울타리 상당 부분이 쓰러지고 짓밟혀졌다.

20일은 수백 명의 농성자들이 군청으로 몰려갔다. 노동조합 설립신고와 관련한 집회였는데, 농성을 마친 작업자들이 떠나면서 자기네들이 앉았던 주변을 깨끗이 청소하는 것을 거제 시민들이 보고는 떠날 때 앉았던 자리 청소하는 데모대는 처음 봤다는 후문이 있을 정도로 작업자들의 의식 수준은 상당했던 것 같다.

그날 오후에 B단지 운동장 동측 담벼락이 밖으로부터 밀려 무너졌고, 그 날로부터 회사 출입이 조금 자유로워진다.

21일은 봉급날이었다. 16일 사태 이후 처음으로 관리자와 작업자가 공식적으로 대면하는 자리였다. 각 과별로 장소를 정해서 급여를 전달하며 최대한 마음에 있는 이야기를 좀 해 보려고 했지만 서먹하고 어색한 분위기 속에서 한 사람 두 사람씩 들어오는 바람에 제대로 대화가 되지 못했다.

22일에는 사장 훈시가 삐라 형태로 전달되었고, 저녁에 6명의 관리자들이 순찰 중 작업자들에게 붙들려 봉변을 당하는 등 불상사가 생기면서, 관리자 그룹 여기저기에도 볼멘소리가 나오기 시작했다.

24일은 일요일이지만 많은 사원들이 회사 정문 안팎에서 대치했다. 회사 담벼락 안쪽에서는 작업자들이, 그리고 삼성쇼핑 쪽과 A운동장 입구 쪽에서 관리자들이 운집해 있었는데 누가 먼저였는지는 모르겠으나 난데없는 투석전이 벌어져 삼성쇼핑 입구에 서 있던 어떤 사원이 다치기도 했다.

이튿날 25일에는 농성 중인 작업자 대표, 쟁의부장, 후생부장, 사무총장, 부위원장과 조선소장 간에 협상이 타결되어 19시에 합의문이 발표되었다. 27일부터 정상 근무하는 것으로 하되 지금까지의 노사협의회 대신에 노동자 협의회를 구성한다는 것과 휴무기간 중에 급여는 유급으로, 기간 중 발생된 직간접 피해를 농성자에게 묻지 않는 등 몇 가지 합의사항이 공지되었다. 휴업 기간 중에 급여가 지급되는 것에 대하여 관리자들의 불만이 있었으나 협상의 원만한 타결을 위해서는 불가피했다는 설명이 있었다.

비온 뒤에 땅이 굳어진다고 이번 사태를 거울 삼아 보다 안정되고 생산적인 직장이 되도록 해야겠다는 취지의 소장 공지문이 27일 배포되고, 대부분의 사원들이 각자의 작업장으로 복귀하였다. 그러나 그동안의 앙금은 생각했던 것보다 심각했고, 여진(餘震)과도 같은 소규모 태업이 몇 차례 더 발생하면서 그 잔인했던 4월이 지나갔다.

5월 16일에 배관과에서 임헌주 문제가 불거지면서 태업이 발생했다. 배관과 작업자들이 징, 꽹과리 등을 앞세우고 본관으로 진입한 것이다. 배관과에는 930 당시 임시공을 많이 썼는데, 당시 임시공으로 있을 때 불만 사항, 억울함 등이 앙금으로 남아 있었던 것으로 보고되었다.

6월 7일, 일부 부서에서 촉발된 농성이 회사 전체에 파급되자 회사가 다시 명휴를 공고하게 되고 그로부터 지루하고도 명분 없는 휴무가 계속되었다.

6월 12일, 파업 계속 여부를 묻는 투표가 노동자 협의회 주관으로 진행되었으나 투표 참가율이 저조하여 결론을 내지 못했다.

회사는 각 직반장 관리자에게 명하여 작업자들의 출근을 독려하게 되니 다급하게 명휴를 시킬 때는 언제고 대안도 없이 나오라 하느냐는 등 불만이 고조되기도 했다.

회사의 관심이 집중될수록 작업자들의 모임은 더욱 은밀하게 이루어져 갔다. 어느 부서에 몇 명이 어디에 모였다더라 하는 정보에 관리자들의 촉수가 향했다.

7월 1일은 배관과 23명이 창평회관에 모였고, 8월 4일에는 각 부서 연합의 쇼핑 잔디밭 모임이 있었으며, 그다음 날은 솔밭모임 등이 있었고, 가끔씩 서울이나 옥포에서 발생하는 노동계 행사에 우리 사원들이 참석하거나 삼성 본관으로 올라가는 소위 서울 상경 투쟁이 발생하여 회사를 곤혹스럽게 했다.

이때부터는 일관된 이슈도 없이 그냥 자기네들 세(勢)를 과시하겠다고 모이고, 서울이나 대우에서 노동운동하는 사람이 온다고 모이고, 자기네 하는 일이 상대적으로 험하니까 특별한 배려를 해 줘야 한다며 모이기도 했다.

10월 21일은 대우조선 농성자들이 삼성 노동자를 지원한다면서 야드(Yard)에 진입하는 시도가 있어 그걸 막겠다고 관리자들이 정문 앞에 집결했고, 한바탕 푸닥거리 끝에 그 사람들이 타고 온 차량 한 대가 전소되기도 했다.

형편이 그 지경이 되다 보니 생산은 완전히 뒷전이 되고 만다. 4월 16일에 진수한 1060호선을 포함하여 KOTC 호선이 안벽에 줄줄이 매어 있었지만 호선 공정은 전혀 관심 밖에 있었다.

11월 19일 선장부 인원 현황을 보면 총 213명 중 농성 가담 137명, 호선투입 56명, 사고 30명으로 나온다. 사고라 함은 여러 가지 이유로 회사에 결근한 사람이다. 그러니 공정은 간부와 직반장 그리고 일부 회사에 협조적인 작업자에 의해서 조금씩 진척되는 정도였다. 그나마도 간혹 작업을 방해하는 농성자들이 배에 올라 와 소음을 내거나 작업하는 사람의 명단을 적는다는 소문이 들리면 작업장 분위기가 엉망이 되고 만다. 작업을 안심하고 할 수 있는 조건을 만들어 달라고 했지만 특별한 방책이 없는 부서장이라는 입장이 그렇게 답답할 수가 없었다.

어딘가로부터 징징거리며 풍물 소리가 다가오면 모든 신경이 곤두선다. 그 좋은 우리의 전통 악기가 그렇게 정나미 떨어질 수가 있을까.

"사랑도 명예도 이름도 남김없이 한평생 나가자던 뜨거운 맹세, 동지는 간 곳 없고 깃발만 나부껴 새날이 올 때까지 흔들리지 말자". 사람의 심금을 울리는 저 노래, 뼛속을 파고드는 절절한 멜로디와 가사를 흘리며 대열이 지나가면 삼삼오오 슬몃슬몃 따라나서는데 이때는 누구의 만류도 소용에 닿지 않는다. 반장님, 과장님이 어느 순간 '저들'이 되어 가령 길을 가다 마주쳐도 외면하고 지나갈 정도가 되어 갔다. 회사 분위기가 어쩌다가 이 모양으로 되었는가, 기가 막힐 노릇이었다.

10월 23일, 인내에 한계를 느낀 회사는 뭔가 적극적으로 현상 타개를 해야겠다고 생각하고 정상화 위원회를 가동하고, 풍물 치고 다니는 농악대 33명을 경찰에 고발하였던 바, 이에 자극을 받은 농성자 전원이 생산관으로 들어와 근무 중인 사원들을 쫓아내고 업무를 방해하였다. 자리를 끝까지 지키고 앉았던 필자에게는 여러 사람이 한꺼번에 달려들어 의자째 한꺼번에 들어서 복도에다 내려놓고 가 버리기도 했다. 변전실을 점령하여 며칠간을 농성하기도 하였고, 직속 반장을 구타하는 불상사가 발생하기도 하였다.

그러구러 그 참담하던 1988년도 저물어 연말연시가 되면서 사태는 다소 진정 국면으로 접어들었다. 그러나 간부들은 연말연시 휴가를 기해 사원들 부모 찾기 운동이라 하여 예하 사원의 부모를 찾아 시골로 내달려야 했다.

주소만 하나 달랑 가지고 눈길 미끄러운 시골길을 헤매면서 자기 부모한테
도 안 하는 효도(?)를 열심히도 하고 다녔다.

그러나 작업장에 평화가 찾아오는 것은 아니었다. 지성감천(至誠感天)을 기
대하면서 할 수 있는 것은 다해 봤지만 한 번 틀어진 마음이 그렇게 호락호
락 돌아오지는 않았다. 오히려 고향 방문 대상에서 빠진 사원을 섭섭하게 하
는 부작용을 낳기도 했다.

오랜 농성으로 조직에 피로가 쌓이기 시작했다. 그중에도 작업자들과 가
장 직접적으로 마주치는 반장들이 힘들어하는가 싶더니 여기저기서 볼멘소
리가 터져 나왔다. 내업부 반장들이 모처에서 자주 모인다는 소문이 나기도
했다. 분규를 타결하는 과정에서 이루어진 회사의 유화적인 조치들이 그들
을 언짢게 한다고 했다.

그중에 가장 큰 이슈가 된 것이 'No work No pay'였다. 이것은 관리자라
면 누구나 간절히 바라는 바요, 분규 수습 과정에서 회사가 몇 차례고 다짐
한 것이었지만 불행히도 그것을 한 번도 지켜내지 못했다. 4월 10일, 위원장
과 태업 기간 중 임금 지급 관계를 타결하면서도 회사가 백기를 들어 버린
다. 소장은 "그것은 정말 외로운 결정이었다"라고 그 어려움을 토로했다. 협
상 상대방인 위원장의 선거 공약이라, 그것을 안 들어주고는 타결은커녕 노
동자협의회 체제를 유지할 수 없던 절박함이 그렇게 만든 것이었지만 농성
자들을 통제할 수 있는 유일한 수단을 놓쳤다는 생각에 모두들 아쉬워했다.

그렇게 해서 일 안 한 사람에게 또다시 임금을 주게 되는데 그것이 또 다
른 불씨를 불러온다. 회사의 방침에 순응하여 일한 사람이나 일 안 하고 농

성한 사람, 집에서 논 사람, 심지어 일 못하게 방해한 사람까지 급여를 받다 보니 고분고분 일한 사람이 이번에는 크게 토라졌다. 일한 사람들을 몇 퍼센트를 더 얹어 주어야 되는 것 아니냐 그렇다면 일하다가 말다가 한 사람은 어떻게 할 거냐, 설왕설래하면서 난맥상을 보이는 사이에 불만 불신이 고조되고 조직이 문란해지기 시작했다.

2월 달에는 설 명절을 맞아 전국 각지로 향하는 귀성 버스가 제공되었다. 가족과 함께 웃으면서 떠나는 사원들을 임원 간부가 정문 앞 양쪽 길에 도열해서 인사하는 풍속도가 생겨났다. 버스에 탄 사람들은 전에 없던 일이라 기분도 좋았겠고, 가족들에게 체면도 섰을 테지만 역시 울어야 젖 주는구나 하는 생각을 하지나 않을까 걱정되기도 했다.

1989년 4월부터는 노사 문제가 직반장 쪽으로 번져 가기 시작한다. 직반장들은 4월 17일 집회에서 더 이상 회사의 방패막이가 되지 않겠다고 했다. 그들은 4월 분규 이후 작업자와 간부의 중간에 끼어 그나마 대단치 않는 권한마저 박탈(?)당한 채, 막중한 책임만 요구당해 왔다고 주장하고, 이미 변해 버린 작업자들을 최전선에서 대한다는 게 말할 수 없는 고통이었노라고 하소연하였지만 시절이 하수선하니 어찌하겠는가. 고통스럽기로 치면 어찌 그들뿐이겠는가?

4월 19일, 반장들이 농성을 풀던 그날, 중장비과가 들고 일어나 종합관 앞에 모여 시위를 하고 돌아갔다.

배관과, 철의장과가 비가 좀 온다고 임의로 퇴근을 해 버렸다면서 과장들이 허탈해하며 들어왔다. 며칠 후 병특자들이 일어나고, 탑재과 사원들이 일어나고 뒤질세라 도장과도 일어났다.

　도장과 사람들은 분진과 페인트 더스트(Dust)로 건강을 해친다고 해서 소위 돼지고기 수당이라는 것을 타 갔다. 탑재는 탑재수당, 조립은 선수미 수당을 주장하고, 대부분 울면 젖 주는 형태로 해결되어 갔다. 그때까지 간접 사원이었던 반장이 직접화되면서 시급제로 전환되었다.

　이때쯤 Y소장이 관리 일선에서 물러나고 후임 L소장이 배턴을 받는다.

　상명하복(上命下服)을 신조(信條)로 평생을 살아온 Y조선소장, 그는 노동운동의 험한 파고(波高)를 정면으로 맞아 고군분투하다가 그동안 그를 도와 험한 길을 같이해 온 부소장에게 중책을 맡기고 물러갔다. 그분이 평소에 자주 하시던 "해도 해도 너무한다"던 하소연이 난마처럼 얽혀 가던 그 당시 상황을 말해 주는 듯하다.

　후임 L소장은 지성감천(至誠感天)의 강철 같은 신념으로 예하 임원 부서장들을 독려하지만 갈수록 어지러워지는 노사 환경 속에서 혼돈과 인고(忍苦)로 점철되는 세월과 맞서야 했다.

세계로! 미래로!

3도크 건설 후일담

　　3도크 증설에 관한 이야기는 2도크 건설 당시부터 있어 왔지만 중동 사태 이후 일련의 예측치 못한 경기 변동 때문에 투자의 적기를 잡지 못하다가 1992년도에 와서야 구체화되기 시작한다. 그것은 1970년대에 대량으로 건조한 유조선의 대체수요가 일어나고, 원유등 해상물동량이 매년 증가함으로써 1995년부터 약 10년간 연 2천 5백만 총톤 정도의 대량 수요가 있을 것이라는 예측에 근거했다.

　　그러던 중에 1992년 12월, 당시 경주현 부회장이 취임하면서 3도크 건설 논의가 본격화되고, 1993년 1월 30일 기공식이 이루어진다. 그러나 그 후 수개월 동안 토산 절취 등 정지 공사에 한정하여 소폭적으로 진행되어 왔는데, 그것은 지금의 3도크 후미부에 있던, 당시 피솔 동네로 넘어가는 산모롱이 석산(石山)을 제거하는 데 시간이 많이 걸린 탓도 있었지만 1989년에 제정된 조선합리화 조치법의 제한 때문이기도 했다.

　　93년 7월 23일 공무 건설 부문이 생산기술연구소 산하로 편입되고, 7월 30

일 당시 이해규 대표이사의 주관으로 열린 전략회의를 계기로 도크 건설이 탄력을 받기 시작한다. 이날 회의는 아침 8시 30분부터 밤 11시 30분까지 진행되었는데, 여기서 1994년 6월 생산 개시, 10월 두 척 동시 킬 레잉(Keel laying)이 목표로 제시되었고, 어떻게든 이 목표를 실무자들이 수용해 주도록 지시하는 분위기였다.

당시 전사적으로 매출 신장이 부진하여 조선 부문이 좀 더 분발하도록 요청되는 상황이었고, 조선 부문 자체만 보더라도 선종 특성상 매출 신장이 크지 못하던 터라 매출 증대를 통한 경영 개선을 위하여 3도크 건설 및 조기 가동에 전사적 기대가 모아졌던 것으로 기억한다.

그러나 필자를 비롯한 실무자들은 당시 목표가 너무나 무리이며, 특히 94년 10월 2척 동시 킬 레잉(Keel laying)은 불가능하다고 여러 번 건의를 드렸다. 그 첫 번째 이유는 인허가였다. 당시 조선소 신규 증설을 금지하는 조선 합리화 조치가 1993년 연말이 되어야 풀리게 되어 있는바, 그런 상황하에서 언제 기본계획 승인받고, 환경영향 평가, 실시계획 승인으로 이어지는 일련의 절차를 끝내겠는가. 연말까지는 공사다운 공사를 못할 것이므로, 실제 공사 기간인 1994년 1월부터 6개월 동안에 20만 평이나 되는 공장과 도크 설비를 무슨 수로 완성할 수 있겠는가, 선표(線表)는 선주에 대한 약속이고 이행이 못하게 될 경우 대외 신뢰도나 경영 전반에 엄청난 문제가 발생할 것이라며 항변하였지만, 뜻이 있는 곳에 길이 있다. 안 되는 이유를 캐는 시간에 되는 방향을 모색하라는 대표이사 훈시를 끝으로 길고 고달픈 회의가 끝났다.

우리는 2도크 증설 후 준비 부족으로 회사의 뿌리가 흔들리는 고난을 겪었다. 새로운 설비에다가 과반수 이상이 될 신입 사원으로 어떻게 하겠다는 것인가, 건설 공사를 책임질 필자로서는 걱정이 이만저만이 아니었다. 더구나 필자는 기존 선각공장 합리화 공사에 관여하면서 중공업 건설의 생리나 창원 FA사업부의 능력을 알고 있었고, 더구나 가공 공장 일부와 강재치장은 피솔 앞바다를 메워야 건설이 가능한데 인허가 없이 어떻게 한 평인들 매립할 것인가. 문제의 심각성을 어떻게든 제기하는 것이 그동안의 자초지종을 겪어 온 사람으로서 최소한의 책무라는 생각에 몰두했다. 건설 일정만의 문제라면 짓다가 설혹 몇 달 늦어지더라도 감수할 수 있는 일이지만 거기에 맞춰 수주(受注)가 이루어지기 때문에 이것은 여간 심각한 문제가 아니라고 생각했다.

그리고 조선소를 설계하는 일도 그게 이만저만한 일이 아니지 않는가, 도크 증설을 드러내놓고 떠벌릴 상황이 아닌 시기라 외부 전문가의 컨설팅을 받을 수도 없고 순전히 우리 손으로 설계를 해야 되는데, 설계와 건설을 혼자서 맡는 것은 무리이다. 어느 것 하나에 집중할 수 있도록 해 달라. 이는 일을 되게 하기 위한 충정이지 일신의 안일을 꾀하는 것이 아니라는 사족(蛇足)까지 붙여서 간곡하게 건의한 결과 그 당시 구매를 맡고 있던 최동환 상무를 21세기 추진실장(건설본부장 격)으로 보임하여 건설을 총괄하는 것으로 보완이 되었다.

8월 3일, 여름휴가의 첫날이지만 최동환 실장, 김종윤 공무부장과 필자는 대표이사실에 모였다. 공정은 맞추되 예산은 3,000억 이내로 하기 위한 방안이 그날의 주요 관심사였다.

가공 공장의 크기를 한 번 줄여 보자. 기존 공장의 가공 설비에 여유가 좀 있다 하니 당분간 그것을 활용하다가 차후에 지으면 안 되겠느냐는 대표이사의 제안에 따라 가공 공장 1개 라인이 삭제되었다. 이것저것 불요불급한 것은 줄이고 당기고 맞추는 작업이 온종일 계속되면서 모두들 진땀을 뺐다.

(없어진 가공 공장 1개 베이는 그 후 2기 공사의 일환으로 강재치장 서쪽 산 밑에 형강재 공장이라는 명칭으로 독립동으로 지어지게 되는데, 나중에 해 놓고 보니 작업 환경이나 물류 측면에서 아주 훌륭한 선택이 되었다는 생각이 들었다. 지금 가공 소조 공장에 21Bay, 31Bay가 없는 것은 이 때문이다.)

삭감된 예산의 일부는 나중에 다시 부풀려졌지만 불요불급한 건설비 지출을 극력 줄이겠다는 의지를 다진 계기가 되었다.

8월 11일 21세기 추진실 조직이 확정되고 건설공사 본격 추진을 위한 진용이 갖추어지기 시작한다. 필자가 맡은 생산연구실과 김부장이 맡은 설비 개선팀이 최동환 실장 예하에 배속되었다.

8월 18일 중건설과 창원 1공장의 담당 간부가 포함되는 1차 확대 공정회

▲ 이해규 대표이사(좌측)

의가 열리고 거기서 소위 새 설비 건설 기본 강령이 채택되었다.

첫 번째, 1994년 7월 1일 스틸 커팅(Steel cutting)한다.

두 번째, 10% 절감한다.

세 번째, 절대로 핑계 대지 않는다.

강령(綱領)이라 하기에는 조금 이상하게도 보였지만 관련자로 하여금 어떻

게든 한 번 해 보자는 결의를 다지게 되었으며, 거제조선소를 세계 일류로 만드는 대장정의 출발 신호가 되었다.

8월 하순에는 서울에서 경주현 부회장 주관으로 SMC 회의가 열렸다. 이 회의는 중공업 각 사업 부문의 도크 건설 책임자가 모인 것으로, 중건설 부문의 토목건축계획과 창원 FA사업부의 설비공사계획 발표가 있었고, 이어 21세기 추진실의 총괄 추진계획 발표가 있었다. 여기에 참석한 각 사업부의 책임자들은 혹시 자기 부문이 잘못되어 대사(大事)를 그르칠까 모두 조심하고 긴장하는 모습이었으며 그러한 분위기가 도크의 성공적 완성에 많은 영향을 미쳤다고 생각한다.

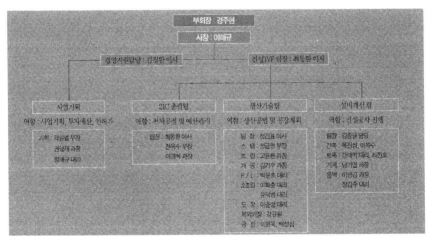

▲ 3도크 건설 조직도

21세기 추진실은 2-3주 주기로 확대 공정회의 또는 시공 계획 발표회를 열고 본격 건설을 위한 채비를 점검하고 안전과 품질, 공정준수의 각오를 다졌다. 또한 주 1회 실무책임자들을 한자리에 모이게 하여 일정계획 대비 진도를 점검하고(주간공정회의) 부문별 협력체계를 유지하게 했는데, 그런 것들이 중건설 창원 등 사외 조직을 통활 독려하는 중심체가 되었다.

공사는 1, 2단계로 구분 진행하는 것으로 계획되었는데 예를 들면 1단계 공사에서는 도크 길이를 430m만 파고 조립공장도 3개 Bay 중 2개 Bay만 우선 시공한다는 방식이었다. 최소한 생산을 할 수 있도록 해 놓고, 시황을 봐 가며 2단계 투자를 한다는 생각이었는데 실제에 있어서는 거의 연결이 되다시피 진행이 되었다.

그 당시 국내 경기가 좋지 않을 때였고 특히 부산, 마산 지역에 만연한 부도사태로 수주 물량이 고갈되고 자금사정이 어려운 때였던지라 도크 투자는 이 지방 산업 경제에 적지 않는 도움을 주었고, 가뭄 속 단비였다는 후문도 있었다. 원청사로서도 가격이나 납기 측면에서 유리한 조건으로 계약할 수 있는 여건이 되었으며 이로 인해서 단기간에 그 많은 설비를 제작 설치 가동하는 데 큰 힘이 되어 주었다. 절단기와 일부 용접기를 제외하고는 전량 국산 장비를 채용하였는데 의외로 그 당시 국내 메이커들의 기술력이 좋아서 특수 컨베이어, 저상대차, 턴오버 장치 등 제법 복잡한 기계장비도 곧잘 만들어 왔다.

골리아스 크레인과 천정크레인, 컨베이어 등은 창원 1공장이, 토목 건축은 중공업 건설이 맡아서 책임 시공을 했다. 절단장비는 일본 고이께 사(社)가 맡아 최신기술을 개발 적용하는 데 적극 협조해 주어서 신공장 건설에 큰 도움이 되었다고 생각한다.

1990년 200만 호 주택공사 때문에 시멘트가 모자라 애를 먹던 기존 선각 공장 합리화 공사 때와 달리 시장 여건도 아주 좋았고 건설기간 내내 비가 적었으며 태풍이 한 번도 없었다. 다만 94년 여름에 맹위를 떨친 가뭄과 혹서로 작업자들이 고생을 많이 했다.

그 당시 조선합리화 조치법하에서 국내 조선 각사는 타사를 견제하면서 자사(自社)의 건조 능력 확대를 도모하였다. 거의 같은 시기에 한라중공업이 영암군 삼호읍에 지금의 현대 삼호중공업을 건설했고, 현대가 8, 9도크를 증설했는데, 이 세 조선소는 암암리에 경쟁하며 최대한 효율적인 조선소를 만들려고 애를 썼던 것 같다.

생산기술연구실은 1991년도부터 자동화 연구팀을 중심으로 5~6명이 기존 선각공장의 합리화 공사를 해 오면서 일본 독일 덴마크 등의 유수한 조선소를 둘러보고 조선소별 설비의 특성과 경쟁력 있는 공법을 연구해 오고 있었다.

92년 말 기존 선각공장의 합리화 공사가 완료되면서 업무의 중심이 신설 도크 건설 쪽으로 넘어가 93년 1월부터 약 4개월간 신설 도크의 기본 레이아웃이 입안(立案)되었고, 1993년 5월부터는 선각 부문의 실무자급 5명이 충원되어 각 공정별 공법을 구체화시켜 나갔으며, 설비개선팀과 협조하여 장비나 생산 라인의 상세 스펙을 구상해 나갔다.

93년 11월부터는 의장과 도장 부문에도 인력이 충원되어 총 17명이 공종별 공법에 적합한 설비나 장치, 치공구 등 생산을 위한 세부계획서를 확정하여 설비개선팀에 넘기는 한편, 건설 공정에도 참여하여 메이커(Maker)와 접촉하고 계약에 관여하기도 하였다.

생산연구실 상당 부분 인력은 그 후 생산 준비팀으로 개편되어 실제 생산에 대비한 준비 작업을 하다가 공장 가동과 동시에 현장으로 돌아갔다.

▌ 설비의 규모와 특성

피솔 지역 30만 평 부지에 길이 640m, 폭 97.5m 도크에 연간 16척 (VLCC, Pax BC, A-Max, Cape BC 각각 4척) 합계 톤수로 120만 총톤, 조립 능력 월 2만 톤, 도크 능력 월 2만 5천 톤을 생산할 수 있는 공장 설비를 건설함으로써 기존 공장 포함한 합계 능력 180만 총톤을 달성하여 세계 2위의 생산 규모를 지향했다.

▲ 거제조선소 원경

기본 사상으로 무엇보다도 생산성이 높은 공장이다. 블럭 크기를 대형화함으로써 작업량의 원천적 감소를 꾀했고, 컨베이어를 통한 흐름 작업을 통하여 싣고 내리는 일을 최소화,

▲ 컨베이어형 절단설비

단순화하였고, 자동화, 성역화 공법을 최대한 적용하였다.

둘째, 위생, 환경 및 안전을 지향하는 공장이다. 공장을 분산해서 배치하고(조립 공장, 가공 소조립 공장, 형강재, 곡가공 공장) 높게 지음으로써 통풍, 소음 등의 작업 환경 개선을 염두에 두었고, 옥내화를 확대하여(도장 공장, 이동 셸터) 우천 폭서 등 기후조건에 따른 비능률을 최소화하였다.

셋째로 장래의 유연성(Flexibility)을 지향했다. VLCC를 주종으로 하였으나 컨테이너 등 여타 선종도 적합하도록 건조 선종의 다양화를 염두에 두었다.

새로이 개발하였거나, 역점을 두어 채용한 설비를 소개하면 아래와 같다.

먼저 강재 절단 부문에서는 컨베이어(Conveyor)화된 정반을 통하여 강재의 인입과 절단 부재의 선별, 반출을 분리하는 한편, 각 절단기를 제어하는 중앙 통제실을 두어 설계로부터 CAD 정보를 접수·보관하였다가 임의의 절단기에 작업 정보를 내리는 원격 조작 기능을 갖게 하였다.

프라즈마(Prasma) 절단기는 부재의 절단뿐 아니고 부재 번호, 인식표의 라벨링, 부재선의 마킹이 가능하며, 각종 형상의 개선 절단, 강판의 위치 인식, 이송, 토치(Torch)의 교환까지도 자동화하였다.

가공 부문의 작업 환경 개선에 일대 혁신을 가져온 스티프너 자동 제작 시스템(PLT system)은 반자동 절단기로 수작업에 의존하던 작업을 완전 CAD/CAM화하여 필요한 부재의 수량과 촌법 정보만 입력하면 자동 네스팅(Nest-ing)되어 필요한 제품이 되어 나오도록 자동화한 것으로 고열과 분진 속에 종일토록 쪼그리고 앉아야 했던 절단사의 고충을 완전히 해결했다.

(상세 내용은 공장 자동화 PLT 부분 참조)

패널 라인(Panel Line)은 조선소마다의 설비 여건이나 공법에 따라 많은 차이를 보이는 곳으로, 어떤 조선소의 설비 특성을 가장 잘 나타내는 부분이라 할 수 있다. 이것은 크레인과 정반만 있으면 되는 곡블럭 생산설비와 달라 대형 컨베이어 등 큰 장치와 시스템이 유기적으로 연결됨으로 공정 간 밸런스가 중요시되며, 이들 방식의 조그마한 차이가 조선소 전체의 생산력에 영향을 준다.

패널 라인(Panel Line) 설비의 핵심이 되는 주판 용접은 판 두께 23.5㎜까지 무개선(I Butt) 용접이 가능한 양면 잠호용접(SAW Both side Tandem) 방식을 채용하고, 양면 용접 공법의 최대의 걸림돌인 뒤집기(Turn over) 작업을 위한 특수한 장치를 채용하였다.

이것은 일반적으로 적용하는 천정 크레인과 클램프(Clamp)에 의한 뒤집기 방식과 달리 대형 철 구조 회전체를 설치하여 그 속에 주판을 삽입하여 돌리는 장치로, 대형 주판을 클램프(Clamp)로 집어서 뒤집을 때의 위험성과 시간 지체가 없도록 하였다. 이것은 세계에서 최초로 시도한 공법으로 컨베이어가 장착된 트러스 타입의 상하 철 구조물 사이로 최대 22㎡의 주판(최대 80톤)을 넣어서 구조물 중앙의 구동축을 180도 회전시켜 후공정으로 반출하는 방식이다.

구조물의 크기도 대단하지만 지반(地盤)을 약 12m를 파 내려가는 토목 공사를 요하는 공사였다. 이곳은 해수면을 매립한 지역이라 방수를 철저히 해야 함은 물론 잘못되면 구조물 전체가 떠오를 수 있다는 우려가 있어 걱정을 많이 한 설비이기도 하다.

3도크는 평행부 블럭의 부재수(部材數)와 용접장(鎔接長) 감소를 위하여 복합 슬릿(Slit)[18] 공법을 채용하였다.

이것은 횡골재(Transverse)와 종골재(Longtitudinal)가 교차되는 지점의 구조에 관한 문제인데, 횡골재에 슬롯(Slot)을 크게 뚫고 이미 용접된 종골재 판(Panel block) 위에 내리는 전통적인 방식(내려 맞춤)에 반해, 종골재가 겨우 들어갈 만큼 협소한 슬롯들을 가진 횡골재를 크레인으로 들고, 특수 인양기로 끌어당겨 종골재들 사이로 끼워 넣어 맞추는 방식(슬릿 방식)이다.

복합슬릿은 이중저 구조의 상부와 하부를 모두 끼워맞춤으로 조립하는 고도의 기술인데, 이를 가능하게 하는 설비(크레인, 인양기, 공간)와 품질 정도가 뒷받침되어야 한다.

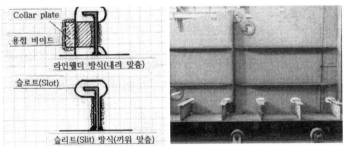

▲ 슬릿 공법의 위한 장치와 슬릿 형상

---

18) 블럭 조립의 방식으로 종래의 슬릿(Slit) 방식과 라인 용접(Line Welder) 방식이 있고 각각이 장단점을 가진다. 복합 슬릿(Slit) 방식은 전술한 두 가지 방식의 이점을 모두 취하고자 개발된 방식으로 부재 정도만 보장되면 가장 이상적인 조립 방식으로 평가된다.

다음으로는 동종업계에서 처음으로 시도한 초대형(Span 23.5m) NC 마킹 장비가 있다. 이것은 설계로부터 NC 데이터를 받아 주판의 라인 마킹과 문자 라벨링을 자동 처리하는 장치로 종래 2~3인이 실과 먹통으로 핸드마킹하던 방식에서 탈피, 기계화 성력화하였고 무엇보다 정확한 취부선 마킹을 가능케 함으로써 블럭(Block) 정도 향상은 물론 슬릿(Slit) 조립 방식 채용을 가능하게 했다.

절단된 강판이 판계된 후 반전, 마킹 등을 거쳐 론지가 취부 용접되면 하나의 패널(Panel)이 완성된다. 이 패널은 당사 특유의 저상대차(22m×22m×0.5m)에 드라이빙 롤러(Driving roller)의 연결체계에 의하여 상차(上車)되고 지정된 조립 라인 두부(頭部)에서 다시 조립 컨베이어로 연결되는 롤온 롤오프(Roll-on Roll-off) 방식의 운반 체계를 갖고 있다. 이것은 대형 부재를 크레인으로 들고 옮기는 위험과 불편성을 없애고 한 번만 쓰고 버릴 조양 피스의 부착을 생략하게 한다. 완성된 블럭(Block)은 블럭(Block) 반출장 지상과 자연스럽게 연결되어 훅킹(Hooking) 작업 없이 트랜스포터(Transporter)에 상차(上車)되도록 고안하였다.

▌옥외 부분 설비의 특성

의장 부문
- PE장 측면에 선행의장 전문 작업장 배치
- 선행의장용 특수 크레인
- 자주식 이동식 지붕 장치

도장 부문
- 터널식 공장 배치(도장의 컨베이어 라인 개념)
- 단순하고 편리한 그리트 회수 장치

▌도크 폭(幅)의 결정 과정

일본 조선소의 일반적인 도크의 폭은 80m이다. 그 당시 현장을 지원하고 있던 일본인 고문들의 견해도 70-80m였다. 그것은 VLCC의 중앙부 폭이 65m이기 때문에 양쪽 5m 내지 7.5m씩을 남겨 도크 마스터가 주행할 수 있도록 고려한 것이다.

그러나 서울 영업의 견해는 달랐다. 80m 폭으로는 파나막스 사이즈밖에 병렬 건조가 안 된다. 적어도 스웨즈막스급까지는 병렬 건조가 가능해야 되므로 107m는 되어야 한다고 주장했다. 현장 부서의 생각은 달랐다. 병렬 건조는 급격한 Work Load 변화를 수반하므로 인력 효율이 떨어진다. 원활한 생산 활동을 위해서는 병렬 건조를 피하고 싶다고 생각하여 필자와 현장의 몇몇 사람이 서울영업에 가서 상의를 했으나 합의를 보지 못했다.

대화에 진전이 없자 두 주장의 중간선에 해당하는, 즉 아프라막스급까지 병렬 건조가 가능한 95m를 염두에 두고 골리아스 크레인의 폭 등 주요 제원들을 정해 공사를 진행하고 있던 어느 날 아침 서울에서 이용 당시 부사장으로부터 전화를 받게 된다. 요컨대 도크 폭을 2.5m만 더 늘려달라는 것이었고 그것만 해 주면 더 이상 이야기하지 않겠다면서 부탁하는지라 그렇게 하겠노라고 한 것이 지금의 도크 폭 97.5m가 된 것이다.

그 당시 이미 골리아스 크레인이 발주가 나가 있던 터라 도크 폭의 증가는 측면 옥외조립장 폭의 감소를 뜻하는 것이었고 도크 공사 금액의 증가를 수반하는 것이어서 그것은 하나의 어려운 결정이었지만 작업의 선행화, 블록의 대형화에 힘입어 도크 내 작업량이 현저히 줄어진 작금의 상황에서 보면 그 당시의 그렇게라도 도크 폭을 늘려 병렬 건조 환경을 폭넓게 가져간 것은 잘 된 일이 아니었나 생각된다.

이렇듯 생각을 달리하는 여러 사람들의 아이디어가 모아져 보다 완성도 높은 레이아웃으로 발전해 가는 것이지만 그 과정에서 부서 간의 이해가 충돌하기도 하고, 제한된 예산 범위가 있다는 것을 알면서도‘기왕 하는 김에’자기 부문의 설비를 조금이라도 더 크고, 좋게 가져가려고 애쓰는 선의(善意)의 욕심쟁이들 때문에 전체적 조화(調和)를 생각하고, 조정을 해야 하는 사람으로서의 고충이 적지 않았다.

일상에서 발생되는 이러한 자잘한 분쟁을 조정, 해결하는 것 외에도 건설 기간 중 항상 머리를 짓누르는 것이 있었으니, 과연 실제 생산에 들어갔을 때 우리가 목적으로 하고 있는 것들이 생각대로 될 수 있을까, 혹시나 치명적인 실수가 생겨 생산에 차질이 생기지나 않을까 하는 걱정들이 떠나지 않았다.

42Bay 트롤리의 예(例)[19]에서처럼 생각지도 못한 부분에서 문제가 발생할 수도 있고, 턴오버 장치의 콘크리트 피트가 해수(海水)의 부력(浮力)을 받아(매립지이므로 공장 밑에는 바닷물이 출렁거린다고 본다) 떠오르기라도 하면 어떻게 될까. 가공, 소조립, 판넬라인, 조립 등 요소요소에 새롭고 의욕적인 시도를 해 놓았는데 그 어딘가 문제가 생겨 라인 어느 한 군데라도 막히면 그것은 재앙(Disaster)이다. 가능한 많은 수의 사람들을 찾아가 물어보고, 회의 등을 소집하여 레이아웃 개념이나 우려 사항을 협의하지만 누구도 안 해 본 일이라 쉽사리 명쾌한 답을 받기는 어려운 노릇이었다.

가공에서 조립 공장까지는 사실상 일관(一貫) 라인이다. 중간에 일부 완충구역(Buffer)를 두긴 했지만 거의 수직적으로 흘러가는 공정이기 때문에 고정정반과는 달리 융통성이 적다. 터 파기는 막 시작이 되고 장비는 속속 들어오는데 아직 세부적 방책이 강구되어 있지 않거나 미비한 점이 발견되면 피가 마른다. 제한된 면적과 전후 관계에서 어떻게 장치해서 어떻게 만들 것인가 하는 아이디어의 창출에 항상 목이 말라 있었고 세계에서 가장 좋은 조선소를 만든다는 생각을 화두(話頭)처럼 안고 절치부심(切齒腐心)했다.

그러나 항상 고난만 있는 것은 아니었다. 새로운 공법, 기발한 아이디어가 나오면 환호했고, 오래지 않아 우리가 갖게 될 멋진 설비를 머릿속에 그리며

---

19) 지하 트롤리의 수용량이 부족한 것이 건설 도중에 발견되어 바로잡은 일이 있다. 특수한 블럭의 경우 무게가 한쪽으로 심하게 편심되는 경우를 감안하지 못한 오류였다.

형언할 수 없는 보람과 희망을 갖기도 했다. 생각 한 번 잘하여 몇억씩을 절감할 때나, 탁상에서의 생각이 눈앞에서 시현(示現)되고 기능할 때 느끼는 보람과 환희는 형언할 수 없었다. 조선학도로서 이렇게 멋지고 신나는 일을 하게 되는 행운을 갖게 된 상황에 감사했다.

▌ 골리아스 크레인 이야기

대우조선 450톤 골리아스를 납품한 스웨덴의 KONE사와 창원 1공장은 주력 상품이었던 컨테이너 크레인 업무 관계로 그 당시 긴밀한 유대를 맺고 있었다.

또한 그 당시 조사에 의하면 대우조선에 900톤 크레인은 레그(Leg) 간 편차가 나는 등 문제가 있었지만 450톤은 그렇지 않았고, 900톤 1대보다는 450톤 2대가 낫다는 생각을 모두들 하고 있었다.

그때 600톤 2대의 안도 있었으나, 설계를 하는 데 10개월이 걸린다는 창원 측 검토 결과에 따라 (그렇게 되면 건설 계획에 커다란 차질이 발생한다), 기왕 만들어 대우에 납품한 실적이 있고 쉽게 도면을 확보할 수 있는 450톤 두 대로 가는 게 현실적이라는 판단을 하였고, 대우에서 건조한 World

wide의 300K VLCC를 모델로 해서 시뮬레이션한 결과 450톤 두 대면 적합하다는 평가가 나왔다.

450톤 골리아스 두 대는 평상시 별도로 운행하지만 필요시 공동작업(Sincronized operation)을 수행한다. 병렬운전 모드로 하면 마치 두 대가 한 몸뚱이처럼 움직일 수 있어 중량물을 안전하게 취급할 수 있는 것으로 검토되었다.

그 후 상세 검토 결과 턴오버 능력이 취약하다는 판단이 나와, 이에 대한 대책으로 Lower Trolly 능력을 150톤에서 200톤으로 증가시킨 바 있다.

공사는 총 15개월이 걸렸다. 토목공사는 중공업 건설이, 크레인은 창원 기계 부문이, 철 구조물은 해양사업부가 각각 맡았다. 길이 165m 높이 9.2m의 거더(Girder)를 70m 상공으로 들어 올리는 에어 쇼를 무사히 마치면서 안도의 숨을 내쉬었고, 펌프 룸 상부 구조가 취약하여 크레인이 주행할 수 없다는 보고를 접하고 소스라치게 놀라기도 하면서(그 후 상세 검토 결과 별 문제 없는 것으로 판명됨) 대당 135억짜리 크레인 설치 공사가 무사히 끝났다.

1호기 시운전이 거의 완료되던 94년 7월, SMC 회의 차 야드에 들른 경 부회장께서 골리아스 운전석까지 올라오시어 손수 운전도 해 보고 관계자를 격려하시던 일을 잊을 수 없다.

골리아스 크레인은 그 당시만 해도 큰 조선소만 갖는, 그래서 LLC밖에 없던 우리를 항상 주눅 들게 하던 것이었는데, 감색 바탕에 청색으로 아로새긴 회사 로고도 선명한 쌍둥이 골리아스의 위용은 뿌듯하고 자랑스러웠다.

▌피솔 이야기

3도크 선각공장이 들어선 자리에 피솔이라는 조그마한 어촌이 있었다.

(오른쪽 그림 타원에 피솔 마을이 보인다.)

공장 정문에서 산을 끼고 도장 공장 뒤쪽을 돌아 지금은 깎이고 없어진 언덕을 곧장 올라가면 3도크 헤드 위 치쯤 되는 곳에 야트막한 야산 언덕배기가 있었다. 잠깐 한숨을 돌리고 거기서부터 이어지는 내리막길을 따라가면 오른쪽에 피솔 앞바다가 있고 바가지처럼 오목하게 생긴 해변을 따라 어우러진 마을길을 조금 더 들어가 20여 호 남짓의 시골 마을이 있었는데 이곳 사람들은 조그마한 채전(菜田)을 일구고 앞바다에 나는 생선을 잡으면서 살았던 것으로 기억한다.

피솔 마을은 3도크가 본격적으로 건설되던 1994년까지 삼성 직원들과 호흡을 같이하며, 두고 떠난 시골집이 그리울 때나 간단하게 차린 생선

▲ 조선소 건설 전과 후
(위쪽 그림 타원에 피솔 마을이 보인다.)

회 안주에 소주가 생각날 때면 찾아가던 곳이었다. 일요일 늦은 아침 먹고 어디 바람이나 한 번 쐬고 올까 하고 아이들 손 잡고 두어 시간 정도 걸어가 놀다 오던 곳이요, 간혹 단체로 몰려가 회식을 하고 떠들다가 불콰해서 돌아오곤 하던 곳이었다.

철벙철벙 물새가 자맥질하거나 고기잡이 전마선이 삐걱거리며 드나드는 소리를 제외하고는 사철 조용하고 평화롭던 동네였는데 산업화의 파고에 밀려 아름답던 녹색 바다는 메워지고 마을은 스러졌다. 산업단지로 지정된 지 이미 십수 년이 흘렀던 터이지만 주민들을 이전해 보내는 데 어려움이 많았으며 특히 최 모(崔謀)라는 사람이 끝까지 집을 떠나지 않겠다고 공장이 거의 다 되도록 고집을 피우는 바람에 새로 지은 소조립 공장 지붕 밑에 오막살이 집 한 채가 전마선 한 척과 함께 오롯이 버티고 있기도 했다.

상전벽해(桑田碧海)라 했던가! 이제 피솔이라는 동네는 이름도 흔적도 없어졌지만 그때를 살아온 사람들의 기억 저편에는 가물가물 일렁이고 있을 터이고 또 언젠가 세월이 지나면 그나마도 망각 속으로 묻혀 갈 것이다.

▌ 창립 20주년 및 3도크 준공 기념사

1994년 10월 18일 중공업 창사 20주년 기념식을 겸한 도크 준공식이 그룹 고위 임원 및 관계 직원 참석하에 거행됨으로써 세계로 미래로 향한 중공업의 대장정(大長征)이 시작되었다.

(전략)

친애하는 임직원 여러분!
우리는 오늘 이 자리가 중공업 창립 20주년을 기념하는 외에 오랫동안 우리의 숙원 사업 가운데 하나였던 선박 건조 능력의 획기적인 확대를 가져 올 신설 도크의 성공적인 준공을 기념하는 자리라는 뜻에서 한층 더 큰 감회를 느끼게 됩니다.

이번 도크의 준공은 조선 분야에 있어서 우리 회사의 대내외적 위상을 획기적으로 변화시키는 쾌거라 하지 않을 수 없습니다.

먼저 규모 면에서 볼 때 선박 건조 능력은 현재의 60만 톤에서 1백 60만 톤으로 두 배 이상 늘어나며 최대 1백만 톤급의 초대형 유조선인 ULCC도 건조할 수 있게 됨으로써 그야말로 세계적인 조선소로 도약할 수 있게 되었습니다.

설비 면에서도 무인 절단 장비, 보강재 자동화 시스템 등 각종 첨단 장비와 첨단 공법을 채택함으로써 품질, 생산성의 비약적인 향상을 기대할 수 있게 되었고 아울러 쾌적하고 안전한 작업 환경을 조성하여 세계 일류급 조선소로 재탄생하게 되었습니다.

여기에 향후 5년간 두 배 가까운 매출액의 신장을 기대할 수 있어서 그룹 내 중화학 부문의 비중 확대와 함께 그 위상도 크게 높아질 것입니다.

이러한 사실들을 종합해 볼 때 신설 도크의 준공은 새 시대 개막을 알리는 일대 전기이며 동시에 21세기 초일류 기업 진입을 위한 디딤돌이 되는 대역사라고 평가할 수 있을 것입니다.

(중략)

성공의 역사는 용기와 의지 있는 자들의 기록이며 진통을 겪고 얻어낸 결실은 더욱 감동적인 법입니다.

그룹 초장기로부터 많은 선배들이 그러했듯이 우리도 21세기 후

진들에게 초일류 기업이라는 성공의 역사를 물려줄 수 있도록 노력합시다.

초일류 기업은 우리 자신과 그룹의 생존을 위한 것이며 동시에 국가와 국민에 대한 책무라는 점을 한시도 잊지 말기 바랍니다.

훗날 우리 회사가 초일류 기업으로 변모되었을 때 오늘 이 자리에서 다진 우리의 각오가 목표 달성의 원동력이 되며 여러분 모두가 그 주인공으로 기록되기를 간절히 기원하는 바입니다.

국내외 곳곳에서 묵묵히 일해 온 임직원 및 협력업체 여러분들에게 다시 한 번 격려와 감사의 말씀을 드립니다.

대단히 감사합니다.

▌ 도크 건립 기념 비문(碑文)

우리 조선해양사업본부 전 임직원은

우리나라 조선 산업 발전의 견인차가 되기 위해

축적된 지혜와 기술을 한데 모아

여기 새로운 도크를 건설하였습니다.

이제 우리 후대들에게

자랑스러운 조선소를 넘겨주고,

삼성의 역사에도 중요한 기록으로 남도록

우리의 힘과 정열을 다해 이 조선소를

고객과 함께,

세계로,

미래를 향해,

▲ 3도크 준공기념비

세계적인 조선소로

만들어 갑시다.

1994년 10월 19일

공장 자동화

조선 산업은 제품 자체가 크고 무거울 뿐만 아니라 여러 구획으로 분리된 공간 형태를 가지고 있기 때문에 자동화(自動化)가 어렵다. 그러다 보니 투자 금액 대비 채산성이 미흡하여 본격적 연구나 투자가 지연되어 오다가 1990년대 초반에 이르러 어느 정도 가시화(可視化)되기 시작한다.

그것은 일본 등 일부 선진 조선소가 비록 소폭이긴 하지만 로봇을 활용한 자동화를 채용함으로써 그 가능성이 확인되었고, 1988년 이후 극심한 노동 운동 여파로 인하여 인력 의존도를 가능한 한 줄여 보고 싶다는 Top의 의지가 반영된 것이기도 했다.

▌ 강재 절단의 자동화

강재 절단 부분에는 일찌감치 1970년대 초부터 수치제어(NC) 자동 가스절단기가 도입되어 오토콘(Autocon)과 연계 사용되었고 이로 인하여 생산성 향상은 물론 부품 정도(精度) 개선에 획기적인 기여를 하였다.

사실상 근대화된 조선 기술은 NC 절단기의 채용과 괘를 같이했다 할 수 있고, 이로 인하여 그 당시까지만 해도 조선소의 핵심 위치를 차지하던 현도장이 없어지게 되는 원인이 되었다.

독일의 메사그래샴사와 일본의 고이케사로부터 NC 가스 절단기를 도입해 사용해 오던 회사는 1990년경부터 절단 매체를 플라즈마로 교체함으로써 속도(速度)나 정도(精度)를 더욱 개선시켰고, (플라즈마의 절단 속도는 가스 절단의 4배) 3도크 건설과 관련하여 스티프너 자동 절단 장치(PLT)를 개발함으로써 강판 절단 분야는 거의 100% 자동화하기에 이르렀다.

▌ 스티프너 자동절단 장치
이 시스템은 선체구조물의 약 20%를 차지하는 스티프너 제작을 완전 자동화한 것으로 마킹, 절단, 번호 표시(Labeling) 등 모든 공정을 컴퓨터 수치 제어 방식으로 처리하여 데이터 입력만으로 동일 장소에서 작업을 끝낼 수 있게 하였다.

스티프너는 선형 및 취부 위치에 따라 길이, 폭, 두께가 다양하고 형상 또한 일률적이지 않아서 표준화하는 것이 불가능하므로 도면에 의한 일품생산, 즉 설계 단계에서 그려진 도면을 보고 강판 위에 수작업(手作業)으로 마킹(Marking)하고 다점절단기(Stripping M/C)로 플랫 바를 생산한 후 반자동 절단기로 마무리 절단을 해 왔다.

▲ 수동 마킹(上), 반자동 절단(下)

이러한 과정에서는 작업자가 항상 쪼그리고 앉아 고열, 분진 등 열악한 작업 조건을 감내해야 했는데, 본 장치의 개발로 생산 능률은 물론 작업 환경의 획기적 개선을 이루게 되었다.

이 시스템의 원리는 의외로 간단하다. Stripping M/C에 의한 종방향 다점절단(多點切斷)이 끝난 중간재(플랫 바)는 절단열에 의해서 상하좌우로 변형되므로(상단 그림 참조) 지금까지 횡방향 절단을 자동화할 수 없었다. 본 시스템의 핵심은 동일 레일 위에 두 종류의 자동절단기를 배치하고, 우선 다점절단기에 의한 종방향 절단을 한 직후(直後) 변형되기 전에 수치제어 플라즈마에 의한 횡방향 절단을 하는 것이다.

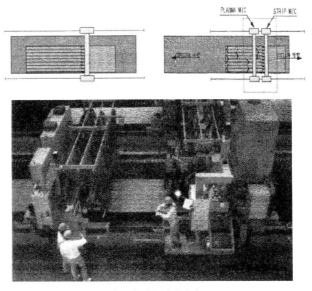

▲ 스티프너 자동절단장치(PLT)

요컨대, 아직 한쪽이 붙어 있는 상태에서(변형되기 전에) 자른다는 것이고, 횡절단에 플라즈마를 채용함으로써 예열 없는 절단이 가능하다는 점, 이 두 가지가 본 시스템을 가능하게 만들었다.

회사는 일본 유수의 절단기 메이커인 고이케(Koike)사에 로열티 조건으로 기술을 공여하였고, 1995년 제21주 IR52 장영실상을 수상한 바 있다.

▎형강 절단 로봇(Profile Cutting Robot)

절단 부문의 자동화에 형강재 절단을 빼놓을 수 없다. 일명 마르텐이라고 불리는 반자동 절단기에 의존하던 지금까지의 방식에서 자동화를 모색하던 회사는 1990년 독일 Oxitecnic사로부터 형강재 절단 로봇 1대를 도입, 기존 공장 가공 2Bay에 설치하였다. 이것은 로봇을 조선 현장에 투입한 국내 최초의 사례로서 관계자의 많은 관심과 기대를 모았으나 생산량이 목표치에 미치지 못했고 잦은 고장으로 수년간 고전하였다.

1995년, 절단 매체를 플라즈마로 바꾸고, 자체 기술을 활용한 대폭적인 프로그램 개선을 통해 상당 부분 효율성을 제고하였지만 절단 형상이 너무나 다양하고 원소재의 정도상의 한계 등으로 안정화 단계에 이르기까지 많은 어려움을 겪었다.

그동안 장비를 사용하면서 확보된 기술로 3도크 부문에도 형강재 절단 자동화를 모색해 오다가 2006년에 이르러 자체 기술에 의한 형강재 절단 로봇 라인이 형강 공장에 설치 가동되었다.

▌ 조립 로봇의 적용

1995년 3월, 일본 히다치 조선의 Hirobo WRL-55S 1대를 연구용으로 도입·적용 연구에 착수하였고, 이어 41Bay A라인에 생산용 Hirobo 9대를 설치했다.

총 20억이 소요된 이 공사는 로봇 본체와 드라이빙 유니트를 히다치 아리아케에서, 운용 프로그램은 자사 기술(Robin 사용)을 동원하였는데, 1995년 9월에 시작해서 1996년 4월에 생산 적용 시험을 완료하였다.

이 로봇은 평행부 블럭의 론지와 플로와 간의 필렛을 상향 용접하는데, 론지 간의 이동은 상부에 설치된 호이스트와 크레인으로 한다. 일단 셀(Cell) 내에 이동된 로봇은 미리 입력된 수치 정보에 의해 자력(自力)으로 피용접물의 정확한 위치를 추출한다.

이렇게 해서 블럭 조립 공정에 본격파 로봇 시대가 열리게 되었고, 적어도 외관상으로는 거창하고 그럴듯한 장면이 연출되었다.

▲ 블럭조립용 용접 로봇군

로봇은 잔소리도 없을 것이고, 밤중에도 공휴일에도 시키기만 하면 일을 해 줄 것 같았다. 이미 개발해서 파는 제품이니 그냥 가져다 쓰면 될 것으로 생각한 것도 엄청난 오산이었다. 사람이든 기계든 새롭게 시작하여 제대로 능력을 발휘하려면 당연히 시간이 걸리게 마련이지만 생산 라인에 투입하는 과정에서 부딪히는 난관(難關) 들은 상상을 초월했다. 도입 당시 Hirobo 타입 외에도 Kobe에서 개발한 로봇도 같이 시험용으로 사다가 약 1년간 비교 시험을 하는 등 기종 선정이나 사전기술 습득에 많은 정성을 기울였음에도 많은 허점이 노출되었다.

그것은 데이터의 입력 오류와 같은 인간적 오류에다가 과다 갭(Gap)과 같은 피용접부의 형상에 관련된 제품 오류, 온도 습도 충격과 같은 환경 요인 등이 단독으로 혹은 복합적으로 나타나기 때문인 것으로, 그 원인을 규명하고 오류를 바로잡는 데 많은 시간과 인내를 필요로 했다.

제품을 쓰는 쪽이 모든 것을 습득하게 해서 가령 돈만 있으면 스스로 로봇을 만들 수 있을 정도가 되어야 그 로봇이 구실을 할 수 있다는 것을 알았고, 설령 그렇게 되었다 하더라도 로봇이 발휘하는 생산능력은 의외로 제한적이라는 사실을 인정해야 했다.

이토록 투자 대비 효과가 충분치 못한 것이 조선소 용접 로봇의 현실이지만 회사는 그래도 이 분야의 투자와 연구를 꾸준히 계속했다.

2000년도에 들어서는 41Bay B라인에 자주식 로봇군을 자력으로 설치하는 데까지 발전했다. 물론 그 이전에 1997년 32Bay에 설치한 소조립 로봇과 그 이후에 기존 공장에 설치한 조립 로봇도 그러한 노력의 연장선상에서 이루어진 것이지만 특히 이것은 셀(Cell)과 셀 사이의 이동을 수동 호이스트에 의존하던 방식에서 탈피, 로봇 스스로 론지를 타고 넘어 다닌다는 데 의미가 있었다.

▌ 소조립 로봇 적용

33Bay 소조립 용접 로봇은 1997년 생산기술연구소 자동화팀, 중앙연구소, KAIST 공동 연구에 의거 실현을 본 것인데 국내 기술로 현장 적용에 성공한 용접 로봇 제1호이다.

회사는 본 Robot 개발을 통해 다음 기술을 확보하게 되었다.

1) 피공작물의 위치를 인식하여 초기점에 접근하는 비전 센서(Vision sensor) 기술
2) 용접 부위의 형상을 감지, 추적하는 아크 센서(Arc Sensor), 레이저 센서(Laser Sensor) 기술
3) 하나의 제품 혹은 제품군의 작업량을 계산하여 여러 대의 로봇에 분담하고, 협동하여 작업을 끝내게 하는 작업 지시 체계에 관련한 기술

▲ 소조립 로봇

선진 기술 도입에 익숙했던 당시 환경하에서 자력으로 첫발을 떼게 된 것이었다. 최고경영층과 관리 부문은 일본 조선소가 소조립용 로봇을 사용하고 있다면 그것을 구매하는 것이 힘들여 개발하는 것보다 빠르고, 리스크(Risk)도 줄일 수 있을 것이므로 가격이 좀 비싸더라도 종합적으로 보면 오히려 그쪽이 더 유리할 것이라고 권하

고 있었다.

사실 지금까지 그런 이유로 외부 기술에 의존해 왔지만 여기에는 두 가지 문제가 있다. 하나는 로봇을 통일되게 가져가기 힘들다는 점, 장기적으로 로봇이 소조립, 대조립, 탑재 등으로 확대되기 마련인데, 이렇듯 각 스테이지별로 각각 다른 시스템을 도입하다 보면 일관된 시스템을 가질 수 없다.

이는 부품 및 A/S 인력, 기술 측면에서 많은 혼선을 야기한다. 그 보다 더 큰 문제는 외부 기술에 의존할 경우, 고장 발생 시 대처가 늦어 생산 라인의 정체를 초래할 수 있다는 것이었다. 실제로 형강재 절단로봇의 경우 한 번 고장 나면 고장 원인 파악에 일주일, 부품 준비하고, 메이커 A/S 부르는 데 한 달, 와서 수리하는 데 일주일, 이렇게 많은 기간 동안 생산 라인을 세워야 했던 뼈아픈 경험을 했던지라 실무자들은 어떻게든 자체 개발 쪽을 선호했다.

지금 돌이켜 생각하면 당시 경영층을 설득하여 그렇게 한 것은 잘된 선택이라고 생각한다.

초기 개발 항목을 정할 때 자동 부재 위치 인식 시스템, 레이저 비전(Laser Vision)으로 용접선을 추적하는 센서 시스템, 자동으로 노즐(Nozzle)을 청소하는 클리닝 시스템 등등 다채롭게 시작하였지만 사실상 초기 적용은 용접선 추적 센서인 터치 센서와 아크 센서뿐이었다. 그래도 많을 것을 개발해 놓은 덕분에 기존 공장에 1개 라인을 추가할 때는 부재의 위치 인식도 거의 자동으로 하게 되었고, 여러 대의 로봇에 업무를 분담시키되, 로봇의 위치를 항상 모니터링(Monitoring)하여 제어함으로써 인접한 로봇 간에 충돌을 피할 수 있도록 하는 등 초창기의 구상과 비슷한 시스템을 가질 수 있게 되었다.

무릇 모든 기술이 그러하지만 특별히 소조립 용접 로봇은 우리의 꿈과 애정을 실현한 것이고 그리하여 로봇에 관한 자체 기술을 한 단계 업그레이드시킨 성공 사례라고 할 수 있겠다.

▌ 빌트업(Built-up) T 자동화 라인

선박의 대형화 추세에 따라 내부재로 사용될 350A 이상의 대형 형강재의 소요가 많아지게 되었는데, 이런 자재는 주로 일본 등지로부터 수입에 의존하였으므로 비용 증가의 요인이 되고 있었다.

3도크 형강 공장에 설치된 빌트업(Built-up) T[20) 라인은 ① 기존 제작공정을 자동화하고 ② 수입에 의존하는 대형 형강재를 국산화하겠다는 방침을 갖고 시작되었다.

당연히 최신 공장에 걸맞은 설비여야 하지만 3도크 형강 공장의 장소가 갖는 제한 때문에 '적은 면적, 많은 생산'이 극력 강조되었다.

이를 위해서는 용접 속도가 관건이다. 어떤 용접을 어떤 속도로 할 것이느냐가 문제였다.

고속 SAW 용접이 가장 빠르기는 하지만 그 당시 국내 조선사 설비를 조사한 결과 이 공법은 블로 홀(Blow Hole)[21)을 많이 발생시키는 것이 문제였고, 실제로 H사에서는 블로홀 때문에 도저히 견디지 못하여 SAW 장비를 완

---

20) T자형 형강재, 프렛 바(Flat Bar)에다 웨브(Web)를 붙여 T자 모양이 된다고 해서 빌트업(Built-up) T라고 통칭한다. 여기에 적용하는 필렛 용접을 어떻게 결함 없이, 신속하게 할 것인가가 개발의 관건이다.
21) 용접부에 흔히 발생되는 '기포(氣泡)'라고 하는 결함.

전 철수한 사례가 있다는 것이었다.

그러나 유럽의 오덴세(Odense) 조선소는 빌트업(Built-up) T 라인에서 SAW Twin Torch로 고속 용접을 하고 있다는 사실을 접하고 오덴세로 날아가 조사까지 하고 왔지만 확신이 서지 않았고 설왕설래는 계속되었다.

건설 공정상 더 이상 생각할 시간적 여유가 없을 때까지 몰린 우리는 어쨌든 한 번 해 보자, 뛰면서 생각하자는 마음으로 트윈 SAW 공법[22]으로 결정하게 된다.

블로홀의 제일 큰 원인은 용접부에 묻은 프라이머[23]이므로 이를 최대한 제거하기로 하고, 웨브(Web)의 양 단부에 묻은 프라이머를 자동 브러시로 제거하는 장비를 꾸며 용접을 하여 보니 과연 우려했던 대로 블로 홀(Blow Hole)이 벌집처럼 나타났다.

또다시 많은 조사 연구 토론이 있었고 결국 웨브뿐만 아니고, 프렛 바까지, 제거 방법도 브러시가 아니고 브라스팅[24]으로 해서 가스 발생원을 완전 차단하는 한편, 최적의 용접 조건을 찾는 시도를 거듭한 끝에 초기 1개 라인의 가동을 보게 되었고, 그후로도 계속적인 보완이 가해져 1997년에는 기존 1개 라인에다 용접 2개 라인이 추가되어, 지금의 빌트업(Built-up) T 제작 라인이 탄생하게 되었다.

용접은 3개 라인이지만 취부, 곡직, 프라이머 제거, 용접 후 프라이머 도포 등 부수 기능은 단일 라인으로 해결함으로써 면적 대비 최고의 생산량을 실현하게 되었다. 특히 이 설비는 가취부(Tack welding) 공정을 없애고 롤러 사이

---

22) 잠호용접을 양면에서 동시에 하는 방식.
23) 방청도료로, 보통 소지 처리 후 처음 칠하는 도료.
24) 모래나 스틸 그리드를 고압공기와 함께 분사하여 녹을 제거하는 방식.

에서 부재들이 자동으로 구속되는 즉시 본용접으로 가는 방식을 채택하였다.

프렛 바의 모서리 가공을 위하여 롤러 압착 방식을 채용하였고, 탄뎀 SAW 방식을 사용함으로서 일체의 소음이나 분진, 섬광(閃光)이 없도록 했다.

무소음, 무분진(無粉塵), 무섬광의 3무(無)의 환경에서 최고의 생산 효율과 품질을 우리 회사 연구진이 만들어 냈다.

▲ 빌트업(Build-up) T 자동화 라인

▌패널라인 론지 용접 장치 및 복합 용접 장치

3도크를 기획하면서 선각공장의 심장부라 할 수 있는 패널 라인의 내부재 (Longi) 용접 방법이 또 하나의 관건이 되어 있었다.

그 당시만 하더라도 그래비티(Gravity) 용접 장치라 하여 동시에 여러 개의 용접봉이 아크를 일으키면서 용접 비드가 이어지게 하는 방식을 쓰고 있었다.

한편 일본에서는 Gantry형 20 Torch 자동 CO_2 장치를 일부 조선소가 적용하고 있었는데 엄청난 장비 가격이 문제였다. 이미 실적이 있는 업체는 가격이 20억 이상을 요구하였고 실적이 없는 업체인 T사는 가격은 싸지만 성능을 확신할 수 없어 망설이다가 결국 현지 방문 조사를 하기로 하고 일본으로 날아갔다.

▲ 패널 론지 복합용접 장치

T사는 자체 연구진이 없는 작업 업체로 오파마(Opama) 조선소에 10 Torch Twin 장비를 납품한 실적이 있었지만 중요한 용접 공법에 관해서는 전혀 알지를 못하고 있었으므로 용접 품질 및 공법은 고스란히 우리가 책임져야 하는 상황이었다. 하지만 사장이 식사하면서 '한국에 장비로 진출하고 싶고 정말 최선을 다하겠다. 장비를 파는 것이 아니라 자기 회사의 혼(魂)을 팔겠다'는 말을 하는데 그 태도의 진지함에 신뢰감을 가지게 되었다. 다소 위험 요인은 있지만 우선 금액이 저렴하고 납기가 촉박함을 감안하여 T사로의 발주를 결정하게 되었다.

설치 후 가동에 이르는 과정에서 많은 시행착오를 겪었지만 당사 연구진과 메이커(Maker)의 협력으로 성공을 보게 되었으며, 그 후 기존 공장 패널 라인과 한국 내 타사에까지 동일 시스템을 설치하게 됨으로써 양사 실무자들은 이 분야에 선구자적인 역할을 하게 되었다.

3도크 패널 라인의 나머지 한쪽(36Bay)은 여기에 한 걸음 더 나아가 론지를 취부하는 장비와 용접하는 장비를 결합하여 이른바 복합 용접 장치를 공동 개발하게 되었는데, 이는 공장 면적의 효율 측면과 투자비 절감 측면에서는 아주 효율적인 것으로 평가되었다. 복합 장치이다 보니 생산 초기에는 장비의 고장이 잦은 등 약점이 노출되기는 했지만 그 후 급속히 안정을 찾게 되어 평행부 블록의 효율적 제작에 상당한 기여를 하게 되었다.

▌백 히팅 장치

백 히팅(Back heating)이 무엇인지, 그게 왜 필요한지부터 이야기해야 할 것 같다. 용접을 하고 나면 그 수축력에 의해서 판이 일정량 각변형이 일어나는데(빨려 들어간다고 표현함) 그것을 옆에서 보면 여윈 말의 갈비뼈 같다고 해서 일본 사람들은 '야세마'라고 하기도 하는 모양이다.

이렇게 각변형이 일어난 데크 판(Deck 板) 또는 외판(外板)은 탑재 후 히팅 토치(Heating Torch)로 가열해서 바로잡게 되는데 그것을 카운터 히팅 혹은 백 히팅(Back Heating)이라고 한다.

문제는 그것이 블록 도장 후에 이루어지다 보니 애써 깨끗하게 칠해 놓은 도장이 타 버린다는 데 있고, 탄 부분을 제거 후 다시 도장해야 하는 번거로움이 있었다. 이를 피하기 위하여 턴오버 전 블록 상태에서 위보기 작업으로 가열하는 작업 소위 오버헤드 백 히팅(Overhead Back Heating)을 하게 된다.

그런데 문제는 이 가열 토치가 너무 무겁고, 뜨거운 불꽃으로 위를 처다보고 하는 작업인지라 이만저만 고역(苦役)이 아니고, 날씨라도 더울라치면 더욱 고달픈 일이 되어 능률이 오르지 않았다.

아이케이(IK)라는 절단기를 거꾸로 매달아 붙여 놓고 자동으로 굴러가도록 하는 방법도 한동안 써 보았으나 일일이 레일을 붙였다 뗐다 하면서 그 무거운 기계를 다루는 일이 힘들고 효율적이지 못하였다.

작업자가 토치의 무게를 느끼지 않도록 하려면 어떻게 해야 할까? 토치를 천장(데크판 아래)에 붙여서 굴러가도록 하면 된다. 토치를 천장에 붙이기 위하여 어떻게 해야 할까.

역시 자석이었다. 자석으로 된 바퀴가 우선 생각이 났지만 이것은 점(點) 접촉이 되기 때문에 힘이 없어 금방 떨어질 것 같았다. 점이 아닌 면(面) 접촉이 되어야 하는데 이건 이동(異動)이 안 된다. 면으로 접촉하되 약 1~2㎜의 틈새를 두면 되지 않을까 하는 생각에 이르자 좀이 쑤셔 잠시도 견딜 수 없었다.

고물상회에 가서 큼직한 자석(磁石)을 하나 사 가지고 왔다. 자석에 바퀴를 달고 굴려 봤다. 물론 자석과 판 사이에 1~2㎜의 틈새를 두는 것을 잊지 않았다. 잘 하면 될 것 같았다. 이번에는 히팅 토치와 호스의 무게를 얹어 보았는데 그만 사정없이 떨어지고 만다. 틈새가 없는 상태에서의 자석은 부착력(附着力)이 있어 사람이 매달려도 떨어지지 않을 정도로 강력한데, 일단 조그마한 간격이 생기면 급격하게 부착력이 약해진다는 것을 알게 되었다.

자석으로는 안 된다는 결론 앞에서 그만 주저앉을 수밖에 없었다.

현상(現狀)의 벽에 부딪혀 수년이 흘러가던 어느 날, 일본에서 견본으로 들어온 용접 장비가 레일도 없는 벽을 타고 올라가는 것을 보게 되었다. 벽을 타고 올라가는 자라같이 생긴 놈을 떼어 보니 가슴 부분에 자석이 달렸는데 이게 보통 강력한 자석이 아니라는 것이었다. 틈새가 어느 정도 있어도 끄떡 없는 부착력을 갖고 있는 자석. 이것이 바로 내가 찾던 것이었다.

국내 시장을 수소문해 봤더니 놀랍게도 어디선가 구할 수 있다는 것을 알게 됐고 수소문 끝에 입수하였다.

▲ 백 히팅 장치

히팅 토치를 붙여서 굴러가도록 하는 장치는 간단했다. 거기에 그 신통한 자석만 하나 가져다 붙이면 되는 것이었다. 토치를 두 개씩 두 쌍을 붙여 신속하게 가열할 수 있도록 하고, 두 쌍의 토치 간의 간격을 조절할 수 있도록 하는 등 가능한 한 욕심을 부렸다. 변속(變速) 모터를 붙여 원하는 속도로 주행할 수 있도록 하면서도 최대한 경량 설계를 고려했다.

사람이 직접 들고 굽는 것이 아니기는 하지만 너무 무거우면 탈부착(脫付着)이 힘들고 자석에도 한계가 있을 것이기 때문에 무게와 기능의 조합을 고려했다.

그렇게 기계 하나가 만들어졌다. 우선 토치의 수가 4개인지라 한 개의 토치로 수작업을 할 때보다 산술적으로 4배가 빠르다. 작업 자세가 좋아서 쉬지 않고 할 수 있으니까 너무 좋다는 평가가 나왔다.

주위에서는 어떻게 이렇게 희한한 생각을 했느냐고 했지만 사실은 별것도 아니었다. 토치(Torch)에 바퀴 달아서 상향 자세(Overhead)로 굴러가게 한 것이다. 다만 그때까지 없던 자석(磁石), 정확하게 이야기하면 개발된 지 몇 년이 지났지만 그런 게 있는 줄 몰랐던 특수 자석을 발견하여 응용했을 뿐 사실 아무것도 아닌 것이었다.

그리고 보면 우리 주변에 그런 경우가 참 많을 거라는 생각을 하게 된다. 예를 들어 로봇 개발하는 사람은 조선(造船)을 모른다. 당연할 수도 있지만 몰라도 너무 모르는 게 신기할 정도였다. 로봇 기술자가 제품 홍보차 조선소 문을 들어올 때는 못 할 것 없을 것같이 의기양양하지만 일단 배가 얼마나 크고 블럭이 어떤 것인지 알고부터는 이내 풀이 죽어 버리는 것을 많이 봤다.

거꾸로, 조선하는 사람이 로봇을 모를 수 있다. 그러나 조선하는 사람이 로봇을 알면 훨씬 더 실용성 있는 로봇을 만들 수 있다고 생각한다.

기술의 융합이란 게 이런 것이 아닌가 싶다. 각기 다른 분야를 적절히 매개(媒介)할 수 있는 기술 복덕방 같은 게 있다면 더욱 쓸모 있는 문명의 이기(利器)들을 만들 수 있지 않을까 생각한다.

백 히팅 장치는 그 후 특허가 출원되고 우여곡절을 겪은 후에 지금은 어느 업체가 만들고 있는 모양이지만, 이십여 년 세월이 지난 지금까지도 그때 그 모습대로 만들어지고 있고, 국내 어느 조선 현장에 가더라도 그때 그 목적대로 쓰이고 있는 것을 보면 알 수 없는 희열을 느낀다.

자기가 만든 물건을 누가 열심히 쓰고 있는 것을 보면 즐겁다.

생산성이라는 화두(話頭)

　　일류 조선소가 되기 위해서는 '좋은 배를, 싸고, 빠르고, 안전하게 만들 수 있어야 한다. 좋은 배라는 것은 선주의 호평을 받는 배, 연료비, 인건비, 보수 관리비가 적게 들고 오랫동안 운항할 수 있는 배라 할 수 있다.

　좋은 배를 만들기 위해서는 우선적으로 설계가 우수해야 하고, 공정, 자재, 품질, 안전 등의 관리 체계도 확립되어야 한다. 그러기 위해서는 건조 과정에 투입되는 작업자 개개인의 기량이 확보되고, 신중하고 책임 있는 시공이 이루어져야 한다.

　글로벌(Global) 시장에서 선주(船主)의 선택을 받으려면 가격 경쟁력이 있어야 한다.

　조선소를 선택하는 데 있어 품질은 기본이겠지만 얼마나 싸게 살 수 있는가, 조선소로 볼 때는 그것을 얼마나 싸게 만들 수 있는가가 관건이 된다.

　그래서 총합적 궁극적으로 영업 이익을 극대화하면서 선주의 선택을 받을 수 있는, 그리하여 수주 경쟁에서 지속적 우위를 점할 수 있는 회사야말로 일류 조선소이고 글로벌 시장에서 살아남는 조선소가 되는 것이다.

▌ 1990년대 경쟁사 동향

1996년 들어 독일의 Bremer Vulkan 및 덴마크의 B&W가 도산하였고, 덴마크의 Odense, 핀란드의 Kvaerer, Masa 등 대부분 유럽의 조선사들이 퇴조하고 있었다.

일본은 1950년대 영국으로부터 조선 생산량 수위(首位)를 넘겨받아 50년 가까이 그 자리를 지켰다. 그동안 1, 2차 오일 쇼크(Oil Shock)를 거치면서 생사의 기로(岐路)에 서기도 했고, 혹독한 엔고(元高)를 맞아 어려움을 겪었지만, 그들은 특유의 위기 대처 능력과 소위 마른 수건도 짠다는 체질 개선 노력을 통해 경쟁력을 유지하고 있었다.

1970년 초반에 태동한 한국 조선업은 그동안 꾸준히 발전을 거듭했으나 1996년 이후 건조 Cost가 약 10% 상승했다. 급속한 건조 능력 증강에 따른 자재, 기기(器機), 숙련공의 수급이 어렵게 되고 임금 상승, 금리 및 설비 증강으로 인한 감가상각 부담 등이 경영에 부담으로 작용하고 있었다.

중국은 1980년대 말에 수출선을 건조하면서 막대한 적자를 보는 등의 학습 경험을 통하여 1990년대 후반에 이르러서는 VLCC 등 대형선 건조가 정상궤도에 올랐고, 상해(上海) 인근의 몇 개 조선소 등의 생산성이 급격한 향상을 보이고 있어 향후 21세기 초에는 한국의 뒤를 추격하는 조선국이 될 것으로 내다봤다.

▌ 한일 간 조선 경쟁력 비교

회사는 창사 이래 선진(先進) 조선사 특히 일본의 경쟁력을 따라 잡겠다는 일념으로 피나는 노력을 경주해 왔다.

선진 조선사의 공법을 연구하고, 선형별 공종별 생산성의 격차를 파악하며, 원인을 분석하며, 대책을 내고 실천해 왔다. 그 과정에서 일부 전문가를 초빙해서 지도를 받기도 했다.

다음 표는 1990년대 중반 어느 시기에 원가 구성 항목별 선진과의 경쟁력 격차를 보여 준다.

당시 일본 조선업계의 평균적 건조 코스트(Cost)는 한국에 비해 약 5% 유리하며 자재비는 거의 같은 수준이나 노동 생산성의 격차가 큰 것으로 나타난다. 그것은 한국의 임금 수준이 일본의 55~60%임에도 불구하고 노무비가 10% 더 든다는 것은 결국 노동 생산성이 열세이기 때문이라고 평가되며 구체적인 내용은 다음에 나오는 선종별 시수비교표에서도 확인된다.

구분	원 재료비		노무비	기타 관리비	합계
	강재	기타 재료비			
한국	16	45	33	11	105
일본	15	45	30	10	100

위 표를 보면 원가 구성 항목 중 원재료비(강재+엔진+기타 재료비)가 원가의 가장 큰 부분(60%)임을 알 수 있다.

원재료의 투입을 최소화하는 설계(간편 설계)에서부터, 자재를 적기에 싸게 확보, 관리하는 문제, 확보된 재료를 효율적으로 사용하는 문제에 이르기까지 각 부문이 해야 할 일이 산적하지만 재료비는 선진 수준과 큰 차이가 있어 보이지는 않는다.

한편, 노무비는 원가에 차지하는 비율이 30% 정도에 지나지 않지만 선진 과의 격차가 워낙 크고, 생산성 향상 활동의 성과가 바로 그해 경영성과로 연결되기 때문에 회사는 생산성 향상을 통한 노무비의 절감을 경영 활동의 중심에 놓고 적극적인 활동을 전개했다.

다음 표는 선형별 선진 대비 생산성을 환산톤당 소요시수(MH/CGRT)로 비 교한 것으로 3,400 TEU 컨테이너선을 제외한 모든 선형에서 일본 대비 약 1.7배의 열세(시수를 더 씀)를 보이고 있음을 보여 준다(1997년 기준).

선형별 소요 MH/CGRT[25]

船種	SHI	일본	배율
D. Hull VLCC	14.89	7.99(Hitachi)	1.70
Afra. Tanker	12.96	7.48(NKK)	1.73
Cape. BC	11.27	6.44(NKK)	1.75
3400 TEU Container	10.91	8.47(IHI)	1.29
Pax. BC	12.16	6.94(NKK)	1.75

부문별 (선각, 의장, 도장)별 생산성 비교

구분	단위	SHI	NKK	배율
선각	MH/Ton	13.75	9.15	1.50
도장	MH/㎡	0.27	0.16	1.94
의장	MH/CGRT	4.53	2.16	2.10
계	MH/CGRT	12.96	7.48	1.73

25) 환산 톤수. 선박을 건조하는 데 있어 그 난이도를 감안하여 환산된 선박의 크기.

선진대비 각종 관리 지표

구분		단위	SHI	선진	비고
선행 의장율	부품 수 기준	%	75	90~95	
	MH Base	%	35.8	50	
진수 공정율		%	85	93	
파렛트율		%	93	100	
정도 불량율		%	7.9	6	
용접 불량율		%	2.9	2.0	X-ray 불량율
설계 개정율		%	3.0	1 이하	1996년 기준
물량 원단위 (D.Hull VLCC)	Piece수/Ton				
	Joint장/Ton				
	Scrap율	%	10.8	5.9	IHI 1997년 기준
	족장매수	枚	31,633	10,000	
안전 도수율		%	2.5	0~1	
검사수행율	불합격율	%	0.5	0.5	
	취소율	%	3.9	1.5	
A/S 비용율			0.25	0.25	A/S 지출비용
자동화율	용접 자동화	%	9.1	17.0	
	설비 자동화	%	27.6	33.0	

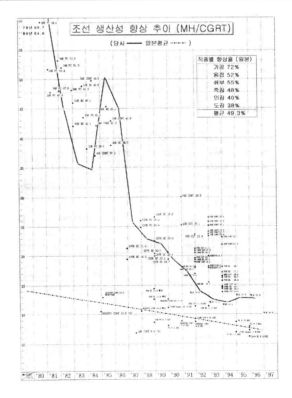

조선 생산성 향상 추이 (MH/CGRT)

앞의 표는 창사 이후 20년 동안 선진 대비 생산성이 어떻게 변화해 왔는가를 보여 준다.

[대상 시기는 1979년에서부터 1996년 17년간이다. 초기에 60M-H/CGRT부터 도식화하였다. 중간에 930이라는 미증유의 상황을 만나 한때 주춤했지만 계속 발전을 거듭, 13M-H/CGRT까지 향상된 모습을 보이고 있다. 일본 조선소의 평균 수준은 1990년도 초에 싱글(9M-H/CGRT)을 달성하고 6~7M-H/CGRT까지 발전된 모습을 볼 수 있다.]

▌ 생산성 향상 활동

예부터 우리 조상들은 배를 모은다고 했다. 조선 산업은 노동집약적 산업이기도 하지만 인적 요소(Human factor)가 크게 작용하는 복합 조립 산업이기 때문에 구성원 전체가 일의 개념을 이해하고 일사분란하게 협력해야 하는 사업이다.

조선 산업은 구성원 전체의 의지가 한 척의 배(제품)로 수렴되는 과정에서 불합리를 배제하고 효율을 극대화함으로써 경쟁력을 극대화시키는 과제를 숙명적으로 안고 있다.

1977년 당시 건설 중에 있던 중소 조선소를 인수하여 창설한 삼성은 규모의 열세를 극복하기 위해서 전후 몇 차례에 걸친 도크 증설 및 기존 공장의 보완 공사를 진행했다.

1994년에는 3도크 및 부속 설비 공사를 완성하여 일류 조선소의 반열에 올렸고, 거기에 걸맞은 관리 시스템이나 기술력을 속속 갖추어 왔다.

그러는 중에도 우리는 주어진 여건하에서 최선을 방법을 강구했다. 설비가 나쁘면 나쁜 대로, 좋으면 좋은 대로 거기서 최선의 방책과 공법을 추구했다.

관련자들이 모여 공법 연구도 하고, 개선 제안도 하고, 마음을 다지는 결의대회도 했다. 선진기술자를 불러서 배우고, 찾아가 물어보기도 했다. 국내 조선사 간에 기술 교류도 하고, 산학협력이라는 형태로 공동과제를 수행하기도 했다.

생산성 향상을 통한 시수 절감은 우리 모두의 화두(話頭)였다. 자기가 맡고 있는 부문의 생산성이 선진 대비 어떤 상태에 있는가. 그 원인은 무엇이고 언제까지, 어떻게, 따라잡을 것인가를 알고 말할 수 있어야 했다.

건조 예산은 언제나 분발을 요구했다. 부서별, 과별, 블럭별로, 주어진 예산으로 목표를 달성하려면 머리띠와 허리띠를 동여매야 했다.

앞서 보인 생산성 그래프(CGRT/M-H)를 보면 창사 이래 약 20년 동안 우리는 약 5배의 향상을 보인 것으로 되어 있다.

마른 수건을 짠다는 일본 사람들의 표현이 실감 날 정도로 줄이고 또 줄인 결과라고 생각한다. 선진(先進)을 따라잡겠다는 목표에 많이 접근하면서 그래프는 끝이 나지만 그 후에도 지속적인 성장을 했을 것이고, 지금쯤은 또 다른 목표를 향해서 전진을 계속하고 있을 것이다.

이제부터는 경쟁력 제고를 위해서 그 당시 우리가 어떤 과제를 가지고 어떻게 접근하였던가를 몇 단원으로 나누어 소개한다. 아래 내용은 그 핵심 요체(Key Words)이다.

- 작업의 상류화(上流化), 선행화(先行化)

- 블럭의 대형화(大型化)

- 고능률 용접의 적용과 자동화

- 설비 및 공법의 개선, 옥내화

- 설계 개선과 물량 감축

- 전산에 의한 관리 시스템의 혁신

- 현장 개선 활동 및 의식 개선

작업의 상류화, 선행화

작업을 어느 공정에서 하느냐에 따라 그 난이도(難易度)[26]가 달라진다. 안벽에서 하는 것보다 도크에서, 도크에서 하는 것보다 공장에서 하는 것이 쉽고 능률적이다. 같은 공장 안이라 해도 블럭 안에서 하는 것보다 부재 상태에서 붙이는 것이 쉽다. 엔진 룸 블럭(Engine Room Block) 같은 것은 뒤집기(Turn over) 후 상향 자세로 하는 것보다 뒤집기 전에 하향 자세로 하는 것이 훨씬 쉽다.

상류화(上流化)라는 말의 뜻은 작업 시기를 공정상의 상류로 거슬러 올라가서 미리 하는 것을 말한다. 안벽보다는 도크, 도크보다는 블럭이 상류이다. 상류로 갈수록 접근성이 좋기 때문에 일하기가 쉽고 안전하다. 배가 완성되어 갈수록(공정상 하류로 내려갈수록) 여러 구획으로 막혀 통행이 불편해지고, 발판을 설치해야 하며, 어둡고 위험해지기 때문에 생산효율이 떨어진다.

이와 유사한 용어로 선행화(先行化)가 있다. 이것은 진수 후 안벽에서 각종

---

26) 1, 3, 6, 9 법칙이라는 것이 있다. 같은 일을 할 때 공장 안, 공장 밖, 도크 그리고 안벽에서 걸리는 시간의 비율이다.

의장 공사를 하던 과거의 관행에서 탈피하여 블럭 상태에서, 공장이나 육상에서 미리 한다는 관점에서 출발한다.

선행화는 의장 공사에서 처음 선행의장(先行艤裝)이라는 형태로 시작되었지만 나중에는 도장이나 선각공사에까지 그 범위가 확대되면서 생산성 향상의 획기적 방책이 되었다.

선행화는 그 효과가 지대하고 내용도 다양하지만 블럭의 정도(精度)가 좋아야 하고, 도면이나 자재의 사전(事前) 확보가 가능해야 한다.

상류화 혹은 선행화가 어떤 형태로 발전되어 왔는지 항목별로 알아보자.

1) 의장품 선각화

파이프 관통 피스를 선각 부재의 일부로 취급하여 블럭 단계에서 설치하거나 ICCP, Echo sounder, Log 등의 전장품 일부를 블럭단계에서 설치한다.

2) 기관 축계 공사의 선행화

축계공사의 핵심인 스턴 보스(Stern Boss) 기계 가공을 블럭 단계에서 시행함으로써 가공 정도(精度)를 제고하고, 진수 시 선미공사에 몰리는 부하를 평준화함.

이는 초창기 덴마크의 B&W사로부터 도입된 기술로서 스턴 프레임 블럭(Stern Frame Block)과 엔진 룸 블럭을 모두 용접

▲ 축계공사의 선행화

한 후 축계(軸系) 보링(기계 가공)을 하던 과거 방식에서 탈피하여 지상(地上)에서 미리 보링 작업을 하여 탑재하는 방식이다. 가공 마진이 더 이상 없는 상태에서 선미재(Stern frame block)를 용접하므로 축심(軸芯)에 변화가 없도록 유의해야 하며, 축심의 변화를 계측 관찰하면서 용접 순서를 컨트롤하는 어려움이 따른다.

3) 기관실 기기(器機)의 유니트(Unit)화

▲ 기관실 유니트

펌프와 모터, 콤프레서, 퓨리파이어(Purifier) 등 기관실 각종 기기와 이것에 부설되는 각종 파이프, 게이지류를 공장에서 일체화(모듈화) 설치함으로써 선내(船內)에서의 작업을 최소화한다.

4) 천공의장(天空艤裝)

기관실 데크 하부(Deck below)에 부착되는 각종 배관, 전선, 통풍통(通風筒) 등의 작업을 뒤집기(Turn over) 전 블럭 상태에서 시공함으로써 작업 조건(높이 및 자세)을 좋게 한다. 천공의장이란 의미는 상부 구조물이 없는 상태, 뚜껑이 열린 상태에서의 의장작업이라는 의미이다. 상부 크레인의 조력을 받을 수 있으므로 중량물 이동이 수월하고 환기, 채광 등 환경이 좋아 작업능률이 제고된다.

5) 갑판 배관의 선행화

발라스트창, 화물창 혹은 상갑판상의 각종 배관, 히팅 코일 철의장 등의 의장품 설치를 블럭 단계에서 시행한다. 어차피 하향 작업이므로 자세 측면에서 이점은 크지 않으나, 스테이지가 앞당겨지는, 선행화의 이점이 있다.

6) 총 조립(Grand Assembly)

기관실 블럭이나 선수미 블럭을 크레인이 허용하는 최대의 크기로 선탑재(Pre-erection)함으로써 블럭 연결부의 의장 공사, 도장 공사까지도 지상에서 완료함으로써 후행 작업을 최소화한다.

엔진룸 크레인이나 전선 케이블, 구명보트(Life Boat), 페어리더(Fairleader), 핸드레일(Handrail) 등 갑판상 의장품 일체의 설치 및 후속 작업을 지상에서 완료함으로써 도크나 안벽에서의 작업을 최소화한다.

7) 거주구 블럭의 선행화, 일체화

거주구 블럭을 지상에서 총 조립, 도장한 후 방열, 패널, 가구, 전기 등 일체의 거주구 공사를 지상에서 완료해서 탑재함으로써 선행화 효과를 극대화한다.

컨테이너선의 거주구나 선미 엔진룸 블럭과 같이 탑재 중량이 육상 크레인의 조양 능력을 초과하는 경우 해상 크

▲ 거주구의 블럭의 총 조립

레인으로 탑재한다.

8) 블럭 도장

블럭 단계에서 소지 처리는 물론이고 최종 도장까지 완료하여 탑재함으로써 도장 품질이나 작업 환경 및 작업 효율을 획기적으로 개선한다. 이는 선각 검사나 의장 작업이 사전에 완료되어야 가능한 공법이다.

9) 화이트 블럭(White block)

선수미나 기관실 블럭의 데크 부분은 비교적 얇은 판을 배치하기 때문에 용접으로 인한 변형(Deformation)이 잘 생기고, 이를 바로잡기 위한 곡직 작업(Line Heating)을 많이 하게 되므로 도장의 소손(燒損)이 발생된다. 또한 각종 의장품의 취부 용접을 하는 과정에서도 도장의 손상이 많이 발생한다.

화이트 블럭이라 함은 이러한 화기 작업을 도장 작업 전에 모두 완료하여 불에 탄 자리(Burn damage)가 없는 블럭(White block)을 만들겠다는 실천 목표이다. 선행의장의 완결판이라 할 수 있다.

10) 선각 작업의 선행화

(1) Air way test

수밀격벽의 필렛용접 틈새
(그림 참조)에 압축공기를 주
입, 기밀 테스트(Leak test)
를 블럭 단계에서 실시함으

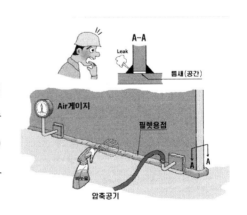

로써 탑재 후 탱크 테스트(Tank test) 범위를 최소화한다.

과거에는 이 부분의 테스트를 위해 도장 작업을 유보했으나(도장을 안 하거나 테이핑 작업을 함) 에어 웨이 테스트(Air Way Test) 덕분에 도장 작업을 블럭 단계에서 할 수 있게 되었음.

(2) 드래프트 마크(Draft Mark), 프리보드 마크(Freeboard Mark) 작업의 선행화

선체 용접이 대부분 완료되고, 선저 기준선(Baseline)이 나오면 이를 기준으로 드래프트 마크(Draft Mark), 프리보드 마크(Freeboard Mark)를 용접하던 종래의 방법에서 탈피, 블럭 단계(블럭 도장 전)에서 시행함으로써 작업 환경을 좋게 하였고, 블럭 도장 후 화기 작업이 일어나지 않도록 하였다.

블럭의 대형화

블럭이 커질수록 도크 내에서의 작업량이 줄어든다. 블럭의 대형화는 작업 여건이 좋지 않은 도크와 안벽에서 이루어지는 일체의 작업을 줄일 수 있을 뿐만 아니라 선행의장의 확대를 가능하게 한다.

블럭의 대형화는 공장 설비와 밀접한 관계를 가진다. 공장의 폭과 높이, 컨베이어 라인의 크기, 크레인 양화중량의 범위 내에서 최대한 크게 만드는 개념이 있고, 기왕 만들어진 블럭을 선탑재(Pre-Erection), 즉 도크에 내리기 전 2개 혹은 여러 개의 블럭을 뭉쳐서 블럭 사이즈를 최대한 크게 하는 개념이 있다.

▲ 도크 바닥에 내려온 트랜스포터

2000년대 초반 한국의 각 조선소는 각 사별 설비에 맞는 블럭 대형화 기술을 개발하여 도크의 회전율을 획기적으로 증대하였고, 이를 통해서 생산량 및 매출액 증대를 이루어 냈다.

회사는 1990년 기존 선각공장의 합리화 공사 과정에서 최대 블럭 사이즈 11m를 16m로 증강하였고, 3도크는 처음부터 22m 공법을 채용하였다.

탑재 블럭은 두 대의 450톤 크레인을 병렬 가동하여, 최대 900톤 하중까지 탑재(搭載) 가능하도록 함으로써 대형화 효과를 기대하였다.

▲ 메가 블럭

그러나 이러한 전통적인 대형화를 몇 단계 뛰어넘는 획기적 대형화 기술이 선을 보이기 시작했다.

회사는 1994년 자체 건조하여 해양 사업에 활용해 온 그 당시 국내 최대의 3,000톤급 플로팅 크레인을 확보하였다.

2000년 11월에는 1334호선에 720톤 거주구 블럭을 3,000톤 플로팅 크레인을 이용, 탑재하였고, 2001년 6월에는 1,250톤급 초대형 거주구 블럭의 탑재에 성공하면서 메가 블럭 공법 채용에 필요한 경험을 축적해 나갔다.

2002년 11월에는 인근 공단에서 제작한 2,500톤 초대형 블럭이 3척의 예인선에 의해서 이송(移送)된 후 3,000톤 플로팅 크레인에 의해 2도크 1388호의 탄뎀블럭과 무난히 결합되었다.

메가 블럭(Maga Block) 공법이 그렇게 시작된 것이다. 지금까지 200~300톤급 블럭 100개 내외로 이루어지던 탑재 방법도 사실은 대단한 것이었는데,

2,000~3,000톤 규모의 메가 블럭 10~12개로 커버해 버리니 3개월 걸리던 도크 기간이 한 달로 줄어들고 부수적으로 생산성이 배가되었다.

2004년에는 2,685톤에 달하는 메가 블럭을 플로팅 크레인(Floating Crane)과 연계된 트랜스포터(Transporter)를 이용해 원스톱(One-stop)으로 1도크에 탑재하는 쾌거를 이룸으로써 도크 기간 단축을 통한 생산량 증대에 획기적 전기를 맞게 된다.

기가 블럭 공법이란 메가 블럭 공법을 더욱 확장시킨 형태로, 탑재 블럭의 크기를 4,000~6,000톤으로 초대형화함으로써 5~6개의 블럭으로 전(全) 선(船)을 커버하는 공법을 말하는데 회사는 10,000톤 플로팅 크레인의 도입으로 블럭의 초대형화 시대를 열었다.

▌ 플로팅 도크의 가동

2001년 11월 회사는 4번째 도크인 플로팅 도크를 죽도 끝단부에 설치해 1365호선을 시작으로 가동에 들어갔다. 이 도크는 아프라막스급 선박의 생산이 가능하여 신조선 생산 능력 확충에 큰 역할을 함은 물론 선박의 리도킹 또는 안벽으로서의 기능까지 할 수 있도록 설계되어 있다.

플로팅 도크는 플로팅 크레인과 연계가 용이할 뿐 아니라 완성된 선체의 진수가 손쉬운 장점이 있어 블럭 대형화 추세에 힘입어 각광을 받는 시설이 되고 있다.

▌ 3차원 계측기

블럭의 대형화는 블럭의 정도(精度)가 보장되어야 실현 가능하다.

블럭이 대형화될수록 블럭 정도가 중요하게 되는데 레벨(Level)이나 트랜짓 (Transit), 줄자, 추(錘) 등에 의한 전통적인 계측 방법으로는 바람이나 온도, 태양의 영향으로부터 자유로울 수 없고(誤差發生), 무엇보다도 입체적인 형상 파악이 힘들었다.

3차원 계측기는 근적외선 광파(光波) 측 거방식(測距方式)의 계측기와 계측 데이터의 수집 기록을 행하는 개인용 컴퓨터의 이상 적인 조합으로 이루어지는데, 계측 포인트 가 높거나 멀거나 곡(Curve)이 많거나 입체 이거나를 가리지 않는다.

3차원 계측기는 기탑재된 블럭의 단부(端 部) 상태를 입체적으로 파악해서 탑재될 블

▲ 3차원 계측기

럭에 피드백함으로써 연결부의 수직도, 치수, 부재 간 단차 등 불일치를 사전 에 조정할 수 있도록 함으로써

① 블럭 조인트 부에 과도한 갭(Gap 틈새)이나 단차(段差)를 예방한다.
② 단시간에 블럭 세팅(Setting)을 마칠 수 있게 하므로 크레인의 가동시간을 줄인다.
③ 컴퓨터화된 데이터가 출력되므로 정도 관리의 유력한 데이터로써 활용이 가능하다.

조인트부(Joint部)에서 불일치(Mis-align)가 발생하면 조선소는 선주 선급에

보고를 하고, 수정 방안을 협의해야 한다. 상황에 따라서 불일치한 부분을 제거하고 내부재를 바로잡은 후 새로 용접하는 경우도 있고, 발생된 틈새를 용접으로 메우기(肉盛)도 하지만 심한 경우 철판을 일부 혹은 전부를 뜯어내고 바꾸는(取換) 경우도 있다. 이럴 경우 추가 공수나 공기지연이 발생되므로 생산 과정에서 이 점을 각별히 유념하지만 기술적 한계에 부딪혀 왔고, 더군다나 블럭이 커지면 발생 빈도도 따라서 증가할 수밖에 없는 상황이었다.

1995년 맘모스(Monmos)라는 고가(高價)의 장비가 도입되면서 이러한 문제가 개선되고, 한발 나아가 블럭 대형화 추진에 박차를 가할 수 있게 된다.

3차원 계측기는 블럭 대형화의 1등 공신이다. 대형화 공법의 이면(裏面)에 3차원 계측기가 있다는 사실을 아는 사람이 그리 많지 않은 것 같다.

▌ 국내 조선 타사의 경우

현대중공업은 해상구조물의 생산을 위하여 일찍부터 '육상 건조 공법'을 개발해 왔다. 선체 하부에 스키드 레일(Skid Rail)을 깐 뒤, 공기부양 설비를 활용해 배를 지면(地面)에서 약간 띄운 뒤 조금씩 옆으로 밀어 안벽에 있는 바지선에 옮겨 싣는 방식이었다. 이후 바지선을 수심 30m가 넘는 심해로 끌고 나가 반(半)잠수시킴으로써 건조된 선박을 바다에 띄웠다.

얼핏 보기에는 간단하지만 척당 1억 달러가 넘는 고가의 선박을 손상 없이 육상에서 바다로 옮기기 위해서 작업 단계마다 한 치의 오차도 없는 정밀함이 요구된다.

현대는 2005년 1월 러시아 해운사인 노보십에 10만 5,000톤급 원유 운반선을 처음 인도한 뒤 지금까지 이 공법으로 많은 배를 육상 건조했다.

STX조선은 2005년 육상에서 선박을 선미(船尾)부와 선수(船首)부의 2개 부분으로 나누어 건조한 후, 이를 이동시켜 해상에 계류된 스키드 바지(Skid Barge)에 선적(로드 아웃)하고 이 위에서 한 척의 선박으로 완성하는 '스키드 런칭 시스템(Skid Launching System)'을 개발했다.

부지와 안벽이 부족한 STX 진해 조선소의 상황에서 현실 여건상의 제약을 극복하고 생산량을 극대화한 성공 사례로 평가된다.

성동조선해양㈜은 선박 전체를 육상에서 건조해 해상 플로팅 도크(Floating Dock)에 로드아웃(Load Out)하는 종(縱)진수 방식을 개발하여 GTS(Gripper-jacks Translift System) 공법이라 명명했다.

이는 육상에서 건조한 배 전체를 스키드 레일(Skid Rail) 위에서 완성한 후 유압으로 배를 올려 안벽과 플로팅 도크를 연결하는 링크 빔(Link Beam)을 통해 해상에 계류된 플로팅 도크에 올려놓는 방식이다.

한진중공업은 도크 길이(300m)보다 더 큰 8100TEU급(325m) 컨테이너선을 만들어 화제가 되었다.

도크 내 건조가 가능한 길이만큼만 탑재한 후 초과하는 구간(약 30m)은 해상에서 용접해 완성하는 기술을 선보이고 '댐(DAM) 공법'이라 명명했다.

그 외에도 대우조선, 한라중공업 등 많은 조선사가 각사의 환경 여건에 맞는 블럭 대형화 시스템을 개발하여 2000년대 초 폭주하는 수주 물량에 대처했고 이제는 '조선 능력=도크'라는 개념이 깨어지는 상황을 만들었다.

이렇듯 육상 건조 공법과 플로팅 크레인에 의한 해상 건조 공법이 속속 성공함으로써 선박 건조 능력을 도크의 사이즈 혹은 배치(Batch)의 제한에서 벗어나 생산량을 획기적으로 늘릴 수 있게 되었다.

한국 조선의 신기술은 잭업(Jack up) 등 해양 플랜트를 해상으로 이동시키는 스키드 기술을 필두로 대형 트랜스포터, 초대형 해상 크레인과 플로팅 도크가 조합을 바꾸거나 융합함으로써 소위 '큰 물건'을 만들었다. 거기에다 앞서 이미 언급한 3차원 계측 기술과 신뢰성 있는 용접기술(리프팅 러그의 안전성)이 뒷받침되었다고 생각되지만 무엇보다 여기에 직간접으로 관여한 실무자들의 어쩌면 무모할 수도 있는 도전 정신을 결코 가볍게 생각하지 않았으면 하는 생각이다.

다만 한 가지 걱정되는 것은 천에 하나, 만에 하나라도 안전상 놓치는 부분이 없도록, 순간의 방심이 큰 사고로 연결될 수 있다는 점을 항상 명심하고 모든 과정에서 만전을 기했으면 한다.

이 글을 마치면서 이러한 과감한 도전을 통해서 조선 산업을 변혁시켜온 동료 후배들의 노고에 존경과 깊은 감사를 드리고 싶다.

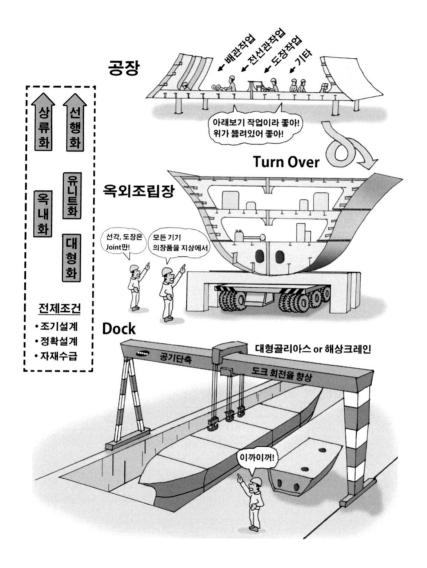

공정 전산화를 통한
시스템 및 관리력 제고

흔히 우리는 배를 모은다고 하고 조선을 종합산업이라고 한다. 하나의 선박을 건조하기 위해서는 30여 종의 기능(Skill)이 모아져야 하고, 8만여 개의 선각 부재, 2만 5천 종에 달하는 의장품이 공급되어야 한다.

배를 잘 짓기 위해서는 이렇듯 다양한 직종, 기술, 재료가 유기적, 체계적으로 결합되어 과부족 없는 운용이 되어야 하나 현실에서는 항상 그렇지 못하고 그로 인하여 공기(工期), 예산, 인력 측면에서 낭비가 발생한다.

이렇게 방대한 각양각색의 요소를 이상적으로 통합하여 최적의 해법을 제공하는 생산관리 체계를 만들 수 없을까, 더구나 3도크 증설에 따른 생산 규모의 대폭적 확충에 대응하기 위해서도 지금까지의 수작업(手作業) 위주에서 탈피한 통합전산시스템의 구축이 절실하게 요구되었다.

▌ 통합 생산관리 시스템

회사는 1993년부터 2년간 생산기술연구소가 주축이 된 사내 개발팀과 삼성 데이터시스템(SDS) 개발 요원이 합동으로 통합생산관리시스템(TOPCOS)을 개발하였는데, 이것은 다음과 같은 특성을 갖는다.

① 동시에 진행되는 다수의 프로젝트에 대하여 설비, 인력, 자재의 제약 조건을 감안하면서 부하(負荷)의 평준화, 가동률의 최대화, 재공품의 최소화를 구현하는 전산화 스케줄을 개발하여 수작업(手作業)의 한계를 극복하며,

② 상하위 시스템들이 서로 실시간(Real time)으로 정보를 주고받는 하나의 통합된 체계를 형성함으로써 신속하게 상황을 파악하고 대처할 수 있는 체제를 구현하는 데 역점을 두었다. 그 주요 골간은 아래와 같다.

- 선표(線表) 및 경영계획을 수립하는 경영계획 시스템 (COMPAS); 최적 도크 배치 안(案) 제공
- 공장별 정반별 설비제약 조건을 만족하면서 부하를 평준화할 수 있는 일정계획을 작성하는 공정계획 시스템(STEPS); 최적 블럭 조립 스케줄, 옥외 공간 활용계획, 탑재 네트워크
- 관리단위(Activity)를 정하고 예산과 작업 지시 진도 및 능률 관리 통계 분석을 행하는 생산계획 시스템 (SMART); 일정 관리, 예산 관리, 작업 지시 및 실적 집계
- 공장의 물류 흐름을 실시간으로 모니터링 할 수 있는 물류관리 시스템; 강재 입고, 부재 가공 정보, 소조립, 조립 정보 블럭 이동
- 자재 구매, 입출고, 재고 관리를 하는 자재 관리 시스템 (MACOS)
- 중간 가공품의 품질과 정도관리를 할 수 있는 품질 관리 시스템
- 절단기나 크레인, 운반 장비 등을 관리하는 설비 관리 시스템 등

사실 TOPCOS 이전에도 부분적인 전산화 프로그램이 있어 왔다. 그러나 기대만큼 활성화되지 못하고, 결과물의 신뢰성이 문제가 되곤 했다. 결과물

의 질적 향상을 위해서는 시스템 자체의 품질, 정합성도 중요하지만 입력 데이터의 정확도가 긴요하다는 자성(自省)도 일어났다.

시행착오를 반복하지 않아야 했다. 그러기 위해서는 기초가 되는 정보, 즉 설비나 사람의 능력이라든가 시공 방법과 관련된 단위 작업별 소요 일정, 작업 순서 등 기초적 입력 데이터가 정확하지 않으면 안 되었다. 시스템의 성패가 입력 데이터의 질(質)에 달려 있다는 것, 어쩌면 당연한 이치이다.

TOPCOS는 입력 정보의 질적 향상과 나아가 우리가 필요로 하는 스케줄의 정합성(整合性)을 위하여 아래에서 설명하는 SA-P를 기본 사상으로 채용하였다.

▌ 작업관리 체계 SA-P의 정립

SA-P를 사상의 핵심은 FSD(건조 기본방침), DAP(상세시공요령) 등을 사전에 검토 작성케 함으로써 블럭의 조립 방법과 분할, 최적 Stage의 결정, 시수견적 등 기술 정보가 적기에 피드백(Feed back)되어 상세 도면에 반영될 수 있도록 하는 것이다.

상세 시공 계획은 선행화(先行化)를 가능할 수 있게 할 뿐 아니라 목표 시수, 예산 설정의 기준이 되며 나아가 정교한 공정 계획, 배원의 기초가 된다는 측면에서 그 중요성이 있다고 보는 것이 SA-P의 사상이다.

선행화, 선공정화는 상세시공계획을 통해서 사전에 준비되지 않으면 실현 불가능하다. 상세시공계획에 따라 단위 공정별 목표시수를 설정하게 되고(시수계획) 이것을 바탕으로 조업도(Man Power Load)를 감안한 일정계획이 수립되는 것이다. 상세시공요령-시수계획-일정계획의 착실한 과정을 통해서 얻어진 공정계획이 아니고는 잘 짜여진 계획이라 할 수 없다.

SA-P가 추구하는 두 번째 키워드(Key word)는 실시 부문의 책임과 권한이다. 각 조직의 장은 책임이 있는 만큼 책임을 다하기 위한 수단으로서 권한도 함께 가져야 한다. 관리 레벨별로 책임과 권한을 명백히 하며 각 레벨별로 부여된 업무에 관한 PDCA(계획-실행-점검-조치)를 독자적으로 가동케 함으로써 자기 책임하에 있는 업무의 지속적인 향상을 꾀하도록 하고 있다.

결국, 사전에 충분히 검토된 공법으로 정교하게 짜여진 스케줄에 자기 의지가 반영된 시수예산으로 무장된 현업 부대는 강할 수밖에 없고, 작업자에게는 사기(士氣)와 관리자에 대한 존경, 회사에 충성심을 유발하며, 관리자가 미리 흘린 땀의 대가와 보람을 돌려받을 수 있다는 생각과 전략을 TOPCOS에 식립(植立)하였다.

▌ 반 생산회의

회사는 일선 직반조직의 작업 수행도 제고를 통한 전산화 시스템의 조기 정착과 노사 분규 이후 허물어진 반장의 위상 제고를 위하여 반 생산회의 제도를 시행했다.

매주 월요일 아침 1시간을 할애하여 개인별 주간 계획을 시달하고 지난주 실적을 평가함으로써 직반장의 관리 능력 향상과 주간 계획의 수행도를 제고하는 역할을 하였다.

반 생산회의는 최일선 분대장의 작전 지시이며, 지금까지의 모든 계획을 실행하는 수단이었다. 현업 생산의 성패는 각 레벨별 사전계획이 얼마나 충실했는가, 이러한 사전계획에 의해서 자재, 인력, 정반, 관련 공정 등 작업 여건이 얼마나 갖추어졌는가에 달려 있다.

반 생산회의의 핵심은 작업 일정 및 성과표로 불리는 주간 계획의 수립이다. 호선 중일정(中日程)으로부터 레벨별로 전개되어 온 공정계획이 실행 직전에 최종 점검된 후 반별, 월별 작업 지시로 시달된다.

직장은 소일정계획(小日程計劃)에 따라 주간 단위로 작업을 추진시키는 사람이다. 소속 인력의 능력, 전후 공정, 자재, 도면 등 필요사항을 미리 챙겨 실행 가능한 주간 계획이 되도록 하여야 한다.

반장은 이것을 개인별로 할당하여(배원) 매주 월요일 반 생산회의에 배포하게 되는데 여기에는 구체적인 작업 지시, 즉 무슨 일을, 누가, 언제부터 언제까지(작업 일정), 어떻게(계획시수 혹은 공법) 하라는 내용을 적시한다.

작업 일정 및 성과표에는 계획과 실적을 상하단에 나란히 배치하여 실적과 계획의 차이를 쉽게 인식하게 한다. 반장은 작업 중에 처한 문제점, 차질이 있었다면 발생 원인을 기록하고 차기 반 생산회의에서 그 내용을 토의한다.

우리 현장은 의외로 많은 문제로 인하여 차질을 겪고 있지만 이들 문제가 정리되지 않고, 데이터화되지 않아 근원적 해결이 안 되고 넘어가는 사례가 많았다. 문제의 발생 경과를 기록으로 남기고 적절히 피드백(Feed back)하여 큰 문제부터 하나씩 해결해 나가는 과정을 거치면서 현장이 개선되도록 하였다.

▌ 전산화 시스템의 진화

지금은 사회 전반에 전산화 시스템이 많이 활용되고 있어 그 효과나 위력을 설명하는 것 자체가 부질없는 일이 되었지만 몇 번의 시행착오를 거친 TOPCOS 등 일련의 시스템은 조선 현장의 관리체계를 한 단계 격상시켰다. 특히 인공지능 전문가 시스템으로 개발된 공정계획 시스템(STEPS)은 시뮬레이션 기능을 갖추고 있어, 종전에 한 달씩 걸리던 스케줄링 작업을 2~3일 만에 가능하게 하는 신속성을 보여 주었다.

그 후, 지속적인 생산량의 확대, 메가/기가/테라 공법으로 대표되는 블럭 대형화, 생산 거점의 글로벌화 등 생산 환경의 변화가 일어나자 2005년부터는 전 프로세스를 혁신(PI)하고 글로벌 ERP를 시스템 내에 도입하여 연간 70척 생산체제를 지원하게 되었다. ERP 시스템은 그 후에도 한 차례 대폭적인 업그레이드를 거쳐 조선소를 움직이는 핵심 시스템으로 자리 잡아 오늘에 이르고 있다.

▌ 개발 과정에서의 애환

1990년대는 전산 트렌드의 급속한 변화가 시작되던 시기였다. 그때 우리는 힘들여 개발한 DOS 기반 시스템을 완성 단계에서 폐기하고 GUI, 즉 Graphic User Interface 방식으로 다시 시작해야 하는 아픔을 겪었다. 트렌드를 읽지 못한 시행착오였다.

자재 관리 시스템(MACOS)도 개발하여 아직 정착도 되기 전에 대규모 개량

작업을 해야 했던 케이스에 속한다.

　생산 기술의 신속한 발전에 따른 공기 단축, 설계 기간의 단축, 구매 Lead time 단축 추세에 시스템이 부응할 수 없었기 때문이며, 필요한 시기에, 필요한 만큼, 필요한 장소에 공급한다는 파레트 시스템의 기본 사상을 실현해야 했고, 사용자가 쓰기 편한 시스템을 만드는 데 중점을 두어야 했다. 이를 실현하기 위하여 자재 코드를 새롭게 정비하고, CAD 데이터를 구매 정보로 활용하며, 생산 일정과 연계된 일정 관리, 자동 발주 구매 기능, 입출고 처리의 실시간화(Real time) 등을 구현해야 했다.

　그렇게 모든 것을 다 고려하여 새롭게 만들고 뜯어고쳐 1995년 시행에 들어갔지만 여기저기 허점이 드러난다. 설계 초기 단계에서의 물량 집계 정도가 낮아 조기 물량 발주에 어려움이 나타나고, 자재비, 시수, 일정 계획 등의 예측을 정확히 할 수 없다는 난제에 부딪혀 1997년과 1998년 사이에 또다시 대규모 보완을 거치는 개정, 재개정이 잇달았다.

　이러한 상황은 사실상 MACOS만은 아니었고 거의 모든 시스템이 그러했다.

　생산기술연구팀이 기안(起案)하여 킥오프(Kick off)를 할 때는 시스템이 모든 문제를 해결해 줄 것 같은 환상에 빠져 관련 부서의 관심을 얻게 되지만, 결국 그것은 일을 도와주는 하나의 도구에 지나지 않는다는 것을 알게 되고, 어디까지나 사용자가 스스로 갈고 닦아주지 않으면 안 된다는 것을 알게 되는 시기가 되면 모두들 시큰둥해하면서 뒷걸음질하기 시작한다.

　문제점을 찾아내고 다시 고치고 이미 멀어져 간 사용자를 돌이켜 세우는 과정에서 몇 번의 푸닥거리를 치른 후에야 어느 정도 안정기에 들어가는 수

순을 겪는 개발 담당자의 고충은 예나 지금이나 다를 바 없을 것이다.

　세상에 없는 것 만들어 내는 게 어디 한 가진들 쉬운 게 있으랴만 시스템 개발을 필생의 업(業)으로 삼고 달려간 황규옥 팀장, 채태영 등 개발 담당자의 노고를 잊을 수 없을 것이다.

작업 환경 및
공법 개선

▌ 설계 개선과 물량 감축 활동

(1) 제품 모델링 개념의 구축

제품 모델링이란 선각과 의장, 설계와 생산의 모든 정보, 즉 선박의 제품 정보(형상/관계/속성)를 의미 있는 형태로 컴퓨터에 표현해 놓은 것이다. 이를 활용하여 선체 CAD, 의장 CAD 등과 같은 설계정보, 물류관리 일정계획, 공정 관리(소일정, 작업 지시, 실적 집계) 자재/원가 등과 같은 생산 정보가 서로 연관성, 정합성(整合性)을 가지고 돌아가도록 하는 것이 차세대 CAD의 이미지이다. 제품 모델링은 차세대 CAD의 기반이요, 수단이다.

(2) 차세대 CAD 시스템 구축

1997년 GSF 4사(SHI, Hitachi, Odense, Newportnews)가 공동으로 새로운 CAD 시스템을 개발하고 이를 제품 모델(Product Model)로 까지 발전시켜 나갈 야심찬 계획을 진행했다. 각 사는 상호 방문을 통하여 정보를 교환하고 공동 투자 공동 연구를 추진하였으나 결실을 맺지 못하다가 얼마 후 이를 단독으로 추진하였다.

(3) 편집 설계 추진
- 편집 설계가 가능할 수 있도록 하기 위한 표준화 규격화를 우선 추진하고,
- 선형의 합성 분할, 기관실 공간의 공용화, 화물창 부분의 편집 등 기왕 설계된 부분을 따와서 복사하여 입히는 것이 가능하도록 범용화했다.

(4) 공작법의 개량
전산화를 통한 구조 강도 계산 기술의 발전, 공작 경험의 축적을 통하여 필요 없는 부재를 과감히 줄이는 한편, 보다 간단하고 편리한 공작법으로 개량했다.

(5) 최적 블럭 분할 연구
블럭 분할을 여하히 함으로써 작업 자세를 개선하고 작업량을 줄일 것인가에 대한 연구를 설계 현장 합동으로 추진했다.

(6) 물량 감축 설계
톤당 부재 수, 톤당 용접장, 강재 스크랩율 등의 목표치를 정하고 실적을 계수화하여 관리했다.

▌정도개선(精度改善) 활동

조선소가 블럭 시스템을 채용한 이래 정도관리(精度管理)는 현장의 가장 큰 기술적 관심사가 되어 왔다. 블럭과 블럭 사이에 교합(咬合)이 잘 맞아야 도크 작업을 원활하게 할 수 있고 그것이 바로 생산성으로 연결되기에 선각 부문에 정도관리팀을 두어 전사적인 정도 전략을 수립하거나 개별 블럭 또는 개별 부재의 정도를 관리해 왔다.

과거에는 인근 블럭과의 이음부에 30㎜ 정도의 절단 여유(Margin)를 주었다가 탑재(Setting) 시 맞춰 보고 절단하였는데 이 경우 도크 크레인 사용 시간이 길어지고 현장에서 수동으로 하는 절단이라 절단면이 고르지 못했다.

이런 단점을 개선하기 위하여 나온 것이 사주사상(四周仕上)인데 이는 정확한 계측을 통하여 다음 블럭의 정보를 미리 파악함으로써 선 공정 단계에서 마진(Margin)을 처리하는 기술이다. 그러나 이것 역시 잘못 절단될 가능성이 있고 절단면이 대체로 거칠다.

가장 아이디얼한 방법으로 나온 것이 노 마진(No Margin) 공법이다. 이는 부재 제작 시부터 여유치(Margin)를 주지 않고 절단하는 방법으로 초기 절단 시 한 번만 자르니까 시간과 물자가 절약되고, 절단면이 깨끗해서 좋은 1석 3조의 비법(秘法)이지만 선각 구조별, 두께별 용접 방법별 수축치 데이터가 축적되고 이를 활용하는 전반적 기술 수준 향상이 관건이 되어 왔다.

노 마진(No Margin) 공법은 선각 생산성을 향상시키는 비법(秘法)으로 정도개선 활동의 최종 목표였다.

▍ 검사 방법의 발전

배를 만드는 과정에는 선주 측 감독(Superintendent)의 검사가 불가결의 요소가 되어 왔다. 조선 산업은 주문주가 제작 과정에 깊숙이 관여한다는 점에서 다른 산업 분야와 구별되며, 여기에 그치지 않고 선급(Classification Society)이라는 별도의 검사 기관이 개입, 부품, 자재의 생산에서부터 최종 시운전에 이르기까지 참관하여 선체 각 부분이나 기기(器機)의 품질, 성능을 검증하는 업무를 수행하게 되어 있다.

선박의 건조 일정이 가까워지면 선주 사무실이 개설되고 통상 5~10명의 선주감독관이 주재하게 된다.

조선소에는 품질 문제를 총괄하는 품질 관리 부서가 있어 해당 프로젝트의 검사 항목과 방법에 대해 선주, 선급과 협의를 하거나, 그들의 승인을 받게 된다.

생산 부서에는 라인 QC라는 자체 품질관리 요원이 있어 각각 담당 분야의 품질 관리를 하므로 생산 활동에 검사가 차지하는 비중이 만만치 않고, 대부분의 경우 이들 검사가 생산 능률이나 납기에 막중한 영향을 끼친다.

이러한 문제를 인식한 품질 관리 부서는 품질 보증의 책임을 스스로 지면서, 이들 선주, 선급 검사의 횟수나 강도를 약화시켜 생산을 지원하는 다양한 노력을 하게 된다. 어떤 공정에서 어떤 검사를 받을 것인가 또한 기왕 시행되는 검사라면 어떻게 좋은 평가를 받아 고객을 만족하게 할 것인가 하는 것이 주요 관심사가 되어 왔다.

바람직한 품질 관리의 방향은 선주가 조선소를 믿고 검사를 하지 않는 것(위임 검사)이고, 하더라도 최종 상태만 확인하는 방식으로 간소화하는 것이다. 검사의 발전은 조선 공법의 발전, 나아가 조선소의 발전과 맥을 같이한다.

과거에는 인도(引導) 시점에 가까워지면 예비 시운전, 공식 시운전 합해서 1주일 내지 열흘씩을 소요했고, 공시(公試) 혹은 예시(豫試)를 한 번 만에 끝내면 성공적이라고 평가했다.

요즘은 상선의 경우, 공시, 예시 구분이 없고 일반선인 경우 이틀이면 다녀온다고 한다. 그만큼 발전한 것이다.

어디 그것뿐이랴! 공법의 발전과 더불어 모든 검사가 간단해지고 쉬워졌다.

선각 공정에서 검사는 대체로 3단계로 이루어진다. 지상에서의 블록 단계(Block Inspection), 탑재 후 내부 검사 단계(Internal Inspection), 마지막으로 구획의 기밀(氣密) 상태 및 구조 강도를 시험하는 단계(Air/Hydro Test)가 그것이다.

선각 공정에서 가장 비중이 큰 블럭 단계를 보자. 과거에 비해서 블럭이 많이 커졌고 입체화되었지만 작업 방식이 달라졌기 때문에 일은 오히려 쉽게 되었다. 예를 들어, 어떤 공간을 하나 만든다고 했을 때 벽과 천장을 먼저 만들어 놓고(이때는 상부가 오픈된 상태에서) 검사를 받는다. 검사의 대상이 대부분 눈앞에 있거나 발밑에 있다. 그런 다음, 이것을 뒤집어 따로 만들어 놓은 구조물 위에 얹어 버리니까 이 부분 역시 작업은 하향(下向) 자세가 된다. 고소(高所) 작업 또는 위를 쳐다보고 하는 작업(上向 作業)이 없어져 작업은 물론 검사도 쉬워지는 것이다.

진수 후 배를 안벽에 붙여 놓고 바닷물을 넣거나 탱크에 압축 공기를 넣어서 이음부에 일일이 비눗물을 뿌리던 기밀시험도 이제는 많이 간단해졌다. 블럭에서 에어 테스트를 해 버리기 때문에 블럭 상태에서 도장도 가능하고, 도크에서의 테스트가 많이 줄어들었다.

도크에서 블럭 연결부(Block Joint)가 용접되고 구획이 형성이 되면 구획별로 내부 검사(Internal Inspection)를 받는다.

과거에는 작업이 구획 혹은 탱크 단위로 이루어지기 때문에 우선 어둡고, 공기가 혼탁하며 고소 작업이 발생한다. 무거운 장비와 용접봉을 들고, 아득히 높은 족장과 사다리를 타고 다니며 형편없는 작업 여건을 감내해야 했다. 검사 역시 대동소이한 여건에서 행해질 수밖에 없었다.

발라스트 창(Ballast Tank), 오일 탱크, 화물창, 엔진룸, 거주구 등등 백여 개의 탱크와 구획은 각각 개별로 내부 검사와 기밀 시험을 거쳐 완료되지만 도크에서는 진수에 필수적인 부분만 시행하고 상당 부분은 작업을 남겨 안벽으로 가지고 갔었다. 도크에서 끝내면 좋은 줄은 알지만 항상 진수 일정에 기다 보니 할 수 없이 일을 남겨 안벽에 가서 도크에 있을 때보다 훨씬 더 고달픈 환경하에서 비능률을 감수해야 했다.

요즈음은 블럭 단계에서 구조 검사를 겸하여 기밀 시험(Airway test)을 한 후 최종 도장까지 마쳐 탑재를 한다. 도크에서는 블럭과 블럭이 연결되는 부분(블럭 조인트)만 하게 되어 있어 도크 작업이 엄청 간단해지고 수월해졌다. 구조 검사나 기밀 검사가 3차원(공간 개념)에서 탈피하여 1차원, 즉 점이나 선

(線)의 개념으로 간소화되었다. 작업 조건이 좋아진 만큼 품질도 안정되고, 합격률이 올라가게 되었다.

블럭의 정도(精度), 용접 기술의 발전으로 크랙(Crack)이나 미스얼라인(Mis-align)과 같은 치명적인 결함이 줄어든 것도 검사가 수월해진 원인이다.

▌족장 개선, 족장 물량 감소

작업하는 위치가 작업자의 머리보다 높으면 족장, 즉 발판을 놓아야 한다. 발밑에 간단하게 무엇을 놓고 할 수도 있지만 대부분의 경우 수 미터 혹은 수십 미터 상공에 족장피스를 용접하고 그 위에 발판과 핸드레일을 걸치고 심지어 실족을 막기 위하여 그물망까지 치게 된다.

발판의 설치는 높은 곳, 깊은 곳, 험한 곳을 가리지 않으며, 설치한 발판은 사용 후 반드시 철거해야 하는데, 이때 불가피하게 화기 작업이 일어난다. 족장 기자재는 무겁고 길어 그 취급이 쉽지 않는 반면에 대부분의 경우 도장이 완료된 상태에서 철거되므로 도막 보호를 위한 세심한 주의를 필요로 한다.

이처럼 위험하고 성가신 족장 작업을 손쉽게 할 수 방법에서부터 아예 족장 설치를 하지 않는 방법에 이르기까지 여러 가지 형태의 시도가 있어 왔다.

다음 내용들은 족장 개선, 족장 물량의 감소를 위하여 시도된 여러 방식들이다.

(1) 정형화 작업대

같은 형상의 블럭이 연속적으로 생산
될 경우 일일이 설치 해체할 필요가
없도록 정형화된 작업대를 만들어 간
단히 이동하면서 사용하게 한다.

(2) 도크 마스터(Dock Master), 시저스 리
프터(Scissors Lifter)의 적용

도크 마스터(Dock Master)는 돌출식
붐대를 가진 자동대차로서, 초기 일본
에서 고가로 도입하여 주로 외판 작업
용으로 활용하였으나 점차 국산화되
면서 선행의장이나 대조립 등 지상 공
사로 활용 범위가 확대되었다. 족장
물량을 감소시키는 데 가장 큰 역할
을 하였다.

시저스 리프터(Scissors Lifter)는 일정
한 위치에서 수직 상하 방향의 동작이
가능하여 PE(선탑재) 영역 등 비교적
좁은 공간에서 고소 작업을 해야 할
때 많이 활용된다.

▲ 과거의 족장

▲ Dock master

▲ Scissors lifter

▲ 외판 곤돌라

(3) 외판 곤돌라

도크 벽체(Dock wall)에 설치된 레일을 따라 전후(前後) 상하(上下) 방향으로 주행하는 자주식 트롤리 구조로서 선각 외판 작업이나 도장 작업 시 사용되는 이동식 작업대이다.

(4) 탑재 밧드(Butt)[27] 용 곤돌라

평행부 화물창 수직 밧드 작업용으로 사용하는 것으로 곤돌라에 윈치를 장치하여 수직 상하 방향으로 작동하게 함으로써 외판이나 화물창 내 족장 설치 없이 작업이 가능하다.

▌ 옥내화(屋內化)

옥외 작업장은 비바람이나 여름철 복사열에 의한 피해에 노출되기 쉽다. 옥외 작업장에 비가 내리면 작업이 중지되는 것은 물론이고 비가 온 후에도 우수(雨水) 제거에 따른 시수 및 공기의 낭비가 따른다.

옥내화란 이러한 옥외 작업장에다 지붕을 덮어 주는 것인데 1990년 최초로 C-Area에 이동식 지붕 장치를 설치한 이래 많은 블럭 작업장, PE 장, 선행의장에 이동식 지붕 장치를 설치·운용함으로써 작업 환경 및 능률을 제고해 왔다.

---

27) 밧드(Butt): 배의 횡방향 이음매, 종방향 이음매는 심(Seam)이라 함.

이동 지붕 장치는 모터로 구동되는 바퀴들
이 트러스 구조로 짜여진 지붕(Roof) 및 벽체
(Skirt)를 이동하는 방식으로, 블럭 이동 시에
는 다른 쪽으로 밀쳐 놓았다가 필요할 때 당
겨다 덮는 방식이다. 2~3톤 정도의 호이스트
를 상부에 장착하어 장비나 부품 등을 들어
올리거나 이동하게 함으로써 비바람을 막고, 간단한 부재 운반 기능을 수행
한다.

현장 및 의식
개선활동

▌ TPI 활동

1990년 1월부터 TPI 활동이 전 그룹 차원으로 전개됨에 따라 조선소는 '21세기 초일류 조선소 실현'을 표방하고 실천적 경영 목표로 도크 기간 단축(29%)과 생산량 증가(63%)를 추진하였다.

이는 최소한의 생존 추구 내지는 축소 지향의 경영 방식에서 탈피, 생산 경쟁력 증대, 고객 지향, 중점(重點)주의, 전체 최적(最適)과 조화를 추구한 경영 방침의 대전환이었다.

회사는 소장 산하에 TPI 추진실을 두고 그 예하에 공법개선팀, 공정개선팀, 자동화팀 등 추진 조직을 갖추고, 기존 선각 공장의 합리화 공사를 기획하면서, 현장을 도와 각종 개선 활동을 추진하였다. 그 후 생산기술 연구실로 확대 개편하여 용접연구팀, 도장연구팀을 증설하고, 3도크 건설 기획과 통합생산관리시스템의 구축 및 신공법의 연구를 주관하게 하였다.

그 외에도 개선제안 활동, IE(Industrial Engineering), 반 생산회의 등을 주관함으로써 현장 일선의 개선 의지를 한데 모으고 공장 현대화에 발맞추어 새로운 공법을 정립하고 의식 수준의 혁신을 추구하였다.

▎ 신경영 선언

초일류기업을 향한 삼성 정신의 시작은 1993년 6월 독일 프랑크푸르트에서의 신경영 선언이다. 이건희 회장은 그해 2월과 3월 그리고 6월에 도합 1,800여 명의 임원 간부들을 해외 현지에 불러, 삼성 제품이 가대(架臺)에서 어떤 대접을 받고 있는가를 직접 보게 한 후, 각 사별 특별교육과 워크샵 등을 통해 "자식과 마누라 빼고는 다 바꾸라", "이제부터는 질(質) 경영"이라는 실천적 메시지를 던졌다. "3만 명이 제품을 만들고 6천 명이 사후관리(After service)를 해서 무슨 경쟁력이 있겠느냐"며 삼성전자를 질타했다. 1987년 그룹 회장에 올라 '제2의 창업'을 선언한 지 6년 만의 변신이었다.

'신(新)경영'은 기존 경영 관행에 대한 철저한 부정에서 출발했다. '양 중심의 경영'을 버리고 '질 중심의 경영'을 선언하고 대대적인 경영 혁신을 단행했다.

신경영이 선언된 1993년은 20세기에서 21세기로 넘어가는 세기말이자 산업화 시대에서 정보화, 세계화 시대로 넘어가는 변화의 분수령이었다. 그는 "세기말적 변화를 앞두고 초일류 기업만이 살아남을 수 있다", "변화하지 않으면 죽는다"는 신념으로 유명한 '개구리론', '메기론', '디자인의 중요성' 등을 설파하면서 전사 조직에 위기감을 불어넣었다.

'이건희 신드롬'으로까지 불리는 삼성의 신경영 전략은 10년 동안 괄목할 만한 성과를 내었다.

삼성은 D램, 초박막 액정 표시 장치, 모니터 등 19개 제품을 세계 1등으로 만들었고, 휴대전화 애니콜을 세계 톱 3로 끌어 올림으로써 한국민에게 자긍심을 심어 주는 세계적 브랜드가 되었다.

신경영의 변화는 우리 사회 요소요소로 파급되어 나갔다. 우선 삼성 제품의 A/S가 달라졌다. 고장 난 제품을 들고 오는 고객을 깍듯하게 맞아 주고, 즉석에서, 실비로 수리해 줌으로써 고객을 감동케 했다. 이러한 유별난 모습은 조금씩 우리 사회를 변화시켰다. 처음에는 경쟁업체가 달라지더니, 시중 병원이 달라졌고, 심지어 관공서에까지 변화의 바람이 전파되었다. 삼성의 신경영은 오늘날 우리 사회가 이만큼이라도 달라지게 한 하나의 동력(動力)이 되었다.

▌ 개선 제안 활동

제안 제도는 1983년 도입한 이래 수년간 인당 제출 건수 연 2건, 실시율 8%의 미미한 수준에 머물렀으나 1990년대 초부터 지속적인 제도 개선 및 장려 활동으로 1994년에는 제출 건수 43건, 채택율 70%, 실시율 82%, 참여율 98%로 성장하였다.

제안은 그 자체로서 유형 효과도 있지만 사원들의 개선 의식 나아가 애사심을 고취하는 제도로서 효과가 기대되었다.

제안 사무국은 제안 활성화 교육, 제안 MVP 제도, 제안 어드바이저 제도, 우수 제안인의 밤 행사 등을 추진하여 노사 문제로 그 동안 침체된 조직 분위기를 쇄신하고, 이를 바탕으로 전사적 생산성 향상으로 연결되도록 힘을 쏟았다.

중간에 지나친 경쟁과 실적 위주의 추진으로 일부 폐단이 발생되기도 하였지만 개선 의식이 사원들 의식의 근저에 자리 잡게 하는 데 큰 역할을 하였다.

▌치공구 경진대회

개선 제안 장려 시책의 일환으로 연 1회 치공구 경진대회를 개최하여 개인 공구나 공기구를 보다 편리하고 안전하게 개선하는 분위기를 조성했다.

주로 A식당 앞 광장에서 열린 본 대회는 개선 대상물의 실물을 전시해 놓고 그 내용과 작동 원리를 제안자가

▲ 치공구 경진대회

직접 설명하게 하고, 경진대회 마지막 날 우수 아이디어를 선정·시상함으로써 작업자 개개인의 개선 의식을 고양(高揚)하는 한편 개발된 치공구를 생산에 활용하게 함으로써 보다 안전하고 효율적인 작업이 되도록 유도하였다.

▌다기능화, 1인 1조화

어떤 작업장이든 거기에는 취부 용접 등 다양한 직종이 있고 각 직종별 인력의 부하(필요 인원수)가 매일 혹은 매주 다르게 나타난다. 어떤 때는 취부사가 남고 용접사가 모자라 용접 대기가 발생하고 또 어떤 때는 부재가 준비되었지만 취부사가 부족하여 공정이 진행되지 못하는 경우가 허다하였다.

이러한 인적 낭비를 막기 위하여 취부 용접 혹은 기타 가급적 많은 종류의 일을 수행할 수 있도록 훈련하고 조직화하는 것이 다기능화의 목적이다. 처음에는 취부 직종이 간단한 용접도 할 수 있도록 하는 것에서 시작해서 신호수, 마킹, 그라인더 등 가급적 다기능화의 범위를 넓혀감으로써 인력 운용을 쉽게 하고 조직 전체로서의 효율을 제고하였다.

한편 1인 1조는 통상 하나의 일을 1개조(組), 즉 두 사람이 수행하던 관행에서 탈피, 가능한 혼자서 수행하도록 하는 것이다. 취부, 마킹, 배관 등 범위를 넓혀 가면서 가능한 사수(射手) 보조수의 개념을 없애고 혼자서 일을 할 수 있도록 하였는데, 이를 위해서는 지금까지의 관행으로부터의 탈피가 제일 난관이었고, 치공구의 개발이 따라야 했다. 보조수의 능력 향상이 따라야 하는 만큼 시간을 두고 장기 목표로 진행되었다.

▌ 재벌일 안 만들기

작업한 사람의 실명(實名)을 현물에 기록하는 제도로, 작업의 책임 수행을 유도함으로써 수정 작업 혹은 사상(仕上) 작업[28]을 줄이기 위한 것으로 용접자 기명제(記名制)가 대표적인 사례이다.

기관실의 각종 기계장치나 조작반, 갑판기기, 조타실, 항통 장비 등은 제조회사에서 최종도장을 마친 제품이 입고 설치되는데, 설치과정이나 도장 등 후속 공정을 거치면서 오손(汚損)되는 경우가 많다.

이것들은 많은 시간과 정성을 들여 보수를 하게 되지만 원래의 모습을 살리지는 못한다. 이러한 손상을 방지하고 원래 그대로의 품질을 확보하기 위하여 철저한 보호 커버와 손상 예방을 위한 노력이 필요하게 되는데 이것이 원색(原色) 보호 캠페인이다.

---

28) 마무리 작업, 주로 그라인더 작업을 사상이라고 한다.

걸어온 길, 가야 할 길

도쿄의 까마귀는
모두 몇 마리인가

'이건희 회장의 선문답(禪問答)'이라는 부제(副題)를 달아 어느 일간지에 게재된 기사가 있었다. 제목이 조금 특이하기도 하거니와 내용도 공감되는 부분이 있어 대략적인 줄거리만 여기에 소개하고 다음 이야기를 펼쳐 보고자 한다.

이건희(李健熙) 삼성그룹 회장이 일본 주재 삼성 임직원에게 도쿄에 까마귀가 모두 몇 마리이냐고 물었고 전혀 알 턱이 없는 직원들이 모두들 혼이 났다고 하는 이야기였다.

그렇다고 질문의 의도도 모르고 얼렁뚱땅 대답했다가는 회장 특유의 "그런데?", "왜?"로 연속되는 질문에 막혀 금방 들통이 날 게 뻔했다.

그 후 담당 임원이 조사해 본 바에 의하면 당시 도쿄에 까마귀가 너무 많이 번식하여 심지어 광섬유 케이블까지 부리로 쪼아 절단하는 등 각종 피해를 발생시키고 있음을 파악했다고 하였다.

그는 일본의 석학이나 전문 기술자를 불러 자주 대화나 토론을 나누었는데, 동경에 머물 때는 선대 회장 때부터 자주 들르던 인근의 오래된 초밥집이나 우동집을 찾아 주인이나 수행 임직원에게 가령 "국물이 없는 우동을 만들수 있나?", "일본에 스시가 없다면 무얼 먹을 것인가?"라는 식의, 얼핏 선문답같은 질문을 툭툭 던지곤 했다는 것. 이러한 질문들이 처음에는 다소 황당하게 들리지만, 곰곰이 새겨 보면 무슨 의도를 가지고 물은 것임을 뒤늦게 파악하게 된다고 그 당시 삼성 관계자의 전언(傳言)을 소개한 바 있다.

나의 이야기는 1993년, 3도크 공사가 한창 진행되고 있을 때로 거슬러 올라간다. 일본 수송기[29]라는 회사를 방문하러 가는 길에 교요선거라는 조선소도 둘러보고 올 요량으로 수속을 밟고 있는데 마침 회장께서 일본 츠네이시(常石) 조선소를 방문하시니 조선소에 임원이 가서 대응을 하는 게 좋겠다는 전갈이 왔다.

츠네이시(常石)에 가서 보니 당시 대덕중앙연구소에 계시던 이민 전무도 같은 일로 명을 받아 대기 중에 있었다.

이튿날 아침 이 회장 일행과 우리는 그쪽 회사 회장단의 안내를 받으며 조선소 견학을 함께 했고, 다음 스케줄을 소화하는 동안 우리는 호텔에서 대기했다. 다음 스케줄이란 양쪽 회장단의 친선 골프였는데, 떠나기 전 수행비서로부터 오늘 저녁 회장께서 조선소 임원들과 면담이 있을 것이니 대기하라는 전갈이 있었다.

---

29) 3도크 가공공장과 조립공장을 연결하는 저상대차(低床臺車)를 만든 일본 업체.

그날 저녁 7시, 회장단이 돌아와서 방금 만찬에 들었다는 전갈이 들어왔고, 그 후 밤 11시가 되도록 진행형이라고 했다.

'하루 종일 골프하신다고 피곤하실 텐데 만찬도 참 오래 하신다. 이러다가 오늘 저녁에 면담은 취소되는 것 아닌가'. 이제나저제나 마음 졸이며 기다리기는 했지만 '가령 취소가 된다 해도 억울하지 않겠다. 아니 기왕 할 거라면 오늘 해 버려야지' 등 조잡한 생각을 하며 기다리고 있는데 이 전무 쪽에서 불쑥 한마디 넘어왔다. "성 이사, 오늘 저녁은 면담이 안 될 모양이다. 목마른데 맥주나 한잔 하고 올라가서 자자". 듣던 중 반가운 말씀에 기뻐하며 하루 종일 말려 놓았던 목을 적신 후, 달콤하고도 끝 간 데 없는 잠에 빠져들었다.

시간이 얼마나 지났을까, 전화벨 소리가 꿈속 저 멀리서 가까이 다가왔다. 수화기를 잡고 시계를 보니 새벽 두 시였다. 이 밤중에 누가 전화를 할까 의문 반 짜증 반 전화를 받는데 저쪽으로부터 이 전무의 다급한 목소리가 들려왔다. "성 이사, 지금 아래층으로 좀 내려와야겠다. 회장께서 지금 보자 하네".

에고, 이게 무슨 일이람. 회장은 잠도 없으신가. 하루 종일 골프 치시고 만찬하셨으면 엄청 피곤하실 텐데…. 대충 찬물에 얼굴만 적시었지만 넥타이는 반듯한가 확인하고 회장이 계신다는 아래층으로 내려갔다.

츠네이시(常石) 회사가 운영하는 이 호텔은 말이 호텔이지 집기 등속이 보잘것없었다. 초등학교에서나 볼 수 있을 법한 직각으로 된 나무의자 네 개와 그 사이에 조그마한 탁자가 있고 탁자와 90도 방향으로 놓인 간이침대 비슷한 것에 회장이 앉아 계셨다. 회장은 두 개의 나무의자에 나란히 앉은 비서

실 사람들과 이야기를 하고 계셨는데 맞은편에 비어 있는 의자에 앉으라는 손짓만 해 놓고, 기왕 하고 있던 이야기에 깊이 몰입하고 있었다. 용인 자연 농원 입구에 있는 연못을 어떻게 하는 게 좋겠다는 내용이었는데 자세히는 모르겠지만 대화가 상당히 길고 복잡했던 것으로 기억한다.

이윽고 시선이 우리에게로 넘어왔다. 회장은 먼저 일본 조선소와 우리의 생산성에 관해서 물었는데, 그 차이가 얼마나 되는지, 왜 그렇게 나는지, 언제까지 따라잡을 것인지 이야기해 보라고 하셨다. 대답은 주로 이 전무가 했고, 나는 조금씩 보조하는 형태로 진행되어 갔다. 그 당시만 해도 생산성이 거의 두 배 정도 차이가 나던 시절이라 등줄기에 콩이 튀었고, 부동자세로 앉을 수밖에 없는 기역자 나무의자이지만 조금도 불편한 줄 몰랐다.

회장께서는 폐유조선을 여러 척 바다에 띄워 연결한 후 흙을 담아 잔디를 조성하면 되지 않을까 하는 질문을 했다. 그 당시 김영삼 정부 초기에 골프장 건설이 제한을 받던 시절이었던지라 '아이디어는 충분히 이해가 되지만 뚜껑을 따 버린 유조선이 무슨 힘이 있겠느냐. 힘도 없는 구조물을 여러 개 연결해 놓으면 과연 어떻게 될까?' 이야기가 간단하지 않을 것 같아 선뜻 대답을 할 수가 없었다.

어색한 분위기가 잠시 흘렀다. 뭔가 대답을 해야 한다는 생각에 불쑥 "철판에 녹이 슬지 않겠습니까. 녹이 슬어 안 될 것 같은데요"라고 했다. 어설픈 대답이라는 생각이 들었지만 어쩔 수 없었다. "그러면 배는 어떻게 하느냐" 하시기에 "배는 정기적으로 도킹을 해서 페인트를 새로 칠합니다"라고 했다.

녹이 얼마나 스느냐고 또 물으시기에, "1년에 1mm 정도는 습니다"라고 얼버무렸다. 한참 침묵이 흘렀다. '이제 끝나나 보다. 휴' 하고 있는데 또 질문이 이어졌다. "그렇다면 항상 물에 잠겨 있는 철교 같은 것은 어떻게 하느냐". 아이고 글쎄 철교는 물에 잠긴 부분이 콘크리트 아니던가. 물속에 잠겨 있는 철다리도 있던가? 아아! 잘 모르겠다. 결국 "그건 잘 모르겠습니다" 손을 들고 말았다.

그다음부터는 주로 메뉴가 선박에 관한 것이었다. 배의 속도를 증가시키기 위해서 어떻게 해야 될 것인가, 엔진의 크기와 속도에 대한 고찰(정리를 한다면)을 하는 중에 기형적으로 큰 엔진이 붙기도 했고 이상한 모양의 선체를 만들기도 하면서 밤을 꼴깍 넘기고 있었다. 이렇게 하면 안 될까, 안 되면 왜 안 될까, 그야말로 '왜'에 '왜'가 붙어 묻고 답하고 또 묻는 가운데 시간이 어떻게 가는지 몰랐다.

창문이 훤하다 싶어서 시계를 봤더니 아침 일곱 시를 가리키고 있는 게 아닌가. 아이고야, 이거 오늘 선약(先約)이 많은데 큰일 났다 싶어 옆에 이 전무께 속삭였더니 회장께 말씀드려 보라고 했다. "회장님, 오늘 제가 메이커 방문 스케줄이 많아서 먼저 출발을 해야…" 했더니 "그럼 성 이사는 먼저 나가 봐"라고 해서 황망히 빠져 나왔는데, 그날 이 전무께서는 신칸센으로 도쿄까지 가는 동안 계속 대화를 나누었다고 했다.

도쿄에 사는 까마귀는 모두 몇 마리인가, 최근 어느 일간 신문 기사가 문득 그때 생각을 하게 한다.

바사(Vasa)호 박물관

스웨덴에는 바사(Vasa)호 박물관이 있다. 17세기 스웨덴 제국을 건설한 구스타프 2세 왕의 야망과 독선이 만든 실패작 바사호의 실물(實物)이 전시되어 있는 곳이다. 나는 이번 스칸디나비아 4국 여행에서 바사 박물관을 가장 큰 놀라움으로 보았고, 어쩌면 조선소를 수십 년 다닌 사람이 오늘에 와서야 그 존재를 알게 되었다는 사실에서 나의 미문(未聞)함을 자책한 적이 있다.

바사호는 길이 69m, 최대폭 12.7m 용골에서 꼭대기까지 높이 52m의 목선으로, 구스타프 아돌프 2세 국왕이 그의 정치적 야망을 과시하고, 나아가 발트해의 패권을 잡기 위한 국가사업의 일환으로 건조한 것이라고 한다.

바사호는 네덜란드 출신 조선 기사 헨릭 히버트슨의 감독하에 목수, 조각가, 도장공, 대장장이 등 총 400명의 기술자가 6년여에 걸쳐 만든 것으로, 탑승 인원 450명, 배수량 1,200톤, 24파운드짜리 포탄을 사용하는 64문의 포가 장착된, 그 당시 스웨덴이 보유하고 있던 20여 척의 군함 중 최신 최대의 전함으로 건조되었다고 한다.

배의 안팎을 장식하고 있던 700여 개의 목각품(木刻品)이 주는 사치스러움은

▲ 바사호 외관 1

전함(戰艦)이라기보다 오히려 물에 떠 있는 궁전이라 할 정도이지만 상하 2개 갑판 양현(兩舷)에 도열된 64문의 대포는 분명 전함으로서의 위용을 유감없이 보여 주고 있다. 선체 곳곳에 부착된 그리스 천사(天使), 로마 황제, 사자(獅子) 등 목재 조각품은 수백 년 폐칩(閉蟄)된 상황에서 그 색채는 잃었지만 당시의 화려한 모습을 상상하고도 남음이 있을 정도였다.

1628년, 바사호는 국왕과 많은 시민이 보는 앞에서 성대한 출정식을 가졌는데, 출항 후 15분, 육지에서 불과 1.5㎞ 간 곳에서 침몰하였다. 박물관에서 제공하는 오디오 가이드는 그 당시 바사호의 상황을 이렇게 전하고 있다.

"8월 19일 일단의 제국 함대가 스톡홀름 항구를 출항했습니다. 왕조의 이름을 따 새로 건조된 바사호는 그 장엄한 순간을 기념하기 위해 양현 포신에서 예포(禮砲)가 발사하였습니다. 그러나, 이 거대한 함선이 서서히 항구를 벗어나는 순간, 갑자기 돌풍이 일기 시작했습니다. 바사는 옆으로 기울었다가 다시 균형을 잡았지만 두 번째 돌풍을 이기지 못하고 그만 옆으로 쓰러지고 말았습니다. 포문을 통해 밀려온 바닷물로 순식간에 침몰한 바사호는 40~50명의 희생자와 함께 수심 34m 두꺼운 진흙층 안으로 빠져들어 갔습니다."

국왕은 대노(大怒)하였고, 시민들의 놀라움은 극에 달했다. 배가 왜 침몰했는가를 두고 온갖 억측과 루머가 나돌았다. 잘잘못을 가려 책임자를 문책하라는 여론이 빗발치면서 대규모의 재판이 열렸다.

▲ 바사호 선측 외판

오늘날에야 정밀한 장비로 선박의 특성에 따른 복원성과 안정성이 계산되지만 당시는 실적에 기초한 경험치에 의존하던 때라 기술자의 판단이 각별히 존중되던 시기였음에도 이 배에 대한 국왕 구스타프의 애정과 욕심이 도를 넘고 있었다는 사실이 하나둘 밝혀지기 시작했다.

바사호에는 위아래 할 것 없이 수많은 목각(木刻) 장식을 붙였고, 당시 일반적으로 배치하던 포(砲)보다 두 배가 많은 64문의 포를 장착하기 위해 한 층의 부갑판(副甲板)이 추가되면서 당초 설계를 크게 고쳐야 했다. 안정성을 유지하기 위하여 선저(船底)에 120톤에 달하는 자갈을 실었지만 균형을 유지하기에는 충분하지 못했다. 30명의 군인을 승선시켜 갑판 좌우 현으로 이동시키는 복원력 시험도 했지만 어쩐지 불안했더라는 실토가 나왔다. 왕의 고집 앞에 기술자가 번번이 좌절한 것이 밝혀지면서 재판은[30] 흐지부지되고 말았다. 어느 누구도 이 배에 관하여 말을 못했고, 점차로 사람들의 기억에서 멀어져 갔다.

안데스 프란젠이란 아마추어 고고학자가 있었다. 그는 어린 시절 집 근처 앞바다에 떠다니는 목선 잔해에 관심을 갖게 되었고 성장하면서 난파선 조

---

30) 재판은 '전함은 잘 만들어졌다. 그러나 균형이 잡히지 않았다'라고 결론을 맺었다.

사에 뛰어들게 된다. 그는 바닷물 속에서 목재를 갉아먹는 좀조개가 소금기가 적은 발트해에서는 잘 번식하지 않는다는 사실을 알고 실로 수년 간 동분서주한 끝에 1961년 4월 24일, 드디어 바사호를[31] 수면 위로 들어 올린다. 이것은 실로 2년 동안의 작업 끝에 이룬 쾌거였고, 33m 수면 하, 5m 깊이의 뻘 속에 묻힌 지 333년 만의 일이었다. 바사호가 물 밖으로 인양되는 순간 전 세계의 이목이 집중되었으며 스웨덴의 모든 사람들은 일을 멈추고 TV 앞에 모였다고 한다.

배는 대부분 원형을 유지하고 있었지만 오랜 세월 동안 바닷속에 가라앉아 있던 것들에 대한 보존 조치가 필요했다. 물이 빠지고 건조되면 나무가 쪼개지고 부피가 형편없이 줄어들 것이기 때문이었다. 우선 물로 깨끗이 씻어내고 나무에 서서히 스며들면서 수분을 밀어내는 수용성 밀랍 형태인 폴리에칠렌글리콜(PEG)을 수년간 뿌렸다.

바사호에서는 700개의 조각상(彫刻像)을 포함한 14,000개 이상의 목조품이 발견되었다. 이 조각상들은 개별적인 보존 과정을 거쳐 원 위치에 배치되었는데 이 작업은 마치 거대한 조각그림 맞추기와 같았다고 한다.

난파선이 수중에 침몰되어 있던 동안 철재 볼트는 부식되어 버렸고, 오크는 검게 변해 버렸지만 선원의 유골과 신발, 소지품, 배의 장비 심지어 사고 당시 사용되지 않았던 예비용 돛 등 선내 물품들이 다량 수습(收拾), 전시된 이곳 박물관은 17세기 어느 시각에 만들어진 타임 캡슐을 열어젖힌 듯한 모습이었다.

31) 해양에 위치한 두 개의 폰툰(Pontoon)이 케이블을 이용해 바사호를 인양하였다.

바사 박물관은 이제 스칸디나비아 지역의 제일가는 관광지가 되어 경제적 이익을 주고, 역사를 공부하는 후손들이 교훈을 얻어 가는 장소가

되었다지만, 당시 선박 건조에 직간접으로 관여한 사람들의 놀라움과 실망은 상상하기 힘들었을 것 같다.

도대체 배가 어떻게 만들어졌기에 그렇게 쉽사리 넘어갈 수 있었을까. 그 원인은 앞에서 설명된 정황으로 이해를 하게 되었지만 얼마나 잘못 만들어진 배였을지 근대적 복원성 이론에 입각하여 평가를 해 놓은 자료가 있다면 흥미로울 것이라는 생각을

▲ 복원된 조각상들

하면서 이곳저곳 기웃거려 봤지만 복원성의 크기를 나타내는 소위 메타센터를 확인할 수는 없었다.

바사호는 과연 어떤 GM값을 가지고 있었을까, GM값을 알려면 선박의 중심(重心)과 소정 경사에서의 부심의 위치를 알아야 한다. 그러기 위해서는 선체 각 부품의 위치와 무게, 장비나 승선자의 위치와 무게를 계산해야 하고 선체 외곽선 형상도(라인즈, Lines)가 있어야 한다. 결코 녹록지 않은 작업이다. 그러나 어림잡아 보더라도 배의 높이에 비해서 폭(幅)이 좁아 보이고 초기 설계에 없던 부갑판(副甲板)과 32문의 포가 추가되었다 하니 배가 넘어가는 것은 불가피한 인과(因果)가 아니었을까 싶다.

박물관의 설명에서도 이 점을 지적하고, 왕의 지나친 욕심이 일을 그르쳤다고 하지만 그때 네덜란드에서 왔다는 기술자가 선박의 복원성에 관한 이

론적 체계를 확고히 하고 왕이 알아듣도록 설득했더라면 어떻게 되었을까. 자세한 정황은 알 수 없지만 그때만 해도 이론적 체계보다는 다분히 경험칙에 의한 낮은 수준의 기술이 아니었을까 생각된다.

'인간은 욕망이란 기차를 타고 멸망이란 곳으로 달려간다'라는 말이 있고 미상불 우리 인간은 누구나 욕망과 욕심을 갖고 뭔가를 한다. 적절히 조절된 욕심은 자신과 국가, 나아가 인류를 발전시키지만 견제받지 않는 권력이나 개인에 의한 무분별한 욕심은 자신과 주변을 파멸로 이끈다는 사실을 우리는 바사호로부터 배워야 할 것 같다.

바사 박물관은 그때 수장(水葬)된 선원의 유골과 복장, 소지품, 생존 시 생활상 등을 재현, 전시함으로써 배가 주는 웅장함에 자칫 묻혀 버릴 수 있는 내밀한 부분까지 세심히 신경을 썼다는 생각이 들었다.

박물관 관람을 마치고 나오면서 아내가 한마디 던진다. "여보 우리 세월호는 어떻게 된 거야?" 우리 세월호? 아, 참! 그러고 보니 그동안 정나미가 떨어져 신경을 끄고 살았더니…. 이번에 가면 한 번 알아봐야겠네, 왜 5년이 지난 지금까지도 진실규명을 해야 한다고 아우성인지 좀 알아보고 싶다는 생각이 문득 들었다.

피오르드! 수려한 풍광만 생각했던 우리에게 마사 박물관은 뜻밖의 선물이었다.

선박의 복원성 이론

항해 중인 선박은 파도나 바람 등의 외력(外力)을 받아 끊임없이 전후좌우로 기울면서 전진한다. 평형 상태로 떠 있던 선박이 파도나 바람에 의해 기울어졌을 때 원래의 평형 상태로 되돌아오려는 성질을 복원성이라 한다.

다음 그림은 배가 복원되는 원리와 그 크기를 설명하고 있다.

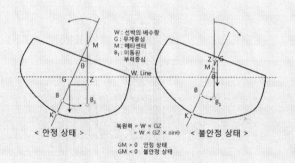

▲ 선박의 안정성과 복원성

아르키메데스는 어떤 물체를 물에 띄우면 물체가 밀어낸 물의 무게만큼의 부력(浮力), 즉 뜨는 힘을 받는다는 것을 알아냄으로써 복원성 이론의 기초를 확립했다.

선박의 무게 중심(重心) G가 있고, 부력(浮力)의 중심, 부심(浮心) B가 있다. 선박이 기울어져도 선박의 중심(重心)은 변하지 않지만 부심은 물에 잠긴 부분의 모양에 따라 변한다(B1으로). 그 때문에 중력과 부력의 작용선에 엇갈림이 발생한다.

선박이 기울어졌을 때 부력이 작용하는 선과 선박 고유의 중심선(中心線)과의 교점을 경심(傾心 Metercenter, M)이라 한다. 이 경심과 선박의 무게 중심까지의 거리를 메타센터 높이(Meter height, GM)라고 정의하는데 이 수치가 양수(+)인가 음수(-)인가에 따라 선박의 균형 상태가 결정되는 것이다.

중심이 경심보다 낮은 곳에 있으면 '안정 상태', 즉 양의 복원력 상태이다. 중심이 경심보다 높은 곳에 있어서 선박이 특정 각도만큼 기울어질 때 중심과 부심이 서로 작용하여 선박을 더욱더 기울어지게 하는 상태가 되면 '불안정 상태', 즉, 음의 복원력 상태가 된다.

결국 중심이 경심보다 높은가 낮은가에 따라 복원력의 형태가 결정되고 GM(메타센터의 높이)의 크기에 따라 안정하거나 불안정한 정도(程度)가 결정된다.

GM값은 선박의 초기 설계 과정에서 대체로 정해지지만 화물을 어디다 싣느냐에 따라 다소간 달라질 수 있다. GM값을 너무 크게 가져가면 복원력이 과대해지고 횡동요(橫動搖) 주기가 짧아져 승조원에게 불쾌감을 줄 수 있다. 반대로 GM값이 작으면(예를 들어 갑판 등 높은 곳에 화물을 적재해서 중심이 올라가는 경우) 파도나 바람으로 인해 선체가 기울어질 때 전복되기 쉽다.

　GM값은 선박의 용도에 따라 크기를 달리한다. 승객의 쾌적성이 중요시되는 여객선은 작은 GM값을, 화물선의 경우는 큰 GM값을 가진다. 그러나 어느 경우이든 화물이나 평행수의 적재 상태, 돌풍 등 예상치 못한 조건 변화에도 대응할 수 있는 여유치를 가져야함은 물론이다.

세월호 유감

2014년 4월 16일 오전 8시 50분경 전라남도 진도군 조도면 부근 해상에서 여객선 세월호가 침몰하였다.

청해진해운 소속의 인천발 제주행 연안여객선이었던 세월호는 당일 탑승 인원 476명을 태우고 병풍도 북쪽 20㎞ 인근에서 조난 신호를 보낸 이후 마지막 탈출자가 잠수하여 빠져나온 10시 24분까지 불과 1시간 30분의 골든타임을 허용한 후 수면 아래로 사라졌다.

이 사고로 시신 미수습자 9명을 포함한 304명이 사망하였는데 이 중에는 수학여행을 나선 안산 단원고의 어린 학생이 상당수 포함되어 있어 우리 사회에 엄청난 충격과 안타까움을 던졌고 특하나 침몰 후 생존자 구조 과정에서 관계 당국의 무능이 드러나 당시 전국을 뒤흔든 메가톤급 이슈가 되었다.

세월호는 1994년 6월 일본 하야시카네 조선(林兼造船)에서 건조한 여객·화물 겸용선으로 일본 가고시마 오키나와 간을 운항하던 것을 2012년 10월 청해진해운이 도입, 선미 부분 증축·개조 작업을 거친 후 2013년 3월부터 인천-제주 항로에 투입되었다.

세월호는 총 배수량 6,835톤에 전장 145m, 선폭 22m이고, 21노트의 속도로 운항하던 것으로 알려졌다. 내부는 5층으로, 갑판 아래에 위치한 1층과 2층에는 화물칸, 갑판 위의 3층과 4층에는 승객을 위한 객실이 마련되어 있고, 5층에는 조타실과 승무원실, VIP실을 가지는 구조로서, 여객 정원 921명에 차량 220대를 실을 수 있으며, 적재 한도는 3,794톤으로 되어 있다.

경찰과 검찰의 수사에 따라 법원이 판단한 세월호 침몰 원인은 복합적이다. 도입 직후 무리한 증축에 따른 무게중심의 상승, 허가 조건보다 적은 평형수(平衡水)와 과도한 화물, 조타수의 미숙한 기기 조작, 고박되지 않은 화물의 순간적 쏠림 등이 함께 작용한 결과라고 하였다. 그 후 인양(引揚)된 세월호 조타장치에서 고착(固着)된 솔레노이드 밸브가 발견됨으로써 당시 본선이 조타수의 의지와 무관하게, U자 형으로 급변침(急變針)하여 돌아선 것이 침몰의 원초적 원인으로 지목되는 듯하다.

이것은 당시 조타수를 조사하는 과정에서 "그날 조타기가 유난히 빨리 돌았다"라고 진술한 것과 상당한 인과관계(因果關係)를 가지는 것으로 보인다.

그러나 이런 정황에도 불구하고 사고 이후 5년이 지난 지금까지도 침몰 원인이 명확하지 않다는 주장들이 나오는 데는 이유가 있다. 검찰의 수사 자료를 토대로 해수부 산하 선박해양플랜트연구소와 서울대 김용환 교수팀이 수행한 시뮬레이션 결과가 사고 당시의 상황과 다소 차이가 나타났기 때문이다.

두 연구팀은 검찰이 수사한 승객과 화물, 평형수와 연료, 청수(淸水) 등의 적재 상태를 조사한 자료에 따라 세월호의 복원성 지표인 GM(메타센터 높이)

값을 구한 뒤 이 조건에서 세월호가 우현 변침할 경우 실제로 어느 정도 기울어 침몰할 수 있는지 모의실험을 수행했다. 그러나 시뮬레이션 결과는 실제 세월호 운항 궤적(軌跡)보다 훨씬 완만하게 나타났고 초기 횡경사 각도도 사고 당시처럼 30도 이상으로 나타나지 않고 20도 수준에 머물렀던 것이다.

검찰 조사 과정에 누락(漏落)된 화물이 있다. 그리고 화물을 더 싣기 위해서 평행수를 적게 실었을 것이라는 견해가 나오면서 경찰이나 검찰이 제공한 입력 데이터의 부실(不實)이 지목(指目)되었고, 만일 그게 아니라면 어떤 외부의 힘이 작용하여 가라앉은 것이 될 수 있다는 검증되지 않은 가설(假說)이 쏟아져 나왔다.

'암초에 충돌했다', '잠수함에 떠받쳤다', '스테빌라이저(Stabilizer)가 오동작(誤動作)했다'라는 주장에서부터 심지어 국정원에 의한 음모론(陰謀論)까지, 그야말로 별의별 가설과 주장이 나오고 언론이 이를 확대 재생산하면서 유가족과 시민 단체들을 자극했다.

침몰의 원인을 찾는 것보다 더욱 난맥상을 보인 것은 조난자의 구조 과정이다.
오전 8시 52분 전남소방본부 119상황실에 신고 전화가 걸려 왔다. 최초 신고자인 학생은 살려 달라면서 배가 침몰하고 있음을 알렸다. 전남소방본부는 목포 해경으로 전화를 연결해 넘겼고, 목표 해경은 GPS를 거론하는 등 전문가 수준의 질문을 계속하면서 아까운 시간을 낭비했다.
한편 세월호 측은 최초 신고보다 3분 늦은 8시 55분, 제주관제센터를 불러, 배가 침몰 중임을 알렸다. 제주관제센터는 제주해경에 연락하였고, 8시 58분, 비로소 관할인 목포해경에 사고가 접수된다. 그 후 상황을 파악한 진도관제센터가 9시 6분에 세월호를 호출하여 직접 관제를 시작하였는데 9시 17분에는 사고 선박이 이미 50도 이상 기울어져 있음을 보고하였다.

사고 접수 후, 해양경찰은 출동 및 구조에 나섰다. 9시 25분 서해 해경청 소속 헬기 511호와 해경 123정이 도착했다. 123정은 38분 동안 세월호 주변을 맴돌다가 10시 13분 이준석 선장과 선원들을 태워 현장을 떠났다.

해경은 헬기 1대와 경비정 20척을 현장에 투입하여 승객 100여 명을 경비정에 옮겨 인근의 진도나 목포시 등지로 이송하였다. 해군도 구조 작업을 위해 사고 해역으로 고속함 1척과 고속정 6척, 해상초계용 헬기 1대 등을 투입했다.

민간 어선 박영섭 선장은 오전 10시 30분경 사고 현장에 도착, 승객 27명을 구조하였다. 조도면에 사는 청년 김형오 역시 자신의 1.1톤급 어선을 몰고 구조작업에 동참, 총 25명을 구조하였다. 그 외에도 조도면의 어선이 60여 척, 어민 약 150명이 참여해 초동구조(初動救助)에 참여했다.

그날 선장 등은 승객들에게 움직이면 위험하니 가만히 있으라는 방송을 하였고, 해경에 구조 요청을 하는 것 외에는 시의적절(時宜適切)한 조치를 취하지 못했다. 그뿐만 아니고, 그들은 항해와 승객 구조의 막중한 책무를 버리고 승객보다 먼저 탈출한 것이 알려지면서 여론의 빗발치는 질책과 비난을 받게 된다.

그때 세월호 주변에 몰려든 어선 등 구조선 상황을 봤을 때 어떻게든 사고 선박에서 빠져나오게만 했으면 대부분 구조될 수 있었을 것이라는 점에서 그들이 저지른 판단 착오와 책임감 부재(不在)가 뼈아픈 아쉬움으로 남는다.

인명 피해를 키운 또 하나의 실책(失策)이 있었으니 그것은 해경의 대응이다.

당일 8시 58분 신고를 접수한 해경 지휘부나 9시 25분 현장에 도착한 해경 123정의 어느 누구도 안에 있는 승객을 어떻게 하라는 지시를 내리지 않았던 것으로 알려졌다. 123정은 세월호와 교신조차 하지 않았고, 퇴선 명령을 내리지 않았으며, 선내 진입(進入)을 시도하지도 않았다. 움직이지 말라는 방송을 듣지 않고 개인적으로 뛰어내린 사람 구하느라 금쪽같은 시간을 허비해 버렸다.

그 큰 배가 그렇게 빨리 가라앉을 줄 몰랐다고 하나 직접 눈으로 가라앉고 있는 것을 보면서 상황 파악을 그렇게 못했을까 참으로 개탄스러운 일이 발생해 버린 것이었다.

거기에다 해경 123 정장이 기자회견에서 엄청난 실수를 하게 된다. 그는 사고 선박 승객들에게 배에서 탈출하라는 방송을 여러 차례 했다고 진술했는데 그 후 그것이 '사실이 아니었음'으로 밝혀진 것이었다. 해경이 거짓말을 했다고 알려지면서 민심은 더욱 흉흉해졌다.

구조 인력이나 장비가 재난본부의 발표와 실제 세월호 유가족이 현지에서 파악한 것과 다르고 구조 작업에서도 신속하지도, 체계적이지도 못하고 허둥지둥하는 모습을 보였다.

해경과 정부는 불신(不信)과 무능(無能)의 대명사가 되어 매스컴과 유족과 야당으로부터 조롱과 질타를 받게 되고, 급기야 해경이라는 국가조직이 해체되고, 대통령까지 파면되는 사태로 번져 갔다. 그야말로 일파만파(一波萬波)였다.

그 후 3년이 지난 2017년 3월 30일, 우여곡절 끝에 선체가 인양(引揚)되었다. 이미 썩고 허물어져 내린 잔해가 유족의 가슴에 깊이 각인된 충격과 슬픔을 위로하거나, 수습 과정에서 발생한 국민들 간의 갈등과 반목(反目)을 해소하지는 못했다.

그러나 한 가지, 인양된 세월호 조타실에서 고착된 솔레노이드 밸브를 발견함으로써 침몰 사고의 중심에 있는 급변침의 원인을 알게 되었고, 그래서 그동안 제기된 각종 의혹들이 해소되는 계기가 되리라고 생각했다.

조타기 메이커의 증언에 의하면 이런 상황이 발생할 경우 응급 수단[32]을 강구해야 된다고 하나 평소 교육이 제대로 안 된 선원들에게 이를 기대하기는 어려웠겠다는 생각을 하게도 된다.

세월호는 어쩌다 그날, 사고 당일에만 화물을 그렇게 많이 싣고, 그렇게 허술하게 고박하였다고 보이지는 않는다. 통상 그렇게 해 왔기 때문에 그날도 괜찮을 것이라는 타성에 젖어 있었고, 업무 매뉴얼이 있지만 크게 신경을 쓰지 않았던 것 같다. 선사는 경비를 줄이기 위하여 숙련된 선원을 고용하지도, 적절한 안전교육도 하지 않았고, 이를 통제 감독해야 할 정부 기관도 제대로 한 것 같지 않다.

선장이나 선사(船社)가 화물을 규정대로 싣고 매뉴얼에 따라 단단히 고박

---

32) 제2의 유압회로로 절환(切換)하면 된다고 하나 현실성 면에서 의문의 여지는 있음.

만 했더라도 급변침이라는 불측한 상황에서 문제가 없었을 것이지만 이제는 만시지탄(晚時之歎)이다.

이제 사고가 발생한 지도 5년이라는 세월이 흘렀다. 그동안 부도덕한 선사(船社), 무능한 정부를 질타하고 개탄도 많이 했다. 돌이켜보니 정말이지 허술하기 짝이 없다는 생각에 자괴감이 들기도 했다. 그러다가 문득 이것은 세월호만의 문제는 아니라는 각성이 일어났다. 우리 사회 곳곳에 제2의, 제3의 세월호가 있고, 우리 동네에도 있고, 바로 우리 마음속에도 있다는 생각을 하면서 이젠 모두가 대오각성하여 '안전한 대한민국'으로 다시 태어나야 한다고 절규도 했다.

5년이 흐른 지금, 그래서 어떻게 되었는가. 다시는 세월호 같은 사고가 나지 않도록 사회 전반이 달라졌는가?

우리에게 잘 알려진 영화 〈타이타닉〉에서 선장은 승객들을 대피시키면서 선원들에게 "Be British(영국인다워라)"라고 말한다. 어린아이와 여성들을 먼저 대피시키는 사이에 슬쩍 끼어드는 남성을 총으로 제압하는 장면도 나온다. 우리에게 "Be Korean(한국인다워라)"이라 할 수 있는 윤리의식이 있는가. '안전 한국'은 'Be Korean'까지 포함해야 가능하다. 구호와 단편적 처방으로 되는 것이 아닌 것 같다.

세월호 이후 우리 사회는 자성(自省)하고 성숙해지기는커녕 이념적으로 두 동강이 나 버렸다. 이제는 시끄럽다 못해 정말 지겹다는 비아냥이 나온다. 이제는 좀 앞을 보고 희망을 말하는 사회, 그래서 정말이지 이제는 좀 성숙해진 사회가 됐으면 좋겠다. 국민 소득에, 국격에 걸맞은 생각을 하고, 지도자라는 사람들이 솔선해서 가꾸어 나갔으면 좋겠다.

언젠가, 이렇게 선진된 사회를 만들게 해 줘서 고마웠노라고 희생자 학생들에게 말할 수 있어야 할 것 아닌가.

아직은 "얘들아! 고맙다" 할 게 아니고 "얘들아 부끄럽다"라고 하는 게 맞을 것 같다.

신기술 개발/LNG선의 영광

LNG선 기술개발과 생산의 실무자로 다년간 종사해 온
박문호 님의 글을 일부 편집한 것입니다.

▲ LNG 시험동과 mock up

1991년 현대중공업이 국내에서 최초로 LNG선을 수주하였고, 동년 12월에는 삼성이 LNG선 시험동과 멤브레인(Membrain)형 화물창 모의 설비(Mock up)를 가동했다.

이듬해인 1992년 한진해운이 한국가스공사의 LNG 수입을 위해 13만㎥급 멤브레인형 선박인 '한진 평택호'를 발주했는데 이 선박의 건조에 한진중공업과 대우조선이 공동으로 참여했다.

1994년에는 국가가 주도하는 프로젝트의 하나로 LNG선의 발주와 건조, 육상 저장탱크 시설 및 LNG 터미널 등 광범위한 시책이 논의되었고, 동년 6월 1일에 현대중공업이 현대상선에 12만 5천㎥급 LNG선 '현대유토피아호'를 인도하였다. 이 배는 한국조선소가 건조한 최초의 LNG선으로, 가격이 무려 2억 5천만 달러에 팔린 것으로 유명하다. 현대중공업은 1990년대 중반 크베너 모스와 배타적 계약을 통해 국내 업체로는 유일하게 LNG선 시장에 뛰어들었기에 최고의 가격을 받고 배를 수주할 수 있었다고 한다.

한편 일본의 NKK Tsu 조선소는 1966~1968년 7만 3천㎥급 멤브레인형 LNG 3척을 연속 건조함으로써, 사실상 GTT Type 멤브레인 LNG의 선발 주자가 되었고 삼성은 이보다 조금 늦은 1996년 8월 SK해운으로부터 13만 8천㎥급 'SK 슈프림(SK Supreme)'호를 수주하면서 LNG선 시장에 본격 진출했다. 한국 조선업계는 이후 과감한 국산화 개발을 통한 생산비 절감을 거듭하면서 일본을 제치고 글로벌 조선 강국으로 발돋움하였고 급기야 2000년대 초에는 세계 시장을 석권하는 쾌거를 이루게 된다.

1994년부터 선형개발팀을 운용하며 LNG 운반선 건조를 차곡차곡 준비해오던 삼성은 1996년 우여곡절 끝에 SK 해운과 손을 잡고 Mark3 type LNG선 건조에 착수하게 된다.

당시 삼성에서 실선 건조를 준비했던 실무진들은 설비 투자나 조직 및 인력 훈련을 계획하는 과정에서 프랑스의 기술 용역 회사 GTT[33]에서 제공한 『Erection Handbook』에 많이 의존하였다. 그때는 문외한들이라 모두들 책속에서 헤매다가 나중에 GTT사에서 파견된 엔지니어들의 도움도 받았지만 이들 역시 합병 후유증 탓인지 과거 몸담았던 회사의 경험과 방식이 조금씩 달라서인지 다소의 혼선과 기술적 한계를 보이고 있었다.

백문불여일견이라, 실제 시공 현장을 한 번 가 보고 싶다는 생각이 간절하던 차 앞서 언급한 NKK로부터 뜻밖의 기회가 성사되었다. 견학은 전후 3차

---

33) Gas Transport & Technigaz라는 프랑스의 기술 용역 회사. 프랑스 정부는 GT와 TZ라는 두 개의 회사를 반 강제적으로 통합하여 GTT라는 회사를 만들게 했다.

레에 걸쳐 이루어졌는데, 처음에는 방열 공사, 그다음에 멤브레인 공사에 이어 마지막 단계인 질소 기밀 테스트로 나누어 시행되었고, 견학 후에는 평소 궁금했거나 견학과정에서 느낀 점에 대한 질의응답 시간을 가졌었다.

일본인 카운터 파트들이 무척 친절하게 설명해 준다는 인상을 받곤 했는데 미팅 시간당 일정 금액을 지불했다는 얘기를 나중에서야 듣고 결국 공짜 점심은 없는 거로구나 하며 실소를 하기도 했다.

돌이켜보면 참으로 특이한 환경에서 건조가 시작되었는데, 우선 선사(船社)인 SK 해운은 이미 LNG선 선대(船隊)를 보유하고 있었지만 Mark3 type은 처음이었고, 선급인 ABS 역시 경험이 없었으며, 빌더(Builder)인 삼성중공업은 이미 언급한 대로 열심히 공부만 하던 새내기였다. 게다가 GTT에서 파견된 대표자(Representative) 또한 문제 발생 시 즉각 의견을 내지 못하고 본사와 협의를 통해 공식적인 입장을 내놓는 형태를 취했기에 모든 게 느리고 답답했다.

그러다 보니 새로운 공정(工程)으로 넘어갈 때마다 예상치 못한 문제나 애로 사항에 부딪히고 그럴 때마다 조선소, 선급, 선주감독관과 GTT 기술자가 모여 현상을 분석하고 연구해 가면서 해결책을 마련하는, 실로 고달프고 아슬아슬한 나날이었지만 결국 문제는 해결되며 해결을 위해 문제가 존재한다는 생각으로 하루하루를 지냈다고 생각된다.

화물창 공사가 끝나고 가스 운반선이기에 거쳐야 하는 가스 시운전까지 마친 2000년 11월, 드디어 SK 슈프림호(선번 #1207)가 극적으로 인도되었지만, 과연 저것이 제 역할을 해 줄 수 있을까 싶어서 오랫동안 마음이 편하지 않았다.

삼성과 대우조선해양은 비록 형태는 조금씩 다르지만 처음부터 멤브레인 타입을 채택하여 기자재를 국산화하고 생산원가를 낮춤으로써 경쟁력을 강화해 나갔다. SK 프로젝트 후 잠시 수주 부진을 겪기도 했지만 인력이나 관리 체계를 흩뜨리지 않고 슬기롭게 공백 기간을 이겨냈고, 그 보람이 AP Moller, Exmer, BP, BG, Quatar Gas 등 후속 프로젝트로 이어졌다. 근래에는 Shell, Exxon Mobile과 같은 오일 메이저로부터 FSRU[34]를 수주하는 등 눈부신 성과를 거두고 있으며 앞으로도 환경 기준의 강화와 미국 셰일가스 생산과 관련한 운송 수요가 확대될 것이라는 기대감이 큰 상황이다.

사실상 이 분야에 일찍이 눈을 돌려 LNG 시장을 선점한 일본이나 LNG 기술의 본산, 프랑스 GTT사와 이웃에 있어 쉽게 지원을 받을 수 있는 스페인 등 유럽 국가들을 제치고 우리나라 대형 3사가 나란히 세계 시장을 석권하게 된 저력은 어디에서 기인하는 것일까?

LNG 가스, LNG선, LNG 화물창에 대한 다음 이야기는 그 의문을 푸는 단초를 제공한다.

LNG선을 이해하기 위해서는 LNG(Liquefied Natural Gas)라는 가스가 어떤 물성을 가지며, 어떻게 생산, 운반, 소비되는지를 이해할 필요가 있다.

석유와 함께 지구촌 차세대 에너지원으로 자리 잡은 액화천연가스는 최근 셰일가스 개발 붐으로 그 위상이 더욱 높아졌다. 실제로 가정에 공급되는 도시가스 대부분이 LNG이고, 국내에서는 발전용 연료로도 각광을 받고 있다.

---

34) Floating Storage Regasification Unit, 즉 바다 위에서 LNG를 저장, 재기화 장치를 거쳐서 파이프라인을 통해 육상으로 공급하는 설비.

가스전(田)이나 유전에서 기체 상태로 뿜어져 나오는 천연가스에는 주성분인 메탄(CH_4)과 약 10%를 점하는 기름 등 불순물을 포함하고 있다. 메탄가스는 무색, 무취이며 공기보다 가볍지만 산소와 결합[35]하여 타면서 열을 발생시킨다.

천연가스는 생산지에서 소비지까지 공급되는 방식에 따라 PNG(Pipeline Natural Gas)와 LNG(Liquefied Natural Gas)로 구분된다. 가스전에서 채취한 천연가스를 소비지까지 파이프라인을 통하여 공급하는 것이 PNG인데 육상 수송이 가능한 유럽, 북미 등 많은 국가에서 활용하는 방식이다.

이와 대칭되는 개념으로, 가스전에서 생산한 천연가스를 정제하여 영하 162℃로 냉각시켜 액체 상태로 해상 수송한 후 기화시켜 가스로 공급하는 것이 LNG 방식인데 가스를 냉각시켜 액화시키는 것은 부피가 600분의 1로 줄어 효율적인 운송이 가능하기 때문이다.

LNG를 액체 상태로 운반하려면 화물창을 영하 162℃로 유지하는 극저온 기술이 필요하게 된다. 우리가 생활 속에서 많이 쓰고 있는 냉장고의 냉동실 온도는 -20℃, 드라이아이스는 -80℃라고 하니 -162℃가 과연 어떤 것인지 미루어 짐작하게 된다.

LNG를 싣고 다니는 화물선, 즉 LNG선은 과연 크기가 어느 정도일까? 그리고 화물창은 과연 어떤 구조, 어떤 방식으로 만들어졌기에 장시간의 운항에도 화물을 극저온 상태로 유지할 수 있을까?

---

35) 메탄 분자 하나를 태우면 이산화탄소 한 분자와 물 두 분자가 생성된다. 반응식은 다음과 같다.
$CH_4 + 2O_2 \rightarrow CO_2 + 2H_2O$
메탄 1몰이 연소할 때 내는 연소열은 780KJ이다.

2008년 삼성중공업이 건조한 26만 6,000㎥급 LNG선은 장충체육관 크기의 화물창이 4개가 들어가는 규모다. '모자(MOZAH)'라는 이름의 이 선박은 갑판 길이 345m에 폭 54m로 축구장 3개를 합쳐 놓은 면적으로, 우리나라 LNG 전체 사용량의 이틀 치를 싣는다고 한다.

화물창은 사용되는 재료와 형태에 따라 크게 두 종류로 나누어진다.

그중에 하나가 독립 구형(球形) 탱크의 모습을 가진 모스(Moss) 방식이다. 노르웨이의 모스 지방에서 개발된 방식이라 하며 일찍이 현대중공업이 기술 도입하여 만든 13만 7천㎥급의 현대 유토피아호가 여기에 해당한다. 탱크들이 구형이기 때문에 선창의 공간 이용 효율이 나쁘며 상갑판 돌출이 높아 배의 전방 시야가 안 좋으며 건조 단가가 비싼 단점이 있다.

현재 전 세계적으로 주종을 이루는 멤브레인형은 프랑스의 GTT사가 개발한 NO 96-2 타입과 Mark3 타입이다. GTT사에 로열티 명목으로 건조선 1척 당 1백만 불을 지불하게 되어 있고, 이를 세이브하기 위한 국산화 개발 노력이 성과를 내어 머지않아 제3의 타입이 실용화되겠지만 어느 것이든 기본 구조에 있어 큰 차이는 없다.

화물창 내부의 LNG는 -162℃의 초 저온 상태이므로 당연히 화물창 내 외

▲ 멤브레인 타입 화물창 내부

부 간의 온도 차이가 발생한다. 만일 방열벽이 느슨하여 내부 온도가 조금이라도 올라가게 되면 LNG 화물은 즉시 기화되고, 탱크 내부 압력이 증가하며, 급기야 화물창의 변형이나 파괴로 연결되므로 -162℃의 저온 상태를 유지하기 위한 특수한 화물창 구조가 필요하게 되는 것이다.

만약 두께 1cm 정도의 철판 위에 LNG를 한 방울 떨어뜨린 후, 1m 높이에서 떨어뜨리면 철판이 마치 얼음조각처럼 산산이 부서지게 된다고 한다. 극저온으로 인해 철판조직이 파괴되기 때문이라는데, 이러한 극저온 상황을 감안하여 화물창을 설계하고 건조하는 것이 바로 LNG선 기술의 핵심이라 하겠다.

화물창 내부는 기밀(氣密)을 유지하는 방벽층과 보온을 유지하는 방열층이 샌드위치처럼 첩첩이 배치된다. 가로 세로 주름이 잡힌 두께 1.2mm의 스테인리스 판(Corrugated SUS 板)이 1차 방벽을 형성하고 그 안쪽에 알루미늄 금박에 유리섬유를 붙인 소위 '트리플렉스'라는 것이 2차 방벽 역할을 한다. 1차 방벽 뒤에는 70mm 두께의 강화형 발포 폴리우레탄과 접착된 합판(合板)이 1차 방열층이 되며, 두께 200mm의 강화 폴리우레탄 방열상자가 2차 방열층이 되어 2중으로 기밀과 방열을 잡아주는 구조로 되어 있다. 이것은 삼성이 채택한 Mark3 타입의 예(例)이지만 다른 타입도 재료와 두께만 조금씩 다를 뿐 결국 방벽과 방열층으로 화물을 둘러싸는 방식은 비슷하다.

Mark III

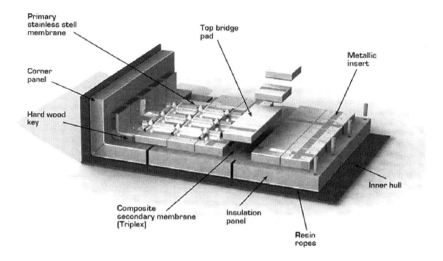

이렇듯 1, 2차 방벽의 방열 및 기밀 확보와 1, 2차 방열층의 보온 성능이 LNG 화물창의 핵심적 고려사항이 되는데, 특히 Mark3 Type의 경우는 트리플렉스 판 이음을 접착제(Glue)로 붙이는 소위 Bonding이라는 까다로운 공정이 있어 만전에 만전을 기하지 않으면 안 되었다. 접착제가 빠짐없이 도포되어야 함은 물론이고 접착 후 전기 히터(Heater)가 붙은 에어백(Air-bag)으로 접착제가 완전 고착될 때까지 압착해 주는 공정이 필요하다. 트리플렉스 판(Scab)이 제대로 고착되었는지 여부를 선주가 검사하기 때문이기도 하지만 차후 가스 누설 사고를 방지하기 위해서 접착제(Glue)의 물성, 표면의 청결상태 등 제 조건을 철저하게 관리해야 했다.

1차 방벽은 스테인리스 판 간의 티그(Tig) 용접이기 때문에 혹여 문제가 있더라도 수정이 가능하지만 트리플렉스는 방열상자 깊숙한 곳에 위치하기 때문에 작업자 한 사람 한 사람의 양심과 혼을 심어야 한다. 트리플렉스 본딩과 스테인리스 판의 티그 용접은 작업량에 있어서도 엄청나고, 어느 한 부분 바늘구멍만큼의 누설(漏泄)도 허용하지 않는다는 점에서 꼼꼼함과 끈기와 솜씨를 필요로 하는, 그야말로 아무나 할 수 없는 작업이 아니라고 생각된다.

요즈음은 이러한 과정들이 상당 부분 자동화되어 용접도 본딩 작업도 기계가 맡아 주고 있어 많이 수월해지고는 있지만, 장치의 주기적인 점검, 예비 운전을 통한 불량 방지에 소홀함이 없어야 하며, 이런 점에서 후동 중화조선이 건조한 LNG운반선 '글래드스톤'호에 대한 지난해 6월의 폐선(廢船) 결정을 타산지석(他山之石)으로 삼아야 할 것이다.

▲ 2차 방벽(Scab) 검사

삼성과 대우는 수주량 1위를 주고받으며 전 세계 LNG 시장을 석권하고 있고, 현대는 모스(Moss) 타입을 버리고 조금 늦게 GTT Mark3 Type으로 옮겨 탐으로써 LNG 시장에서의 신(新) 삼국 시대를 열었다.

진행 중인 화물창 대안(代案) 설계가 널리 인증(認證)되어 기술료 부담이 없는 시대가 되면 국내 조선사는 더욱 날개를 달게 될 것이다. 또한 IMO 2020과 2050 환경규제로 해운업계 전반에 LNG에 대한 선호도가 높아지면서 이제는 LNG운반선뿐만 아니라 LNG 추진선에 이르기까지 글로벌 시장에서의 한국 조선의 선전(善戰)이 기대된다.

한국 조선 산업의
성장과 과제

1890년대 영국은 증기기관과 발달된 제철 기술을 앞세워 세계 조선 시장의 80%를 장악하며 이 분야 세계 시장을 주도했다.

그 당시 영국의 조선 노동자들의 자부심은 대단했다. 그들만의 유대관계를 맺고 조합으로 똘똘 뭉쳐 있었다.

당시의 철선은 리벳으로 접합하였는데, 리벳 공법을 포함한 거대한 쇳덩어리로 만드는 큰 배는 그들만이 할 수 있는 장인(匠人) 기술이라고 인식했다.

그러나 그들은 설계 및 작업도면을 거부하고 그 당시 출현한 새로운 기술인 용접을 거부했다. 영국의 조선 산업은 용접 접합과 작업도면 도입으로 생산성을 획기적으로 향상시킨 일본에게 손을 들고 쇠락의 길로 빠져 들어갔다.

쇄국정책을 펴면서 우물 안 개구리가 되어 가던 일본에 갑자기 나타난 페리 제독의 증기선(=黑船)은 에도 막부에 큰 놀라움을 안겨주었다. 위기를 느낀 일본은 대담하게도 군함(軍艦) 건조에 착수한다. 일본은 2차 세계대전 중의 군함 건조 경험과 한국 전쟁 특수에 힘입어 조선 산업을 크게 성장시킬 수 있었다.

일본의 조선 산업은 그 후 한때 주춤거리기도 했지만 당시 신기술인 용접과 블록 공법으로 성장을 거듭하여 1956년, 당시 조선업의 최강자였던 영국을 눌렀고, 1970~1980년대에는 전 세계 생산의 50%를 차지할 정도로 발전하여, 2000년대 초반까지 40년간 세계 정상을 차지했다.

이렇듯 승승장구하던 일본의 조선 산업도 1990년대에 들면서 쇠락의 기미를 보이기 시작한다. 후발 조선국에 쫓기고, 때 맞춰 밀어닥친 엔고에 허덕이며 소위 마른 수건도 짠다는 긴축 경영 체제에 돌입하게 된다. 불황에 허덕이는 조선 산업에 메리트를 느끼지 못한 젊은 엘리트들이 조선소를 기피하자 기술 인력의 고갈(枯渴)로 인한 노령화가 가속화되었다.

급기야 니혼고칸(日本鋼管)과 히다치 조센(日立造船), IHI와 스미토모(住友)와 같은 굴지의 조선소가 재팬 마린 유나이티드(Japan Marine United) 혹은 유니버설(Universal)로 합병하면서 설계와 기술을 공유(共有)했고, '우리는 이런 배만 생산합니다' 하는 소위 선종별 전문화를 표방할 정도로 축소 지향을 추구했다.

합병된 회사는 설계 등 전문 인력을 재배치하고 신규 인력의 충원을 제한하면서 국면 전환을 시도했지만 그것으로 인한 후유증이 오히려 치명타가 되어 돌아왔다.

조선이나 해양과 같은 수주 산업은 발주자의 주문에 부응하는 맞춤 설계가 되어야 하고, 이를 감당할 수 있는 기술 인력을 갖추어야 하는데 이미 축소 지향으로 가 버린 일본의 조선업계는 이런 점에서 한계에 봉착했던 것이다.

다양한 니즈(Needs)을 가진 선주는 상대적으로 수용의 폭이 넓은 한국 조선소로 발길을 돌리기 시작하면서 조선 산업의 무게중심이 한국으로 이동한다.

우리나라가 조선 산업 부문에서 일본을 누르고 수주량 1위를 차지한 것은 1999년이다(1993년 일시적으로 1위를 한 적은 있음). 당시로서는 세계 조선업계를 주름잡는 일본을 눌렀다는 사실만으로도 전 세계를 놀라게 하는 일대 사건이 되었다.

2007년, 우리나라 조선산업은 급기야 280억 달러를 수출하기에 이르렀고, 2011년에는 517억 달러의 무역수지 달성을 이루며 전체 수출액의 9.8%, 전체 무역수지의 1/4을 담당하는 국가기간 산업이 되었다. 이러한 상황은 최근까지도 계속되어 우리나라 국가재정을 받치는 버팀목으로, IMF 시기에는 국가를 위기에서 구하는 효자 산업으로서 역할을 다하였다.

1990년부터 2010년 사이에 한국의 조선 산업은 메가블럭 공법, 육상 건조 공법 등 신공법을 개발하여 상선의 생산력을 극대화하였으며 초대형 컨테이너선, LNG선, 바다에서 원유를 채취하여 정제하는 기능을 가진 FPSO, 북극해의 얼음을 깨면서 원유를 운반하는 쇄빙 유조선, 심해에서 원유를 뽑아 올리는 석유시추선 등 고부가가치선을 개발 수출함으로써, 세계 시장의 강렬한 스포트라이트를 받았다.

이처럼 세계 시장에 나가서 독보적, 절대적 위상을 차치하게 된 산업 분야는 전에도 없고 어쩌면 앞으로도 없을 것이다.

▲ 한국 조선 공업의 활약상

한국의 조선 산업이 치열한 국제경쟁의 틈바구니 속에서 이토록 선전(善戰)하여 명실 공히 세계 1등을 차지하게 된 연유(緣由)가 무엇일까라는 당연한 의문에 대하여 필자가 보는 견해는 다음과 같다.

▌내적(內的) 요인

1. 1960년대 정부 주도(主導)의 강력한 조선 산업 육성 정책과 이에 부응한 기업가 정신, 과감한 투자

2. 조선 산업의 특성(Human Factor가 크게 작용하는 복합 조립 산업)에 맞는 다수(多數)의 저임금 기술 인력(좋은 두뇌, 과감성, 섬세한 손재주)

3. 선진 기술을 따라잡기 위한 생산 현장의 필사적 노력

4. CO_2 용접 등 신기술을 바탕으로 한 용접의 혁신과 자동화

5. 메가 블럭, 기가 블럭, 육상 건조 공법 등 파격적 건조공법의 채용

6. 철강, 기자재 등 연관 산업의 후방지원(後方支援)

▌외적(外的) 요인

1. 1980년대 중반 이후 중국의 경제 개방으로 촉발된 해상 물동량의 증가와 이로 인한 신조선, 신기술 수요

2. 일본 업계의 축소 지향, 내실 경영이 촉발한 급격한 사양화

세상 모든 것은 일어나고 존속하다 무너져 사라진다(成住壞空). 1960년대 세계를 재패했던 글래스고 고반 조선소가 그랬고 2002년 말뫼의 눈물을 판 스웨덴의 코쿰스도 사라져 갔다. 예외는 없다.

클라이드 강변의 조선 단지 노동자들이 망해 버린 야드를 지키겠다고 들고 일어나 엄청난 규모의 정부 지원금을 얻어냈지만 이미 경쟁력을 상실해 버린 조선소를 구하지는 못했다.

한국의 조선 산업은 어떻게 될까? 아니 그보다 '어떻게 하면 가급적 늦게 망하고 오래 버틸 수 있을까?'라고 묻는 게 옳을 것 같다. 왜냐하면 한국의 조선 산업이라고 해서 예외일 수 없고, 이미 중소 조선소는 쇠망의 길로 접어들어 한 치 앞도 내다볼 수 없는 기로(岐路)에 들어서 있기 때문이다.

조선 산업은 많은 연관 산업의 정점(頂點)에 있다. 강재, 전선, 용접봉 등등 수많은 연관 산업의 젖줄이 되고 있다. 조선 산업은 외화 가득률도 높고 우리 국민성에도 맞고, 그 무엇보다 산전수전 겪으며 세계 1등으로 키워 온 산업이라 제발 조선 산업만큼은 오래버티어 줬으면 좋겠다는 간절한 소망을 누구나 가질 것이다.

얼마 전 조선소와 더불어 지역 경제가 한참 어려운 시기에 우리 지역에 출마한 어느 입후보자는 시민 여러분들이 자기를 선택해 주면 3개월 내에 조선 산업을 정상화시키겠다고 했다. 그게 진심이라면 현실을 몰라도 너무 모르는 사람이고, 그렇지 않다면 사기꾼(?)이라는 생각이 들면서 실소를 금치 못했다.

조선 산업이 정상화되려면 우선 선주들이 물량을 발주해야 되고 조선소가 연속적으로 수주를 해야 되는데… 조선소가 수주를 하려면 경쟁력을 갖고, 국내외 쟁쟁한 상대와 경쟁해서 이겨야 하는데… 조선 산업 정상화가 그렇게 간단하게 되는 것인가.

　통상 배 한 척의 가격이 어림잡아 5천만 불, 선주가 그 큰 돈을 투자할 때는 함부로 하지 않는다. 기술적으로 믿고 맡길 수 있는 데라야 한다. 기술 경쟁력이다. 당연히 다른 데보다 싸야 한다. 원가 경쟁력이다. 조선 산업의 흥망은 기술 경쟁력과 원가 경쟁력의 유무에 달려 있다.

　경쟁력이란 어느 시기 한두 사람의 능력이나 정부의 어떤 시책으로 덜컥 갖추어지는 것이 아니다.

　조선 산업이 계속 유지되어 나가려면 경쟁력을 갖추어야 한다는 논리는 쉽고 누구나 아는 바이지만, 경쟁의 상대가 국내가 아닌 국제시장(International Market)에 있다는 사실을 간과하는 사람이 많다. 특히 자국 해운업이 취약한 한국의 경우는 더욱 그렇다. 국제 시장에 나가서, 경쟁해서, 수주(受注)를 해 오는 회사가 되려면 어떻게 해야 할까?

　경쟁력이라 함은 선박의 성능을 개량하였다거나 공법을 혁신하여 건조 비용을 줄일 수 있게 되었다거나 관리를 개선하여 물자나 기회손실을 줄일 수 있어 타 조선소보다 비교 우위에 설 수 있는 능력을 말한다. '생산성이라는 화두'라는 제목으로 앞에서 열거한 수십 가지의 항목이나, 우리가 수십 년간 갈고닦아 온 기술, 기량 등이 집약되어 기술 경쟁력이란 형태로 나타난다.

　그러나 유감스럽게도 이러한 기술들은 수명주기가 짧다. 조선 산업이란 게 워낙 공간적으로 광범위하게 이루어지고 관여하는 사람이 많기 때문에 기술을 은밀히 가두어 놓기 힘들고, 그러다 보니 손쉽게 벤치마킹되는 특성이 있다. 아직은 멀었을 거라고 생각하던 중국이 엄청난 속도로 한국을 추격해 오는 금래(今來)의 상황을 보라. 일부 특수 기술을 제외한 대부분의 기술이 우리의 그것과 큰 차이가 없다고 한다. 그러면 남는 것은 무엇인가. 원가 경쟁력이다.

배 한 척 만드는 데 한국은 20만 Man-hour, 예를 들어서 중국은 30만 Man-hour가 든다고 할 때, 시간당 인건비가 3배 이상 차이가 나 버린다면 게임은 끝나는 것이다. 우리가 월등히 기술력이 좋아서 생산성을 노무비 격차 이상으로 낼 수 있다면 몰라도 그것은 실로 간단치 않은 것이다.

한국 조선소의 평균 노무비가 원가에서 차지하는 비율이 30% 정도라고 한다(재료비 60%, 관리비 10%). 재료비는 아무리 잘 해도 거기서 거기, 노무비는 국가별 조선사별 격차가 크고, 선가에 바로 영향을 미친다.

중국 등 동남아 조선소들은 저렴한 노무비로 우리를 공략하고 있다는 사실을 익히 알고 있다. 일반 상선은 이미 중국 조선소의 독무대가 된 지 오래이다. 이런 상황을 우리는 직시(直視)해야 한다.

조선 산업의 미래를 예측하기는 어렵지 않다. IMO 2020 환경규제와 관련된 선박의 신규 수요와 일부 선형의 기술적 우위 등 긍정적인 요소도 있고, 중국 등 동남아 제국의 저임금 추세와 조선산업 특히 해양 부문의 큰 축이 되는 유가 등락과 그 연장선상에 있는 미국의 에너지 정책, 미중 무역 전쟁으로 촉발된 글로벌 경기 등 대외적인 불확실성 등이 얽혀 돌아가지만 그 무엇보다 한국 조선 산업의 미래를 틀어쥐고 있는 것은 조선 산업을 둘러싼 노동 환경의 전개 양상이다.

지난 1987년 대투쟁 이후 부당한 대우를 받고 있다고 생각하던 노동계가 전선을 구축하고 단체 행동을 개시했다. 생산 차질을 두려워한 대기업 사업장은 급격한 임금 인상 요구에 굴복했고 그 파장은 2~3년 시차를 두고 중소 조선소에까지 미쳤다. 임금 인상에다 복리 후생 등 각종 혜택이 안겨졌다. 조선소가 밀집해 있는 거제, 울산, 창원의 거리에는 개가 만 원짜리를 물고 다닌다 할 정도로 한때 호시절을 구가했다. 불안한 기색이 있기는 했지만 2000년대 초까지는 세계적 호황에 묻혀 큰 문제없이 지날 수 있었다.

그러면서도 매년 '하투(夏鬪)'는 계속되었고, 새로운 욕구가 끊임없이 분출되면서(일부 회사 노조에서는 고용 세습까지 요구하기도 했다) 노무비의 원가 비중이 높아지고, 노동의 유연성 문제가 심각해지기 시작했다.

위기를 느낀 조선소들은 2010년경부터 생산량 증가분에 대한 인력 충원을 자제하는 대신 사내 하청이나 블럭 외주 형태로 돌파구를 마련하였고, 하청 업체 역시 비정규직 혹은 이주 노동자의 채용을 확대함으로써 유연성 문제와 고임금 구조의 완화를 꾀했지만, 저임금으로 맹추격해 오는 중국 등 후발 조선사들과의 경쟁에서 고전을 면치 못하고 있다.

초창기 서구(西歐)에서 발생된 노동조합은 자본가의 횡포에 맞서 노동자의 권리를 대변함으로써 노동자 계층의 임금 수준과 복지의 향상, 근로 조건 개선에 기여하였고, 나아가 사회민주화에도 일정 부분 역할을 하였다고 알고 있다.

1987년 권위주의 질서를 깨트리고 나온 한국의 노조 활동도 크게 봐서 선진 제국의 그것과 큰 차이 없다고 보이나 최근에 와서 근로 조건 개선 같은 본연의 활동에서 벗어나 정치적 색채를 띠는 한편, 조합원의 경제적 이익에 지나치게 매몰된 듯한 활동으로 대의(大義)를 잃고 있다는 평가가 나오고 있다.

회사 내에서 이루어지는 노조의 활동도 우려되는 바 적지 않다. 노조 위원장 선거는 대체로 강성이 장악한다. 누구 목소리가 더 큰지, 그래서 누가 회사로부터 더 많은 것을 획득해 오는지 경쟁하는 듯한 양상이다.

노사가 일치단결해서 한 방향으로 밀고 나가도 어려운 기업 환경하에서 노(勞)와 사(使)가 반목, 대치하고 불사 항전까지 하겠다고 나서는 모습은 딱하고 민망하다.

오랜 임단협 협상 끝에 노사 양측이 잠정안을 만든 후 그것을 전체 조합원 투표에 붙이는 절차가 언제부턴가 관행처럼 되어 버렸다. 투표에 임하는 조합원들은 오랜 협상 과정에서 노정(露呈)된 양측의 입장, 상황, 과정을 잘 알지 못한 채 결과만 놓고 투표하기가 쉽다. 부결되면 재협상할 것이고, 재협상한다고 손해날 것 하나 없는 소위 꽃놀이패를 가진 쪽이라 어지간해서 찬성표를 던지기 어렵게 되어 있다.

이런 상황을 경험한 노사 양측 대표는 최대한의 유인책(각종 혜택 복지 등)을 내고, 120% 만전을 기하지만, 그럼에도 부결되는 수가 있어 협상 말미에는 양쪽이 진을 빼게 되고, 그렇게 몇 년을 거듭한 회사는 그로기(Groggy) 상태에 빠진다. 다행히 경기라도 좋을 때는 묻혀서 넘어가지만 불경기가 도래하면 곧바로 쓰러진다.

파업 중 'No work no pay' 원칙은 상식(常識)이 되어야 한다. 협상 타결의 조건으로 일 안 한 사람의 임금을 회사가 보전해 주도록 요구한다든가, 지나친 수준의 임금 인상을 선거 공약으로 내걸어 표를 얻고서는 그것을 명분으로 투쟁하는 등의 행위는 근절되어야 한다.

우리는 노동조합의 본산 유럽의 역사에서 노조 활동의 폐해를 많이 보아 왔다. 역설적인 이야기이지만 유럽 조선소의 노조는 일본, 한국 등 후발 산업국에 기회를 넘겨주는 시혜를 베풀었다. 우리가 또 그 전철을 밟아 하늘이 준 기회를 후발국에 양보하는 우를 범하고 있다는 사실을 알아야 한다.

이상에서 언급한 몇 가지 노사 관행은 조선산업의 부활과 지속적 발전을 위하여 새롭게 정립되어야 한다. 이것은 조선 산업의 미래와 발전 방향을 좌지우지하는 요체이다.

정부는 이러한 상황을 파악하고 산업의 경쟁력을 높이기 위한 방책을 십분 강구해야 한다. 임금을 정부가 정하고, 주 52시간 작업을 획일적으로 정하는 역주행을 멈추어야 한다. 정부가 기업 활동의 세세한 부분까지 관여하고 통제하는 것은 자유민주주의 시장경제체제하에서 가당치 않은 일이다.

계절상품을 생산하는 공장이라든가 조선 산업과 같이 여러 직종이 순차적으로 투입되는 공정에는 진척 상황에 따라 작업량의 기복이 생긴다. 어떨 때는 돌관 작업이라도 해서 정해진 일정을 맞추어야 다음 공정이 진행될 수 있고, 그렇게 해야 전체로서의 생산 사이클이 돌아갈 수 있다.

최근 사태로 울산 거제 지역 주민의 생업이 어떻게 되었는가를 모두 보았을 것이고, 기업이 지역이나 국가 발전에 어떤 역할과 기여를 하는지 모두 느꼈을 것이다. 들보는 보지 못하고 손톱 밑에 가시만 보고 기업가에게 인색한 평가를 내리며, 옥죄는 시책을 펴면 결과적으로 국민이 힘들어진다.

조선 산업이 세계 최강의 경쟁력을 유지하면서 국가 경제를 지탱하는 산업이 되고, 우수한 후배들이 모여들어 각자의 꿈을 실현하는 사업장이 되었으면 하는 마음 간절하다.